O Pioniere!

Willa Cather

Writat

Diese Ausgabe erschien im Jahr 2023

ISBN: 9789358810998

Herausgegeben von
Writat
E-Mail: info@writat.com

Inhalt

TEIL I.
DAS WILDE LAND

ICH

An einem Januartag vor dreißig Jahren versuchte die kleine Stadt Hanover, die auf einer windigen Hochebene von Nebraska vor Anker lag, nicht weggeblasen zu werden. Ein Nebel aus feinen Schneeflocken kräuselte und wirbelte um die Ansammlung niedriger, trister Gebäude, die sich in der grauen Prärie unter einem grauen Himmel drängten. Die Wohnhäuser waren willkürlich auf dem zähen Grasland der Prärie aufgestellt; Einige von ihnen sahen aus, als wären sie über Nacht eingezogen worden, und andere, als ob sie sich von alleine davongemacht hätten und direkt auf die offene Ebene zusteuerten. Keiner von ihnen schien dauerhaft zu sein, und der heulende Wind wehte sowohl unter ihnen als auch über ihnen. Die Hauptstraße war eine stark zerfurchte Straße, inzwischen hart zugefroren, die vom gedrungenen roten Bahnhof und dem Getreideaufzug am nördlichen Ende der Stadt zum Holzplatz und zum Pferdeteich am südlichen Ende führte. Auf beiden Seiten dieser Straße standen zwei ungleiche Reihen von Holzgebäuden; die Gemischtwarenläden, die beiden Banken, die Drogerie, das Futtermittelgeschäft, der Saloon, das Postamt. Die Bürgersteige waren grau vom zertrampelten Schnee, aber um zwei Uhr nachmittags hielten sich die Ladenbesitzer, die vom Abendessen zurückgekehrt waren, gut hinter ihren frostigen Fenstern auf. Die Kinder waren alle in der Schule, und auf der Straße war niemand außer ein paar grob aussehenden Landsleuten in groben Mänteln, deren lange Mützen bis zur Nase heruntergezogen waren. Einige von ihnen hatten ihre Frauen in die Stadt gebracht, und ab und zu huschte ein roter oder karierter Schal aus einem Laden in den Schutz eines anderen. An den Deichseln entlang der Straße zitterten ein paar schwere Arbeitspferde, die an Bauernwagen gespannt waren, unter ihren Decken. Am Bahnhof war alles ruhig, denn bis zum Abend würde kein weiterer Zug kommen.

Auf dem Bürgersteig vor einem der Geschäfte saß ein kleiner Schwedenjunge und weinte bitterlich. Er war etwa fünf Jahre alt. Sein schwarzer Stoffmantel war viel zu groß für ihn und ließ ihn wie einen kleinen alten Mann aussehen. Sein eingelaufenes braunes Flanellkleid war viele Male gewaschen worden und zwischen dem Saum seines Rocks und den Spitzen seiner plumpen Schuhe mit den Kupferkappen war ein langes Stück Strumpf zurückgeblieben. Seine Mütze war bis über die Ohren gezogen; seine Nase und seine pausbäckigen Wangen waren rissig und rot vor Kälte. Er weinte leise und die wenigen Leute, die vorbeieilten, bemerkten ihn nicht. Er hatte Angst, jemanden anzuhalten, hatte Angst, in den Laden zu gehen und um Hilfe zu bitten, also saß er da, wrang seine langen Ärmel aus, schaute zu einem Telegrafenmast neben sich und wimmerte: „Mein Kätzchen, oh, mein Kätzchen! Sie wird pfeifen !" Oben auf der Stange hockte ein zitterndes graues Kätzchen, miaute leise und klammerte sich verzweifelt mit seinen

Krallen am Holz fest. Der Junge war im Laden zurückgelassen worden, während seine Schwester in die Arztpraxis ging, und in ihrer Abwesenheit hatte ein Hund sein Kätzchen die Stange hinaufgejagt. Das kleine Geschöpf war noch nie zuvor so hoch gewesen und hatte zu viel Angst, um sich zu bewegen. Ihr Herr war verzweifelt. Er war ein kleiner Landjunge, und dieses Dorf war für ihn ein sehr seltsamer und verwirrender Ort, wo die Menschen schöne Kleidung trugen und ein hartes Herz hatten. Er fühlte sich hier immer schüchtern und unbehaglich und wollte sich hinter Dingen verstecken, aus Angst, jemand könnte ihn auslachen. Im Moment war er zu unglücklich, um sich darum zu kümmern, wer lachte. Endlich schien er einen Hoffnungsschimmer zu sehen: Seine Schwester kam, und er stand auf und rannte in seinen schweren Schuhen auf sie zu .

Seine Schwester war ein großes, kräftiges Mädchen, und sie ging schnell und entschlossen, als wüsste sie genau, wohin sie ging und was sie als nächstes tun würde. Sie trug einen langen Ulster eines Mannes (nicht als wäre es ein Leiden, sondern als ob er sehr bequem wäre und ihr gehörte; sie trug ihn wie ein junger Soldat) und eine runde Plüschmütze, die mit einem dicken Schleier festgebunden war. Sie hatte ein ernstes, nachdenkliches Gesicht und ihre klaren, tiefblauen Augen waren aufmerksam in die Ferne gerichtet, ohne etwas zu sehen, als ob sie in Schwierigkeiten wäre. Sie bemerkte den kleinen Jungen erst, als er sie am Mantel zog. Dann blieb sie abrupt stehen und bückte sich, um sein nasses Gesicht abzuwischen.

„Warum, Emil! Ich habe dir gesagt, du sollst im Laden bleiben und nicht rauskommen. Was ist los mit dir?"

„Mein Kätzchen, Schwester, mein Kätzchen! Ein Mann hat sie rausgeschmissen und ein Hund hat sie dorthin gejagt." Sein Zeigefinger, der aus dem Ärmel seines Mantels ragte, zeigte auf das elende kleine Geschöpf auf der Stange.

„Oh, Emil! Habe ich dir nicht gesagt, dass sie uns in Schwierigkeiten bringen würde, wenn du sie mitbringst? Warum hast du mich so geärgert? Aber da hätte ich es selbst besser wissen müssen." Sie ging zum Fuß der Stange, streckte ihre Arme aus und rief: „Kätzchen, Kätzchen, Kätzchen", aber das Kätzchen miaute nur und wedelte leicht mit dem Schwanz. Alexandra wandte sich entschieden ab. „Nein, sie wird nicht herunterkommen. Jemand muss ihr nachgehen. Ich habe den Wagen der Linstrums in der Stadt gesehen. Ich werde gehen und sehen, ob ich Carl finden kann. Vielleicht kann er etwas tun. Du musst nur aufhören zu weinen, sonst gehe ich keinen Schritt. Wo ist deine Bettdecke? Hast du es im Laden gelassen? Egal. Halt still, bis ich dir das anziehe."

Sie löste den braunen Schleier von ihrem Kopf und band ihn ihm um den Hals. Ein schäbiger kleiner reisender Mann, der gerade auf dem Weg zum Saloon aus dem Laden kam, blieb stehen und blickte dumm auf die glänzende Haarpracht, die sie entblößte, als sie ihren Schleier abnahm; zwei dicke Zöpfe, nach deutscher Art um ihren Kopf geflochten, und unter ihrer Mütze wehte ein Saum rotgelber Locken hervor. Er nahm seine Zigarre aus dem Mund und hielt das nasse Ende zwischen den Fingern seines Wollhandschuhs. „Mein Gott, Mädchen, was für eine Haarpracht!" rief er ganz unschuldig und töricht aus. Sie warf ihm einen Blick amazonischer Wildheit zu und zog die Unterlippe ein – höchst unnötige Strenge. Das erschreckte den kleinen Klamottentrommler so sehr, dass er tatsächlich seine Zigarre auf den Bürgersteig fallen ließ und schwach im Wind zum Saloon davonlief. Seine Hand war immer noch unsicher, als er dem Barkeeper sein Glas entgegennahm. Seine schwachen Flirtinstinkte waren schon früher unterdrückt worden, aber noch nie so gnadenlos. Er kam sich billig und missbraucht vor, als hätte ihn jemand ausgenutzt. Wenn ein Trommler in kleinen, tristen Städten unterwegs war und in schmutzigen, rauchenden Autos durch das winterliche Land kroch, konnte es ihm dann verübelt werden, wenn er, als er zufällig auf ein schönes menschliches Geschöpf traf, sich plötzlich mehr von einem Mann wünschte?

Während der kleine Schlagzeuger trank, um seine Nerven wiederzugewinnen, eilte Alexandra zur Drogerie, da sie Carl Linstrum am wahrscheinlichsten finden würde . Da war er und überreichte ihm eine Mappe mit Chromo-„Studien", die der Apotheker an die Hannoveraner Frauen verkaufte, die sich mit Porzellanmalerei beschäftigten . Alexandra erklärte ihr ihre missliche Lage und der Junge folgte ihr in die Ecke, wo Emil immer noch an der Stange saß.

„Ich muss ihr nachgehen, Alexandra. Ich glaube, im Depot gibt es ein paar Spikes, die ich mir an die Füße schnallen kann. Warten Sie eine Minute." Carl steckte die Hände in die Taschen, senkte den Kopf und huschte gegen den Nordwind die Straße hinauf. Er war ein großer Junge von fünfzehn Jahren, schlank und schmalbrüstig. Als er mit den Stacheln zurückkam, fragte Alexandra ihn, was er mit seinem Mantel gemacht habe.

„Ich habe es in der Drogerie gelassen. Ich konnte sowieso nicht hineinklettern. Fang mich auf, wenn ich falle, Emil", rief er zurück, als er seinen Aufstieg begann. Alexandra beobachtete ihn besorgt; Die Kälte am Boden war bitter genug. Das Kätzchen rührte sich keinen Zentimeter. Carl musste bis zur Spitze der Stange klettern und hatte dann einige Schwierigkeiten, sie aus ihrem Griff zu befreien. Als er den Boden erreichte, übergab er die Katze ihrem weinenden kleinen Herrchen. „Jetzt geh mit ihr in den Laden, Emil, und wärm dich." Er öffnete die Tür für das Kind. „Warte mal, Alexandra. Warum kann ich nicht für Sie bis zu unserem Haus fahren? Es wird von Minute zu Minute kälter. Hast du den Arzt gesehen?"

"Ja. Er kommt morgen vorbei. Aber er sagt, dass es dem Vater nicht besser gehen kann; kann nicht gesund werden." Die Lippe des Mädchens zitterte.

Sie schaute starr die trostlose Straße entlang, als würde sie ihre Kräfte sammeln, um sich etwas zu stellen, als würde sie mit aller Kraft versuchen, eine Situation zu begreifen, die, so schmerzhaft sie auch sein mag, irgendwie bewältigt und bewältigt werden muss. Der Wind wehte um sie herum mit den Säumen ihres dicken Mantels.

Carl sagte nichts, aber sie spürte sein Mitgefühl. Auch er war einsam. Er war ein dünner, gebrechlicher Junge mit grüblerischen dunklen Augen, der in all seinen Bewegungen sehr ruhig war. Sein schmales Gesicht war von zarter Blässe, und sein Mund war zu empfindlich für den eines Jungen. Die Lippen kräuselten sich bereits ein wenig vor Bitterkeit und Skepsis. Die beiden Freunde standen einige Augenblicke lang an der windigen Straßenecke und sprachen kein Wort, so wie zwei Reisende, die sich verirrt haben, manchmal schweigend ihre Ratlosigkeit eingestehen. Als Carl sich abwandte , sagte er: „Ich werde mich um Ihr Team kümmern." Alexandra ging in den Laden, um ihre Einkäufe in die Eierkartons zu packen und sich aufzuwärmen, bevor sie sich auf die lange, kalte Fahrt begab.

Als sie nach Emil suchte, fand sie ihn auf einer Stufe der Treppe sitzend, die zur Bekleidungs- und Teppichabteilung führte. Er spielte mit einem kleinen böhmischen Mädchen, Marie Tovesky , die ihr Taschentuch als Haube über den Kopf des Kätzchens band. Marie war eine Fremde im Land, sie war mit ihrer Mutter aus Omaha gekommen, um ihren Onkel Joe Tovesky zu besuchen . Sie war ein dunkelhäutiges Kind mit braunen, lockigen Haaren, die denen einer brünetten Puppe ähnelten, einem schmeichelnden kleinen roten Mund und runden, gelbbraunen Augen. Jeder bemerkte ihre Augen; Die braune Iris hatte goldene Schimmer, die sie wie Goldstein aussehen ließen, oder, in weicherem Licht, wie das Colorado-Mineral namens Tigerauge.

Die dortigen Landkinder trugen ihre Kleider bis zu den Schuhoberteilen, aber dieses Stadtkind war in der damals so genannten „Kate Greenaway"-Manier gekleidet, und ihr rotes Kaschmirkleid, das an der Passe voll gerafft war, reichte fast bis zum Boden. Zusammen mit ihrer kleinen Haube sah sie dadurch wie eine urige kleine Frau aus. Sie trug eine weiße Fellspitze um den Hals und erhob keinerlei Einwände, als Emil bewundernd daran herumfingerte. Alexandra brachte es nicht übers Herz, ihn einem so hübschen Spielkameraden wegzunehmen, und sie ließ sie gemeinsam das Kätzchen necken, bis Joe Tovesky lautstark hereinkam, seine kleine Nichte aufhob und sie für alle sichtbar auf seine Schulter setzte. Seine Kinder waren alle Jungen und er liebte dieses kleine Geschöpf. Seine Freunde bildeten einen Kreis um ihn, bewunderten und neckten das kleine Mädchen, das ihre Witze mit großer Gutmütigkeit aufnahm. Sie waren alle entzückt von ihr, denn selten sahen sie ein so hübsches und sorgfältig erzogenes Kind. Sie sagten ihr, dass sie einen von ihnen als Geliebten auswählen müsse, und jeder begann, ihr zu drängen und ihr Bestechungsgelder anzubieten; Süßigkeiten und kleine Schweinchen und gefleckte Kälber. Sie blickte schelmisch in die großen, braunen, schnurrbärtigen Gesichter, die nach Spirituosen und Tabak rochen, dann fuhr sie mit ihrem kleinen Zeigefinger sanft über Joes borstiges Kinn und sagte: „Hier ist mein Schatz."

Die Böhmen brüllten vor Lachen und Maries Onkel umarmte sie, bis sie schrie: „Bitte nicht, Onkel Joe! Du tust mir weh." Jeder von Joes Freunden gab ihr eine Tüte Süßigkeiten und sie küsste sie rundherum, obwohl sie ländliche Süßigkeiten nicht besonders mochte. Vielleicht dachte sie deshalb an Emil. „Lass mich im Stich, Onkel Joe", sagte sie, „ich möchte dem netten kleinen Jungen, den ich gefunden habe, etwas von meinen Süßigkeiten geben." Sie ging anmutig zu Emil hinüber, gefolgt von ihren lustvollen Verehrern, die einen neuen Kreis bildeten und den kleinen Jungen neckten, bis er sein Gesicht in den Röcken seiner Schwester versteckte, und sie musste ihn ausschimpfen, weil er so ein Baby war.

Die Landleute trafen Vorbereitungen für den Heimweg. Die Frauen überprüften ihre Einkäufe und steckten sich ihre großen roten Schals um den Kopf. Die Männer kauften von dem Geld, das ihnen noch übrig war, Tabak und Süßigkeiten, zeigten einander neue Stiefel und Handschuhe und blaue Flanellhemden. Drei große Böhmen tranken rohen Alkohol, getränkt mit Zimtöl. Man sagte, dass dies einen effektiv gegen die Kälte wappnete, und sie schmatzten nach jedem Zug aus der Flasche. Ihre Redseligkeit übertönte jeden anderen Lärm im Lokal, und der überhitzte Laden hallte von ihrer temperamentvollen Sprache wider, während es nach Pfeifenrauch, feuchter Wolle und Kerosin stank.

Carl kam herein. Er trug seinen Mantel und trug eine Holzkiste mit einem Messinggriff. „Kommen Sie", sagte er, „ich habe Ihr Team gefüttert und getränkt, und der Wagen ist bereit." Er trug Emil heraus und legte ihn ins Stroh im Wagenkasten . Die Hitze hatte den kleinen Jungen schläfrig gemacht, aber er klammerte sich immer noch an sein Kätzchen.

„Du warst furchtbar gut, so hoch zu klettern und mein Kätzchen zu holen, Carl. Wenn ich groß bin , gehe ich hinauf und hole ihnen kleine Jungenkätzchen", murmelte er schläfrig. Bevor die Pferde den ersten Hügel überquert hatten, schliefen Emil und seine Katze tief und fest.

Obwohl es erst vier Uhr war, neigte sich der Wintertag dem Ende zu. Die Straße führte nach Südwesten, auf den Streifen blassen, wässrigen Lichts zu, der am bleiernen Himmel schimmerte. Das Licht fiel auf die beiden traurigen jungen Gesichter, die ihm stumm zugewandt waren: auf die Augen des Mädchens, das mit so ängstlicher Ratlosigkeit in die Zukunft zu blicken schien; in den düsteren Augen des Jungen, der bereits in die Vergangenheit zu blicken schien. Die kleine Stadt hinter ihnen war verschwunden, als hätte es sie nie gegeben, war hinter der Woge der Prärie versunken, und das strenge, gefrorene Land empfing sie in seinem Schoß. Die Gehöfte waren selten und weit voneinander entfernt; hier und da zeichnete sich eine Windmühle dürr gegen den Himmel ab, ein Rasenhaus kauerte in einer Mulde. Aber die große Tatsache war das Land selbst, das die kleinen Anfänge der menschlichen Gesellschaft, die in seinen düsteren Wüsten kämpften, zu überwältigen schien. Der Mund des Jungen war so bitter geworden, weil er dieser gewaltigen Härte gegenüberstand; weil er das Gefühl hatte, dass die Menschen zu schwach seien, um hier Spuren zu hinterlassen, dass das Land in Ruhe gelassen werden wollte, um seine eigene wilde Stärke, seine eigentümliche, wilde Schönheit, seine ununterbrochene Trauer zu bewahren.

Der Wagen holperte über die gefrorene Straße. Die beiden Freunde hatten sich weniger zu sagen als sonst, als wäre die Kälte irgendwie bis in ihre Herzen eingedrungen.

„Sind Lou und Oscar heute zum Blauen gegangen, um Holz zu schneiden?" fragte Carl.

"Ja. Es tut mir fast leid, dass ich sie gehen ließ, es ist so kalt geworden. Aber Mutter macht sich Sorgen, wenn das Holz zur Neige geht." Sie blieb stehen, legte ihre Hand an ihre Stirn und strich sich das Haar zurück. „Ich weiß nicht, was aus uns werden soll, Carl, wenn Vater sterben muss. Ich traue mich nicht darüber nachzudenken. Ich wünschte, wir könnten alle mit ihm gehen und das Gras über alles nachwachsen lassen."

Carl gab keine Antwort. Direkt vor ihnen lag der norwegische Friedhof, wo das Gras tatsächlich über alles nachgewachsen war, struppig und rot, und sogar den Drahtzaun verdeckte. Carl erkannte, dass er kein sehr hilfreicher Begleiter war, aber er konnte nichts sagen.

„Natürlich", fuhr Alexandra mit etwas festerer Stimme fort, „die Jungs sind stark und arbeiten hart, aber wir haben uns immer so sehr auf Vater verlassen, dass ich nicht weiß, wie wir weitermachen sollen." Ich habe fast das Gefühl, als gäbe es nichts, wofür man weitermachen könnte."

„Weiß dein Vater es?"

„Ja, ich glaube, das tut er. Er liegt den ganzen Tag und zählt an seinen Fingern. Ich denke, er versucht zu zählen, was er uns hinterlässt. Für ihn ist es ein Trost, dass meine Hühner die kalte Jahreszeit gut überstehen und ein wenig Geld einbringen. Ich wünschte, wir könnten ihn von solchen Dingen ablenken, aber ich habe jetzt nicht mehr viel Zeit, um bei ihm zu sein."

„Ich frage mich, ob er möchte, dass ich eines Abends meine magische Laterne mitbringe?"

Alexandra drehte ihr Gesicht zu ihm. „Oh, Carl! Hast du es?"

"Ja. Es liegt dort hinten im Stroh. Hast du die Kiste, die ich trug, nicht bemerkt? Ich habe es den ganzen Morgen im Keller der Drogerie ausprobiert, und es hat super funktioniert, es macht tolle, große Bilder."

„Worum geht es ihnen?“

„Oh, Jagdbilder in Deutschland und Robinson Crusoe und lustige Bilder über Kannibalen. Ich werde dafür ein paar Dias aus dem Buch von Hans Andersen auf Glas malen.“

Alexandra schien tatsächlich fröhlich zu sein. Bei Menschen, die zu früh erwachsen werden mussten, ist oft noch ein großer Teil des Kindes übrig. „Bring es doch rüber, Carl. Ich kann es kaum erwarten, es zu sehen, und ich bin sicher, es wird Vater gefallen. Sind die Bilder farbig? Dann weiß ich, dass sie ihm gefallen werden. Er mag die Kalender, die ich ihm in der Stadt besorge. Ich wünschte, ich könnte mehr bekommen. Du musst mich hier lassen, nicht wahr? Es war schön, Gesellschaft zu haben.“

Carl stoppte die Pferde und blickte zweifelnd in den schwarzen Himmel. „Es ist ziemlich dunkel. Natürlich werden dich die Pferde nach Hause bringen, aber ich denke, ich zünde besser deine Laterne an, falls du sie brauchen solltest.“

Er gab ihr die Zügel und kletterte zurück in den Wagenkasten, wo er sich hinhockte und aus seinem Mantel ein Zelt machte. Nach einem Dutzend Versuchen gelang es ihm, die Laterne anzuzünden, die er vor Alexandra aufstellte und sie zur Hälfte mit einer Decke bedeckte, damit das Licht nicht in ihre Augen schien. „Jetzt warte, bis ich meine Kiste gefunden habe. Ja hier ist es. Gute Nacht, Alexandra. Versuchen Sie, sich keine Sorgen zu machen.“ Carl sprang auf den Boden und rannte über die Felder zum Linstrum - Gehöft. „Hoo, hoo —ooo!“ „, rief er zurück, als er über einem Bergrücken verschwand und in eine Sandrinne fiel. Der Wind antwortete ihm wie ein Echo: „Hoo, hoo —ooooo!“ Alexandra fuhr alleine los. Das Rasseln ihres Wagens ging im Heulen des Windes unter, aber ihre Laterne, die sie fest zwischen ihren Füßen hielt, bildete einen beweglichen Lichtpunkt entlang der Straße und drang immer tiefer in das dunkle Land vor.

II

Auf einem der Bergrücken dieser winterlichen Einöde stand das niedrige Blockhaus, in dem John Bergson im Sterben lag. Das Bergson-Gehöft war leichter zu finden als viele andere, weil es den Norway Creek überblickte, einen flachen, schlammigen Bach, der manchmal am Grund einer gewundenen Schlucht floss, manchmal stillstand, mit steilen, abfallenden Seiten, die mit Buschwerk, Pappeln und Zwergsträuchern bewachsen waren Asche. Dieser Bach gab den angrenzenden Bauernhöfen eine Art Identität. Von all den verwirrenden Dingen an einem neuen Land ist das Fehlen menschlicher Wahrzeichen eines der deprimierendsten und entmutigendsten. Die Häuser am Divide waren klein und standen meist versteckt an niedrigen Stellen; Sie haben sie erst gesehen, als Sie direkt auf sie gestoßen sind. Die meisten von ihnen bestanden aus der Grasnarbe selbst und stellten lediglich den unausweichlichen Boden in einer anderen Form dar. Die Straßen waren nur schwache Spuren im Gras, und die Felder waren kaum zu erkennen. Die Aufzeichnungen über den Pflug waren unbedeutend, wie die schwachen Kratzer auf Steinen, die prähistorische Völker hinterlassen hatten, und so unbestimmt, dass es sich möglicherweise nur um die Markierungen von Gletschern und nicht um eine Aufzeichnung menschlicher Bemühungen handelte.

In elf langen Jahren hatte John Bergson in dem wilden Land, das er zähmen wollte, nur wenig Eindruck hinterlassen. Es war immer noch ein wildes Ding, das seine hässlichen Launen hatte; und niemand wusste, wann sie wahrscheinlich kommen würden oder warum. Unglück hing darüber. Sein Genie war dem Menschen gegenüber unfreundlich. Das spürte der Kranke, als er am Tag nach Alexandras Ausflug in die Stadt, nachdem der Arzt ihn verlassen hatte, aus dem Fenster schaute. Da lag es vor seiner Tür, dasselbe Land, dieselben bleifarbenen Meilen. Er kannte jeden Bergrücken, jede Senke und jede Schlucht zwischen ihm und dem Horizont. Im Süden seine gepflügten Felder; im Osten die Rasenställe, der Viehstall, der Teich — und dann das Gras.

Bergson ging in Gedanken die Dinge durch, die ihn zurückgehalten hatten. Eines Winters war sein Vieh in einem Schneesturm umgekommen. Im nächsten Sommer brach sich eines seiner Ackerpferde in einem Präriehundeloch das Bein und musste erschossen werden. In einem anderen Sommer verlor er seine Schweine an Cholera und ein wertvoller Hengst starb an einem Klapperschlangenbiss. Immer wieder waren seine Ernten ausgefallen. Er hatte zwei Kinder verloren, Jungen, die zwischen Lou und Emil standen, und die Kosten waren Krankheit und Tod gewesen. Jetzt, wo er sich endlich von seinen Schulden befreit hatte, würde er selbst sterben. Er war erst sechsundvierzig und hatte natürlich mit mehr Zeit gerechnet.

Bergson hatte seine ersten fünf Jahre auf der Kluft damit verbracht, sich zu verschulden, und die letzten sechs Jahre damit verbracht, wieder auszusteigen. Er hatte seine Hypotheken abbezahlt und fast dort geendet, wo er begonnen hatte: mit dem Land. Er besaß genau sechshundertvierzig Acres von dem, was sich vor seiner Tür erstreckte; sein eigenes ursprüngliches Gehöft und sein Holzanspruch, der 320 Acres ausmachte, und der angrenzende halbe Teil, das Gehöft eines jüngeren Bruders, der den Kampf aufgegeben hatte, nach Chicago zurückgekehrt war, um in einer schicken Bäckerei zu arbeiten und sich in einem zu profilieren Schwedischer Sportverein. Bislang hatte John nicht versucht, die zweite Hälfte zu kultivieren, sondern nutzte sie als Weideland, und einer seiner Söhne ritt dort bei offenem Wetter auf der Herde.

John Bergson vertrat in der Alten Welt den Glauben, dass Land an sich begehrenswert sei. Aber dieses Land war ein Rätsel. Es war wie ein Pferd, das niemand zu zügeln weiß, das wild rennt und Dinge in Stücke reißt. Er kam auf die Idee, dass niemand verstand, wie man ihn richtig anbaut, und diskutierte darüber oft mit Alexandra. Ihre Nachbarn wussten sicherlich noch weniger über die Landwirtschaft als er. Viele von ihnen hatten noch nie auf einem Bauernhof gearbeitet, bis sie ihre Gehöfte bezogen. Sie waren zu Hause *Handwerker gewesen;* Schneider, Schlosser, Tischler, Zigarrenmacher usw. Bergson selbst hatte auf einer Werft gearbeitet.

Wochenlang hatte John Bergson über diese Dinge nachgedacht. Sein Bett stand im Wohnzimmer neben der Küche. Den ganzen Tag über, während gebacken, gewaschen und gebügelt wurde, lag der Vater da und schaute zu den Dachbalken hinauf, die er selbst gehauen hatte, oder hinaus auf das Vieh im Pferch. Er zählte das Vieh immer wieder. Es lenkte ihn ab, darüber zu spekulieren, wie viel Gewicht die einzelnen Stiere bis zum Frühjahr wahrscheinlich zunehmen würden. Er rief seine Tochter oft zu sich, um mit ihr darüber zu sprechen. Bevor Alexandra zwölf Jahre alt war, hatte sie begonnen, ihm zu helfen, und als sie älter wurde, vertraute er immer mehr auf ihren Einfallsreichtum und ihr gutes Urteilsvermögen. Seine Jungs waren bereit zu arbeiten, aber wenn er mit ihnen redete , ärgerten sie ihn normalerweise. Es war Alexandra, die die Zeitungen las, die Märkte verfolgte und aus den Fehlern ihrer Nachbarn lernte. Es war Alexandra, die immer sagen konnte, was es gekostet hatte, jedes Ochsen zu mästen, und die das Gewicht eines Schweins erraten konnte, bevor es auf die Waage kam, näher als John Bergson selbst. Lou und Oscar waren fleißig, aber er konnte ihnen nie beibringen, ihre Arbeit mit Verstand zu erledigen.

Alexandra, sagte sich ihr Vater oft, sei wie ihr Großvater; Das war seine Art zu sagen, dass sie intelligent war. John Bergsons Vater war Schiffbauer gewesen, ein Mann von beträchtlicher Kraft und einigem Vermögen. Spät in seinem Leben heiratete er ein zweites Mal eine Stockholmer Frau mit fragwürdigem Charakter, die viel jünger war als er und die ihn zu jeder Art von Extravaganz anstachelte. Für den Schiffbauer war diese Ehe eine Verliebtheit, die verzweifelte Torheit eines mächtigen Mannes, der es nicht ertragen kann, alt zu werden. Innerhalb weniger Jahre verdarb seine prinzipienlose Frau die Redlichkeit ihres Lebens. Er spekulierte, verlor sein eigenes Vermögen und die ihm von armen Seefahrern anvertrauten Gelder, starb in Ungnade und hinterließ seinen Kindern nichts. Aber letzten Endes war er selbst aus dem Meer heraufgekommen, hatte mit keinem Kapital außer seinem eigenen Können und seiner Weitsicht ein stolzes kleines Unternehmen aufgebaut und sich als Mann erwiesen. John Bergson erkannte in seiner Tochter die Willensstärke und die einfache, direkte Art, Dinge zu durchdenken, die seinen Vater in seinen besseren Tagen gekennzeichnet hatten. Natürlich hätte er diese Ähnlichkeit viel lieber bei einem seiner Söhne gesehen, aber das war keine Frage der Wahl. Während er Tag für Tag dort lag, musste er die Situation so akzeptieren, wie sie war, und dankbar sein, dass es unter seinen Kindern eines gab, dem er die Zukunft seiner Familie und die Möglichkeiten seines hart erkämpften Landes anvertrauen konnte.

Die Winterdämmerung verblasste. Der Kranke hörte, wie seine Frau in der Küche ein Streichholz anzündete, und das Licht einer Lampe schimmerte durch die Türritzen. Es schien wie ein Licht, das in der Ferne schien. Er drehte sich schmerzerfüllt in seinem Bett um und blickte auf seine weißen Hände, aus denen die ganze Arbeit verschwunden war. Er fühlte sich bereit aufzugeben. Er wusste nicht, wie es dazu gekommen war, aber er war durchaus bereit, tief unter seine Felder zu gehen und dort auszuruhen, wo der Pflug ihn nicht finden konnte. Er hatte es satt, Fehler zu machen. Er begnügte sich damit, das Gewirr anderen Händen zu überlassen; Er dachte an die Starken seiner Alexandra.

„*Dotter*", rief er schwach, „*Dotter!* „Er hörte ihren schnellen Schritt und sah ihre große Gestalt im Türrahmen erscheinen, mit dem Licht der Lampe hinter ihr. Er spürte ihre Jugend und Stärke, wie leicht sie sich bewegte, beugte und hob. Aber er hätte es nicht noch einmal gehabt, wenn er gekonnt hätte, nicht er! Er kannte das Ende zu gut, um noch einmal von vorne anfangen zu wollen. Er wusste, wohin das alles führte, was daraus wurde.

Seine Tochter kam und hob ihn auf seine Kissen. Sie nannte ihn bei einem alten schwedischen Namen, mit dem sie ihn immer genannt hatte, als sie klein war, und brachte ihm sein Abendessen in die Werft.

„Sag den Jungs, sie sollen herkommen, Tochter. Ich möchte mit ihnen sprechen."

„Sie füttern die Pferde, Vater. Sie sind gerade aus dem Blue zurückgekommen. Soll ich sie anrufen?"

Er seufzte. „Nein, nein. Warte, bis sie reinkommen. Alexandra, du musst für deine Brüder das Beste tun, was du kannst. Alles wird auf dich zukommen."

„Ich werde alles tun, was ich kann, Vater."

„Lass sie nicht entmutigen und wie Onkel Otto abhauen. Ich möchte, dass sie das Land behalten."

„Das werden wir, Vater. Wir werden das Land niemals verlieren."

In der Küche waren schwere Schritte zu hören. Alexandra ging zur Tür und winkte ihren Brüdern zu, zwei kräftigen Jungen von siebzehn und neunzehn Jahren. Sie kamen herein und stellten sich am Fußende des Bettes. Ihr Vater sah sie forschend an, obwohl es zu dunkel war, um ihre Gesichter zu erkennen; Es waren einfach dieselben Jungen, sagte er sich, er hatte sich darin nicht geirrt. Der quadratische Kopf und die schweren Schultern gehörten Oscar, dem Älteren. Der jüngere Junge war schneller, aber schwankend.

„Jungs", sagte der Vater müde, „ich möchte, dass ihr das Land zusammenhaltet und von eurer Schwester geführt werdet. Ich habe seit meiner Krankheit mit ihr gesprochen und sie kennt alle meine Wünsche. Ich möchte keinen Streit unter meinen Kindern, und solange es ein Haus gibt, muss es ein Haupt geben. Alexandra ist die Älteste und kennt meine Wünsche. Sie wird ihr Bestes geben. Wenn sie Fehler macht, wird sie nicht so viele machen wie ich. Wenn Sie heiraten und ein eigenes Haus wollen, wird das Land laut den Gerichten gerecht aufgeteilt. Aber in den nächsten Jahren wird es für Sie schwer sein, und Sie müssen alle zusammenhalten. Alexandra wird ihr Bestes geben."

Oscar, der normalerweise als Letzter sprach, antwortete, weil er der Ältere war: „Ja, Vater. Ohne Ihr Wort wäre es ohnehin so. Wir werden alle zusammenarbeiten."

„Und ihr werdet euch von eurer Schwester leiten lassen, Jungs, und gute Brüder für sie und gute Söhne für eure Mutter sein? Das ist gut. Und Alexandra darf nicht mehr auf den Feldern arbeiten. Es besteht jetzt keine Notwendigkeit. Stellen Sie einen Mann ein, wenn Sie Hilfe brauchen. Sie kann mit ihren Eiern und Butter viel mehr verdienen als der Lohn eines Mannes. Es war einer meiner Fehler, dass ich das nicht früher herausgefunden habe. Versuchen Sie, jedes Jahr etwas mehr Land zu brechen; Rasenmais eignet sich gut als Futter. Drehen Sie das Land weiter um und legen Sie immer mehr Heu ein, als Sie benötigen. Gönnen Sie Ihrer Mutter nicht ein wenig Zeit für das Pflügen ihres Gartens und das Aufstellen von Obstbäumen, auch wenn es gerade eine geschäftige Jahreszeit ist. Sie war dir eine gute Mutter und hat das alte Land immer vermisst."

Als sie zurück in die Küche gingen, setzten sich die Jungen schweigend an den Tisch. Während des Essens blickten sie auf ihre Teller und hoben ihre roten Augen nicht. Sie aßen nicht viel, obwohl sie den ganzen Tag in der

Kälte gearbeitet hatten, und zum Abendessen gab es ein in Soße geschmortes Kaninchen und Pflaumenkuchen.

John Bergson hatte unter seiner Würde geheiratet, aber er hatte eine gute Hausfrau geheiratet. Frau Bergson war eine hellhäutige, korpulente Frau, schwerfällig und ruhig wie ihr Sohn Oscar, aber sie hatte etwas Behagliches an sich; vielleicht war es ihre eigene Liebe zum Trost. Elf Jahre lang hatte sie sich würdig darum bemüht, unter Bedingungen, die die Ordnung sehr erschwerten, einen Anschein von häuslicher Ordnung aufrechtzuerhalten. Die Gewohnheit war bei Mrs. Bergson sehr stark ausgeprägt, und ihre unermüdlichen Bemühungen, die Routine ihres alten Lebens in der neuen Umgebung fortzusetzen, hatten viel dazu beigetragen, die Familie davor zu bewahren, moralisch zu zerfallen und nachlässig zu werden. Die Bergsons hatten zum Beispiel nur deshalb ein Blockhaus, weil Frau Bergson nicht in einem Rasenhaus wohnen wollte. Sie vermisste die Fischdiät ihres eigenen Landes und schickte die Jungen jeden Sommer zweimal an den Fluss, zwanzig Meilen weiter südlich, um Kanalkatzen zu fischen. Als die Kinder noch klein waren , lud sie sie alle in den Wagen, das Baby in sein Kinderbett, und ging selbst angeln.

Alexandra sagte oft, wenn ihre Mutter auf eine einsame Insel geworfen würde, würde sie Gott für ihre Befreiung danken, einen Garten anlegen und etwas zum Bewahren finden. Bei Mrs. Bergson war das Konservieren fast eine Manie. So kräftig sie auch war, durchstreifte sie die struppigen Ufer des Norway Creek auf der Suche nach Fuchstrauben und Gänsepflaumen, wie ein wildes Tier auf der Suche nach Beute. Sie machte eine gelbe Marmelade aus den fade gemahlenen Kirschen, die in der Prärie wuchsen, und würzte sie mit Zitronenschale; und sie machte eine klebrige dunkle Konserve aus Gartentomaten. Sie hatte sogar mit der Büffelerbse experimentiert, und sie konnte keine schöne bronzene Traube davon sehen, ohne den Kopf zu schütteln und zu murmeln: „Wie schade!“ Als es nichts mehr zu konservieren gab, begann sie mit dem Einlegen. Die Menge an Zucker, die sie bei diesen Prozessen verwendete, war manchmal eine erhebliche Belastung für die Familienressourcen. Sie war eine gute Mutter, aber sie war froh, als ihre Kinder alt genug waren, um ihr in der Küche nicht im Weg zu stehen. Sie hatte John Bergson nie ganz verziehen, dass er sie ans Ende der Welt gebracht hatte; Aber jetzt, wo sie dort war, wollte sie nicht in Ruhe ihr altes Leben wieder aufbauen können, soweit das möglich war. Sie könnte immer noch etwas Trost in der Welt finden, wenn sie Speck in der Höhle, Gläser in den Regalen und Laken in der Presse hätte. Sie missbilligte alle ihre Nachbarn wegen ihrer schlampigen Haushaltsführung, und die Frauen hielten sie für sehr stolz. Als Frau Bergson einmal auf dem Weg nach Norway Creek anhielt, um die alte Frau Lee zu besuchen, versteckte sich die alte Frau im Heuhaufen, „aus Angst, Frau Bergson könnte sie barfuß erwischen.“

III

An einem Sonntagnachmittag im Juli, sechs Monate nach John Bergsons Tod, saß Carl in der Tür der Linstrum -Küche und träumte über einer illustrierten Zeitung, als er das Rattern eines Wagens entlang der Bergstraße hörte. Als er aufsah, erkannte er das Team der Bergsons mit zwei Sitzen im Wagen, was bedeutete, dass sie sich auf einen Vergnügungsausflug begaben. Oscar und Lou auf dem Vordersitz trugen ihre Stoffhüte und -mäntel, die sie nur sonntags trugen, und Emil, der neben Alexandra auf dem zweiten Sitz saß, saß stolz in seinen neuen Hosen, die er aus den Hosen seines Vaters und einer rosafarbenen Hose gemacht hatte -gestreiftes Hemd mit breitem Rüschenkragen. Oscar stoppte die Pferde und winkte Carl zu, der seinen Hut aufnahm und durch das Melonenfeld zu ihnen lief.

„Willst du mit uns gehen?" Lou hat angerufen. „Wir gehen zu Crazy Ivar, um eine Hängematte zu kaufen."

"Sicher." Carl rannte keuchend heran, kletterte über das Lenkrad und setzte sich neben Emil. „Ich wollte schon immer Ivars Teich sehen . Sie sagen, es sei das größte im ganzen Land. Hast du keine Angst, in diesem neuen Hemd zu Ivar zu gehen, Emil? Er könnte es wollen und es dir direkt vom Rücken nehmen."

Emil grinste. „Ich hätte schreckliche Angst zu gehen", gab er zu, „wenn ihr großen Jungs nicht dabei wäret, um auf mich aufzupassen." Hast du ihn jemals heulen hören, Carl? Die Leute sagen, dass er manchmal nachts heulend durch das Land rennt, weil er Angst hat, dass der Herr ihn vernichten wird. Mutter denkt, er muss etwas schrecklich Schlimmes getan haben."

Lou blickte zurück und zwinkerte Carl zu. „Was würdest du tun, Emil, wenn du alleine in der Prärie wärst und ihn kommen sehen würdest? "

Emil starrte. „Vielleicht könnte ich mich in einem Dachsloch verstecken", schlug er zweifelnd vor.

„Aber nehmen wir an, es gäbe kein Dachsloch", beharrte Lou. „Würdest du rennen?"

„Nein, ich hätte zu viel Angst, um wegzulaufen", gab Emil traurig zu und verdrehte die Finger. „Ich schätze, ich würde mich direkt auf den Boden setzen und meine Gebete sprechen."

Die großen Jungs lachten und Oscar schwang seine Peitsche über die breiten Rücken der Pferde.

„Er würde dir nichts tun, Emil", sagte Carl überzeugend. „Er kam, um unsere Stute zu behandeln, als sie grünen Mais fraß und fast so groß wie das Wasserbecken anschwoll. Er hat sie gestreichelt, genau wie ihr eure Katzen streichelt. Ich konnte nicht viel verstehen, was er sagte, weil er kein Englisch sprach, aber er tätschelte sie immer wieder und stöhnte, als hätte er die Schmerzen selbst, und sagte: ‚So, Schwester, das ist einfacher, das ist besser!‘“

Lou und Oscar lachten, und Emil kicherte entzückt und blickte zu seiner Schwester auf.

„Ich glaube nicht, dass er überhaupt Ahnung vom Arztberuf hat“, sagte Oscar verächtlich. „Man sagt, wenn Pferde Staupe haben , nimmt er die Medizin selbst und betet dann für die Pferde.“

Alexandra meldete sich zu Wort. „Das haben die Crows gesagt, aber er hat trotzdem ihre Pferde geheilt. An manchen Tagen ist sein Geist bewölkt. Aber wenn man ihn an einem klaren Tag erwischt, kann man viel von ihm lernen. Er versteht Tiere. Habe ich nicht gesehen, wie er der Berquist-Kuh das Horn abnahm, als sie es losgerissen hatte und verrückt geworden war? Sie riss überall herum und stieß sich gegen Dinge. Und schließlich rannte sie auf das Dach des alten Unterstands, und ihre Beine gingen hindurch, und da blieb sie brüllend stecken. Ivar kam mit seiner weißen Tasche angerannt, und als er bei ihr ankam, war sie still und ließ sich von ihm abhupen und die Stelle mit Teer beschmieren.“

Emil hatte seine Schwester beobachtet, in seinem Gesicht spiegelten sich die Leiden der Kuh wider. „Und hat es ihr dann nicht mehr wehgetan ?“ er hat gefragt.

Alexandra tätschelte ihn. "Nein nicht mehr. Und in zwei Tagen könnten sie ihre Milch wieder gebrauchen.“

Der Weg zu Ivars Gehöft war sehr schlecht. Er hatte sich in dem rauen Land jenseits der Kreisgrenze niedergelassen, wo niemand außer ein paar Russen lebte – ein halbes Dutzend Familien, die zusammen in einem langen Haus wohnten, abgetrennt wie Kasernen. Ivar hatte seine Wahl damit begründet, dass je weniger Nachbarn er habe, desto weniger Versuchungen. Wenn man jedoch bedenkt, dass sein Hauptgeschäft die Pferdepflege war, schien es ziemlich kurzsichtig von ihm, an dem unzugänglichsten Ort zu leben, den er finden konnte. Der Bergson-Wagen schwankte über die rauen Hügel und Grasbänke, folgte dem Grund gewundener Wasserwege oder umrundete den Rand weiter Lagunen, wo die goldenen Coreopsis aus dem klaren Wasser wuchsen und die Wildenten mit einem Schwirren ihrer Flügel aufstiegen.

Lou sah ihnen hilflos nach. „Ich wünschte, ich hätte sowieso meine Waffe mitgebracht, Alexandra“, sagte er ärgerlich. „Ich hätte es unter dem Stroh auf dem Boden des Wagens verstecken können.“

„Dann hätten wir Ivar anlügen müssen. Außerdem heißt es, er könne tote Vögel riechen. Und wenn er es wüsste, würden wir nichts von ihm bekommen, nicht einmal eine Hängematte. Ich möchte mit ihm reden, und er wird nicht vernünftig reden, wenn er wütend ist. Es macht ihn dumm.“

Lou schniefte. „Wer hat schon gehört, dass er Vernunft geredet hat? Ich hätte lieber Enten zum Abendessen als die Zunge des verrückten Ivar.“

Emil war alarmiert. „Oh, aber, Lou, du willst ihn nicht wütend machen! Er könnte heulen!“

Sie alle lachten erneut, und Oscar trieb die Pferde die bröckelnde Seite einer Lehmbank hinauf. Sie hatten die Lagunen und das rote Gras hinter sich gelassen. Im Land des verrückten Ivar war das Gras kurz und grau, die Gräser tiefer als in der Nachbarschaft der Bergsons , und das Land war vollständig in Hügel und Lehmkämme unterteilt. Die wilden Blumen verschwanden, und nur am Grund der Schluchten und Schluchten wuchsen ein paar der härtesten und widerstandsfähigsten: Zierkraut, Eisenkraut und Schnee-auf-dem-Berg.

„Schau, schau, Emil, da ist Ivars großer Teich!“ Alexandra zeigte auf eine glänzende Wasserfläche, die am Grund eines seichten Abflusses lag. An einem Ende des Teiches befand sich ein Erddamm, der mit grünen Weidenbüschen bepflanzt war, und darüber waren eine Tür und ein einzelnes Fenster in den Hang eingelassen. Ohne die Reflexion des Sonnenlichts auf den vier Fensterscheiben hätte man sie überhaupt nicht gesehen. Und das war alles, was Sie gesehen haben. Kein Schuppen, kein Pferch, kein Brunnen, nicht einmal ein durch das lockige Gras gebrochener Weg. Ohne das Stück rostiges Ofenrohr, das durch die Grasnarbe ragte, hätte man über das Dach von Ivars Behausung gehen können, ohne zu träumen, dass man sich in der Nähe einer menschlichen Behausung befand. Ivar hatte drei Jahre lang in der Lehmbank gelebt, ohne das Antlitz der Natur mehr zu verunreinigen als der Kojote, der vor ihm dort gelebt hatte.

Als die Bergsons über den Hügel fuhren, saß Ivar in der Tür seines Hauses und las in der norwegischen Bibel. Er war ein seltsam geformter alter Mann mit einem dicken, kräftigen Körper und kurzen O-Beinen. Sein struppiges weißes Haar, das in einer dichten Mähne über seine geröteten Wangen fiel, ließ ihn älter aussehen, als er war. Er war barfuß, trug aber ein sauberes, am Hals offenes Hemd aus ungebleichter Baumwolle. Am Sonntagmorgen zog er immer ein sauberes Hemd an, ging jedoch nie in die Kirche. Er hatte eine eigene Religion und kam mit keiner der Konfessionen klar. Oftmals sah er von Woche zu Woche niemanden. Er führte einen Kalender und hakte jeden Morgen einen Tag ab, so dass er nie im Zweifel war, welcher Wochentag es war. Ivar verdingte sich als Dresch- und Maisschäler und behandelte kranke Tiere, wenn man ihn rief. Als er zu Hause war, bastelte er Hängematten aus Bindfäden und prägte sich Kapitel der Bibel ein.

Ivar fand Zufriedenheit in der Einsamkeit, die er für sich selbst gesucht hatte. Er mochte den Müll menschlicher Behausungen nicht: das zerbrochene Essen, die zerbrochenen Porzellanstücke , die alten Waschkessel und Teekessel, die in den Sonnenblumenbeet geworfen wurden. Er bevorzugte die Sauberkeit und Ordnung der wilden Grasnarbe. Er sagte immer, dass die Dachse sauberere Häuser hätten als Menschen, und dass, wenn er eine Haushälterin nahm, sie Frau Dachs heißen würde. Seine Vorliebe für sein wildes Gehöft brachte er am besten dadurch zum Ausdruck, dass ihm seine Bibel dort wahrer vorkam. Wenn jemand im Eingang seiner Höhle stand und auf das raue Land, den lächelnden Himmel, das lockige Gras, das im heißen Sonnenlicht weiß war, blickte; Wenn man dem entzückten Gesang der Lerche, dem Trommeln der Wachteln, dem Gebrüll der Heuschrecken in dieser gewaltigen Stille lauschte, verstand man, was Ivar meinte.

An diesem Sonntagnachmittag strahlte sein Gesicht vor Glück. Er schloss das Buch auf seinem Knie, hielt es mit seinem geilen Finger fest und wiederholte leise:

Er lässt die Quellen in die Täler fließen, die zwischen den Hügeln verlaufen; Sie geben allen Tieren des Feldes Tränke; die Wildesel stillen ihren Durst. Die Bäume des Herrn sind voller Saft; die Zedern des Libanon, die er gepflanzt hat; Wo die Vögel ihre Nester bauen; was den Storch betrifft, die Tannen sind sein Zuhause. Die hohen Hügel sind ein Zufluchtsort für die wilden Ziegen; und die Steine für die Zapfen.

Bevor er seine Bibel wieder aufschlug, hörte Ivar, wie sich der Wagen der Bergsons näherte, sprang auf und rannte darauf zu.

„Keine Waffen, keine Waffen!" schrie er und wedelte abgelenkt mit den Armen.

„Nein, Ivar, keine Waffen", rief Alexandra beruhigend.

Er ließ die Arme sinken und ging zum Wagen, lächelte freundlich und sah sie aus seinen blassblauen Augen an.

„Wir möchten eine Hängematte kaufen, falls Sie eine haben", erklärte Alexandra, „und mein kleiner Bruder hier möchte Ihren großen Teich sehen, wo so viele Vögel hinkommen."

Ivar lächelte töricht und begann, die Nasen der Pferde zu reiben und ihre Mäuler hinter den Gebissen zu betasten. „Im Moment gibt es nicht viele Vögel. Heute Morgen ein paar Enten; und einige Schnepfen kommen zum Trinken. Aber letzte Woche gab es einen Kran. Sie verbrachte eine Nacht und kam am nächsten Abend zurück. Ich weiß nicht warum. Es ist natürlich nicht ihre Saison. Viele von ihnen gehen im Herbst über. Dann ist der Teich jede Nacht voller seltsamer Stimmen."

Alexandra übersetzte für Carl, der nachdenklich wirkte. „Frag ihn, Alexandra, ob es wahr ist, dass einmal eine Möwe hierher kam. Das habe ich gehört."

Es fiel ihr schwer, den alten Mann verständlich zu machen.

Zuerst sah er verwirrt aus, dann schlug er seine Hände aneinander, als ihm wieder einfiel. "Oh ja ja! Ein großer weißer Vogel mit langen Flügeln und rosa Füßen. Mein! was für eine Stimme sie hatte! Sie kam am Nachmittag und flog weiter um den Teich herum und schrie, bis es dunkel wurde. Sie steckte in irgendwelchen Schwierigkeiten, aber ich konnte sie nicht verstehen. Vielleicht war sie auf dem Weg zum anderen Ozean und wusste nicht, wie weit es entfernt war. Sie hatte Angst, nie dorthin zu gelangen. Sie war trauriger als unsere Vögel hier; Sie weinte in der Nacht. Sie sah das Licht von meinem Fenster und rannte darauf zu. Vielleicht dachte sie, mein Haus sei ein Boot, sie war so ein wildes Ding. Als am nächsten Morgen die Sonne aufging, ging ich hinaus, um ihr Essen zu holen, aber sie flog in den Himmel und machte sich auf den Weg." Ivar fuhr sich mit den Fingern durch sein dichtes Haar. „Ich habe hier viele seltsame Vögel, die bei mir Halt machen. Sie kommen von weit her und sind eine tolle Gesellschaft. Ich hoffe, ihr Jungs schießt niemals wilde Vögel?"

Lou und Oscar grinsten und Ivar schüttelte seinen buschigen Kopf. „Ja, ich weiß, dass Jungs gedankenlos sind. Aber diese wilden Dinger sind Gottes Vögel. Er wacht über sie und zählt sie, wie wir unser Vieh; Christus sagt es im Neuen Testament."

„Nun, Ivar", fragte Lou, „dürfen wir unsere Pferde an deinem Teich tränken und ihnen etwas Futter geben? Es ist ein schlechter Weg zu dir."

"Ja Ja es ist." Der alte Mann kroch umher und begann, die Schlepper loszulassen . „Eine schlechte Straße, was, Mädels? Und der Braune mit einem Hengstfohlen zu Hause!"

Oscar schob den alten Mann beiseite. „Wir kümmern uns um die Pferde, Ivar. Sie werden eine Krankheit an ihnen finden. Alexandra möchte deine Hängematten sehen."

Ivar führte Alexandra und Emil zu seinem kleinen Höhlenhaus. Er hatte nur ein Zimmer, sauber verputzt und weiß getüncht, und es gab einen Holzboden. Es gab einen Küchenherd, einen mit Wachstuch bedeckten Tisch, zwei Stühle, eine Uhr, einen Kalender und ein paar Bücher auf dem Fensterregal; nichts mehr. Aber der Ort war so sauber wie ein Schrank.

„Aber wo schläfst du, Ivar?" fragte Emil und sah sich um.

Ivar hängte eine Hängematte von einem Haken an der Wand; Darin war ein Büffelgewand gerollt. „Da, mein Sohn. Eine Hängematte ist ein gutes Bett, und im Winter wickele ich mich in diese Haut ein. Wo ich zur Arbeit gehe, sind die Betten nicht halb so einfach."

Zu diesem Zeitpunkt hatte Emil seine gesamte Schüchternheit verloren. Er hielt eine Höhle für eine sehr hochwertige Art von Haus. Es war etwas angenehm Ungewöhnliches daran und an Ivar. „Wissen die Vögel, dass du freundlich zu ihnen sein wirst, Ivar? Kommen deshalb so viele?" er hat gefragt.

Ivar setzte sich auf den Boden und stellte seine Füße unter sich. „Sieh, kleiner Bruder, sie kommen von weit her und sind sehr müde. Von dort oben, wo sie fliegen, sieht unser Land dunkel und flach aus. Sie müssen Wasser zum Trinken und Baden haben, bevor sie ihre Reise fortsetzen können. Sie schauen hierhin und dorthin und weit unter sich sehen sie etwas Leuchtendes, wie ein Stück Glas, das in die dunkle Erde eingelassen ist. Das ist mein Teich. Sie kommen dorthin und werden nicht gestört. Vielleicht streue ich etwas Mais darüber. Sie sagen es den anderen Vögeln, und nächstes Jahr kommen noch mehr. Sie haben dort oben ihre Straßen, genau wie wir hier unten."

Emil rieb sich nachdenklich die Knie. „Und stimmt das, Ivar, dass die Kopfenten zurückfallen, wenn sie müde sind, und die Hinteren ihren Platz einnehmen?"

"Ja. Die Spitze des Keils hat das Schlimmste davon; Sie schneiden den Wind. Dort können sie es nur kurze Zeit aushalten, vielleicht eine halbe Stunde. Dann fallen sie zurück und der Keil spaltet sich ein wenig, während die Hinteren in der Mitte nach vorne kommen. Dann schließt es sich und sie fliegen mit einer neuen Kante weiter. Sie verändern sich ständig so, oben in der Luft. Niemals Verwirrung; genau wie Soldaten, die gedrillt wurden."

Alexandra hatte ihre Hängematte ausgewählt, als die Jungen vom Teich heraufkamen. Sie wollten nicht reinkommen, sondern saßen draußen im Schatten der Bank, während Alexandra und Ivar über die Vögel und über seine Haushaltsführung sprachen und warum er nie Fleisch aß, weder frisches noch gesalzenes.

Alexandra saß auf einem der Holzstühle, ihre Arme ruhten auf dem Tisch. Ivar saß zu ihren Füßen auf dem Boden. „Ivar", sagte sie plötzlich und begann mit dem Zeigefinger das Muster auf dem Wachstuch nachzuzeichnen, „ich bin heute eher gekommen, weil ich mit dir reden wollte, als weil ich eine Hängematte kaufen wollte."

"Ja?" Der alte Mann kratzte mit seinen nackten Füßen auf dem Dielenboden.

„Wir haben einen großen Haufen Schweine, Ivar. Ich würde im Frühjahr nicht verkaufen, als mir alle dazu geraten haben, und jetzt verlieren so viele Leute ihre Schweine, dass ich Angst habe. Was kann getan werden?"

Ivars kleine Augen begannen zu leuchten. Sie haben ihre Unbestimmtheit verloren.

„Du fütterst sie mit Speisebrei und solchem Zeug? Natürlich! Und saure Milch? Oh ja! Und sie in einem stinkenden Pferch aufbewahren? Ich sage dir, Schwester, die Schweine dieses Landes sind angegriffen! Sie werden unrein, wie die Schweine in der Bibel. Was würde passieren, wenn Sie Ihre

Hühner so halten würden? Du hast vielleicht ein kleines Sorghumfeld? Bauen Sie einen Zaun darum herum und sperren Sie die Schweine ein. Bauen Sie einen Schuppen, um ihnen Schatten zu spenden, und ein Strohdach auf Pfählen. Lassen Sie die Jungen Wasser in Fässern zu sich bringen, sauberes Wasser und reichlich. Entfernen Sie sie vom alten, stinkenden Boden und lassen Sie sie erst im Winter dorthin zurückkehren. Geben Sie ihnen nur Getreide und sauberes Futter, so wie Sie es auch Pferden oder Rindern geben würden. Schweine mögen es nicht, schmutzig zu sein.“

Die Jungen vor der Tür hatten zugehört. Lou gab seinem Bruder einen Stoß. „Komm, die Pferde sind mit dem Fressen fertig. Lasst uns ankuppeln und hier verschwinden. Er wird sie mit Vorstellungen füllen. Als nächstes wird sie dafür sein, dass die Schweine bei uns schlafen.“

Oscar grunzte und stand auf. Carl, der nicht verstehen konnte, was Ivar sagte, sah, dass die beiden Jungen unzufrieden waren. Sie hatten nichts gegen harte Arbeit, aber sie hassten Experimente und sahen keinen Sinn darin, sich Mühe zu geben. Sogar Lou, der flexibler war als sein älterer Bruder, mochte es nicht, etwas anders zu machen als ihre Nachbarn. Er hatte das Gefühl, dass sie dadurch auffielen und den Menschen die Möglichkeit gaben, über sie zu sprechen.

Als sie auf dem Heimweg waren, vergaßen die Jungen ihre schlechte Laune und machten Witze über Ivar und seine Vögel. Alexandra schlug keine Reformen in der Schweinehaltung vor und sie hofften, dass sie Ivars Rede vergessen hatte. Sie waren sich einig, dass er verrückter als je zuvor war und sich nie auf seinem Land durchsetzen konnte, weil er es so wenig bewirtschaftete. Alexandra beschloss insgeheim, mit Ivar darüber zu sprechen und ihn aufzurütteln. Die Jungen überredeten Carl, zum Abendessen zu bleiben und nach Einbruch der Dunkelheit im Weideteich schwimmen zu gehen.

An diesem Abend, nachdem sie das Abendessen abgewaschen hatte, setzte sich Alexandra auf die Küchentür, während ihre Mutter das Brot mischte. Es war eine stille, tiefe Sommernacht, erfüllt vom Duft der Heufelder. Von der Weide erklangen Gelächter und Plätschern, und als der Mond schnell über den kahlen Rand der Prärie stieg, glitzerte der Teich wie poliertes Metall, und sie konnte das Aufblitzen weißer Körper sehen, als die Jungen am Rand entlangliefen, oder sprang ins Wasser. Alexandra beobachtete verträumt den schimmernden Teich, doch schließlich wanderte ihr Blick zurück zu dem Sorghumbeet südlich der Scheune, wo sie ihren neuen Schweinestall errichten wollte.

IV

In den ersten drei Jahren nach John Bergsons Tod florierten die Angelegenheiten seiner Familie. Dann kamen die harten Zeiten, die jeden auf der Kluft an den Rand der Verzweiflung brachten; Drei Jahre der Dürre und des Scheiterns, der letzte Kampf eines wilden Bodens gegen die eindringende Pflugschar. Den ersten dieser fruchtlosen Sommer überstanden die Bergson-Jungs mutig. Der Ausfall der Maisernte machte die Arbeitskräfte billig. Lou und Oscar stellten zwei Männer ein und erzielten größere Ernten als je zuvor. Sie haben alles verloren, was sie ausgegeben haben. Das ganze Land war entmutigt. Bereits verschuldete Bauern mussten ihr Land aufgeben. Einige Zwangsvollstreckungen demoralisierten den Landkreis. Die Siedler saßen auf den hölzernen Gehwegen der kleinen Stadt und erzählten einander, dass das Land niemals für Männer zum Leben gedacht sei; Das Wichtigste war, nach Iowa, nach Illinois, an jeden Ort zurückzukehren, der sich als bewohnbar erwiesen hatte. Die Bergson-Jungs wären sicherlich glücklicher bei ihrem Onkel Otto in der Bäckerei in Chicago gewesen. Wie die meisten ihrer Nachbarn sollten sie den bereits vorgezeichneten Wegen folgen und nicht in einem neuen Land Spuren hinterlassen. Ein fester Job, ein paar Ferien, nichts zu bedenken, und sie wären sehr glücklich gewesen. Es war nicht ihre Schuld, dass sie als kleine Jungen in die Wildnis geschleppt wurden. Ein Pionier sollte Vorstellungskraft haben und sich mehr an der Idee der Dinge als an den Dingen selbst erfreuen können.

Der zweite dieser kargen Sommer ging vorüber. An einem Septembernachmittag war Alexandra in den Garten auf der anderen Straßenseite gegangen, um Süßkartoffeln zu ernten – sie waren von dem Wetter gediehen, das für alles andere tödlich war. Aber als Carl Linstrum die Gartenreihen hinaufkam, um sie zu finden, war sie nicht bei der Arbeit. Sie stand gedankenverloren da, auf ihre Heugabel gestützt, ihr Sonnenhut lag neben ihr auf dem Boden. Das trockene Gartenstück roch nach vertrockneten Weinreben und war mit gelben Samengurken, Kürbissen und Zitronen übersät. An einem Ende, neben dem Rhabarber, wuchs gefiederter Spargel mit roten Beeren. In der Mitte des Gartens befand sich eine Reihe von Stachelbeer- und Johannisbeersträuchern. Ein paar zähe Zenien und Ringelblumen sowie eine Reihe scharlachroter Salbeibäume zeugten von den Wassereimern, die Frau Bergson nach Sonnenuntergang entgegen dem Verbot ihrer Söhne dorthin getragen hatte. Carl kam leise und langsam den Gartenweg hinauf und sah Alexandra aufmerksam an. Sie hörte ihn nicht. Sie stand völlig regungslos da, mit der ernsten Leichtigkeit, die so charakteristisch für sie ist. Ihre dicken, rötlichen Zöpfe, die sie um den Kopf geschlungen hatte, brannten im Sonnenlicht regelrecht. Die Luft war kühl genug, dass die warme Sonne angenehm auf Rücken und Schultern schien, und so klar, dass das Auge einem Falken in die glühend blauen Tiefen des Himmels folgen konnte. Sogar Carl, nie ein sehr fröhlicher Junge und von den letzten beiden bitteren Jahren ziemlich verdüstert, liebte das Land an Tagen wie diesen, spürte, wie daraus etwas Starkes, Junges und Wildes hervorging, das über die Sorge lachte.

„Alexandra", sagte er, als er auf sie zukam, „ich möchte mit dir reden. Lasst uns bei den Stachelbeersträuchern Platz nehmen." Er hob ihren Sack Kartoffeln auf und sie durchquerten den Garten. „Jungs in die Stadt gegangen?" fragte er, als er auf die warme, sonnenverwöhnte Erde sank . „Nun, wir haben uns endlich entschieden, Alexandra. Wir gehen wirklich weg."

Sie sah ihn an, als hätte sie ein wenig Angst. „Wirklich, Carl? Ist es geklärt?"

„Ja, Vater hat aus St. Louis gehört, und sie werden ihm seinen alten Job in der Zigarrenfabrik zurückgeben. Er muss bis zum 1. November dort sein. Dann stellen sie neue Männer ein. Wir werden das Grundstück für alles verkaufen, was wir bekommen können, und die Aktien versteigern. Wir haben nicht genug zum Versenden. Ich werde dort bei einem deutschen Graveur das Gravieren erlernen und dann versuchen, in Chicago Arbeit zu finden."

Alexandras Hände fielen in ihren Schoß. Ihre Augen wurden verträumt und voller Tränen.

Carls empfindliche Unterlippe zitterte. Er kratzte mit einem Stock in der weichen Erde neben sich. „Das ist alles, was ich daran hasse, Alexandra", sagte er langsam. „Du hast uns so oft zur Seite gestanden und Vater so oft geholfen, und jetzt scheint es, als würden wir davonlaufen und dich dem Schlimmsten überlassen. Aber es ist nicht so, dass wir Ihnen jemals wirklich helfen könnten. Wir sind nur eine weitere Belastung, eine weitere Sache, auf die Sie achten und für die Sie sich verantwortlich fühlen. Vater war nie für einen Bauern bestimmt, das wissen Sie. Und ich hasse es. Wir würden nur immer tiefer eindringen."

„Ja, ja, Carl, ich weiß. Du verschwendest hier dein Leben. Sie können viel bessere Dinge tun. Du bist jetzt fast neunzehn und ich möchte nicht, dass du bleibst. Ich habe immer gehofft, dass du entkommen würdest. Aber ich kann nicht umhin, Angst zu haben, wenn ich daran denke, wie sehr ich dich vermissen werde – mehr, als du jemals ahnen wirst." Sie wischte sich die Tränen von den Wangen und versuchte nicht, sie zu verbergen.

„Aber, Alexandra", sagte er traurig und wehmütig, „ich habe dir nie wirklich geholfen, abgesehen davon, dass ich manchmal versucht habe, die Jungs bei Laune zu halten."

Alexandra lächelte und schüttelte den Kopf. „Oh, das ist es nicht. Nichts dergleichen. Durch Ihr Verständnis für mich, die Jungs und meine Mutter haben Sie mir geholfen. Ich gehe davon aus, dass dies die einzige Möglichkeit ist, einer anderen wirklich zu helfen. Ich glaube, du bist so ziemlich der Einzige, der mir jemals geholfen hat. Irgendwie wird es mehr Mut erfordern, es durchzuhalten, als alles, was bisher passiert ist."

Carl blickte auf den Boden. „Sehen Sie, wir haben uns alle sehr auf Sie verlassen", sagte er, „sogar Vater. Er bringt mich zum Lachen. Wenn etwas dazwischenkommt , sagt er immer: „Ich frage mich, was die Bergsons dagegen tun werden?" Ich schätze, ich werde gehen und sie fragen.' Ich werde die Zeit nie vergessen, als wir zum ersten Mal hierher kamen und unser Pferd eine Kolik hatte und ich zu dir lief – dein Vater war weg, und du kamst mit mir nach Hause und hast Vater gezeigt, wie man den Wind rauslässt das Pferd. Du warst damals noch ein kleines Mädchen, aber du wusstest viel mehr über die Arbeit auf dem Bauernhof als der arme Vater. Erinnerst du dich, wie sehr ich Heimweh hatte und welche langen Gespräche wir nach der Schule führten? Irgendwie haben wir uns in allen Dingen immer gleich gefühlt."

"Ja das ist es; Wir haben die gleichen Dinge gemocht und wir haben sie zusammen gemocht, ohne dass es jemand anderes wusste. Und wir hatten eine schöne Zeit, als wir jedes Jahr gemeinsam Weihnachtsbäume suchten, Enten jagten und unseren Pflaumenwein herstellten. Wir hatten noch nie einen anderen engen Freund. Und jetzt –" Alexandra wischte sich mit dem Zipfel ihrer Schürze über die Augen, „und jetzt muss ich bedenken, dass du dorthin gehst, wo du viele Freunde haben und die Arbeit finden wirst, die du machen sollst. Aber du wirst mir schreiben, Carl? Das wird mir hier sehr viel bedeuten."

„Ich werde schreiben, solange ich lebe", rief der Junge ungestüm. „Und ich werde sowohl für dich als auch für mich selbst arbeiten, Alexandra. Ich möchte etwas tun, das Ihnen gefällt und auf das Sie stolz sein können. Ich bin hier ein Idiot, aber ich weiß, dass ich etwas tun kann!" Er setzte sich auf und betrachtete stirnrunzelnd das rote Gras.

Alexandra seufzte. „Wie entmutigt werden die Jungs sein, wenn sie es hören. Sie kommen sowieso immer entmutigt aus der Stadt nach Hause. So viele Menschen versuchen, das Land zu verlassen, und sie reden mit unseren Jungs und machen sie niedergeschlagen. Ich fürchte, sie werden langsam hart mir gegenüber, weil ich mir keine Gedanken darüber machen will, ob ich gehen soll. Manchmal habe ich das Gefühl, dass es mir langweilig wird, für dieses Land einzutreten."

„Ich werde es den Jungs noch nicht sagen, wenn du es lieber nicht möchtest."

„Oh, ich werde es ihnen heute Abend selbst sagen, wenn sie nach Hause kommen. Sie werden sowieso wild reden, und es hat nichts Gutes, wenn man schlechte Nachrichten für sich behält. Für sie ist alles schwieriger als für mich. Lou möchte heiraten, armer Junge, und das kann er erst, wenn die Zeiten besser sind. Schau, da geht die Sonne unter, Carl. Ich muss zurückkommen. Mutter wird ihre Kartoffeln wollen. Sobald das Licht ausgeht, ist es schon kühl."

Alexandra stand auf und sah sich um. Im Westen pulsierte ein goldenes Abendrot, aber das Land sah bereits leer und traurig aus. Eine dunkle, sich bewegende Masse kam über den westlichen Hügel, der Lee-Junge brachte die Herde aus der anderen Hälfte herein. Emil rannte von der Windmühle weg, um das Pferchtor zu öffnen. Aus dem Blockhaus, auf der kleinen Anhöhe gegenüber dem Zug, kräuselte sich der Rauch. Das Vieh brüllte und brüllte. Am Himmel versilberte sich langsam der blasse Halbmond. Alexandra und Carl gingen gemeinsam die Kartoffelreihen entlang. „Ich muss mir immer wieder sagen, was passieren wird", sagte sie leise. „Seit du hier bist, zehn Jahre, war ich nie wirklich einsam. Aber ich kann mich erinnern, wie es vorher war. Jetzt werde ich niemanden mehr haben außer Emil. Aber er ist mein Junge, und er ist sanftherzig."

Als die Jungen an diesem Abend zum Abendessen gerufen wurden, setzten sie sich launisch hin. Sie hatten ihre Mäntel in der Stadt getragen, aßen aber in ihren gestreiften Hemden und Hosenträgern. Mittlerweile waren sie erwachsene Männer, und wie Alexandra sagte, waren sie sich in den letzten Jahren immer ähnlicher geworden. Lou war immer noch der Kleinere von beiden, der Schnellere und Intelligentere, neigte aber dazu, mit halber Kraft loszulegen. Er hatte ein lebhaftes blaues Auge, eine dünne, helle Haut (die im Sommer immer bis zum Halsband seines Hemdes rot brannte), steifes, gelbes Haar, das sich nicht auf den Kopf legen wollte, und einen borstigen kleinen gelben Schnurrbart, den er trug sehr stolz. Oscar konnte sich keinen Schnurrbart wachsen lassen; sein blasses Gesicht war so kahl wie ein Ei, und seine weißen Augenbrauen verliehen ihm einen leeren Ausdruck. Er war ein Mann von kräftigem Körper und ungewöhnlicher Ausdauer; die Art von Mann, die man an einem Maisschäler wie an einer Maschine befestigen könnte. Er würde es den ganzen Tag drehen, ohne sich zu beeilen, ohne langsamer zu werden. Aber er war geistig ebenso träge wie schonungslos gegenüber seinem Körper. Seine Liebe zur Routine kam einem Laster gleich. Er arbeitete wie ein Insekt und machte immer das Gleiche auf die gleiche Weise, egal ob es das Beste war oder nicht. Er hatte das Gefühl, dass in der bloßen körperlichen Arbeit eine souveräne Tugend liege, und tat es lieber, Dinge auf die härteste Art und Weise zu tun. Wenn auf einem Feld einmal Mais gewachsen war, konnte er es nicht ertragen, daraus Weizen anzubauen. Er liebte es, jedes Jahr zur gleichen Zeit mit dem Maisanbau zu beginnen, egal, ob die Saison rückwärts oder vorwärts ging. Er schien das Gefühl zu haben, dass er sich durch seine eigene tadellose Regelmäßigkeit von jeder Schuld freisprechen und das Wetter zurechtweisen würde. Als die Weizenernte ausfiel, drosch er das Stroh mit größter Mühe, um zu demonstrieren, wie wenig Getreide vorhanden war, und um so seine Argumente gegen die Vorsehung zu beweisen.

Lou hingegen war wählerisch und flatterhaft; hatte immer vor, zwei Arbeitstage an einem Tag zu erledigen, und erledigte oft nur die unwichtigsten Dinge. Es gefiel ihm, den Laden am Laufen zu halten, aber er kam nie dazu, Gelegenheitsarbeiten zu erledigen, bis er dringendere Arbeiten vernachlässigen musste, um sie zu erledigen. Mitten in der Weizenernte, wenn das Korn überreif war und jede Hand gebraucht wurde, hielt er an, um Zäune zu reparieren oder das Geschirr zu flicken; Dann flitze ich aufs Feld, überarbeite mich und liege eine Woche lang im Bett. Die beiden Jungs balancierten sich gegenseitig aus und kamen gut zusammen. Sie waren seit ihrer Kindheit gute Freunde. Einer ging selten irgendwohin, nicht einmal in die Stadt, ohne den anderen.

Heute Abend, nachdem sie sich zum Abendessen hingesetzt hatten, blickte Oscar Lou immer wieder an, als erwarte er, dass er etwas sagen würde, und Lou blinzelte mit den Augen und blickte stirnrunzelnd auf seinen Teller. Es war Alexandra selbst, die schließlich die Diskussion eröffnete.

„Die Linstrums ", sagte sie ruhig, während sie einen weiteren Teller mit heißem Keks auf den Tisch stellte, „gehen zurück nach St. Louis. Der alte Mann wird wieder in der Zigarrenfabrik arbeiten."

Daraufhin stürzte sich Lou ein. „Siehst du, Alexandra, jeder, der herauskriechen kann, geht weg. Es nützt nichts, wenn wir versuchen, durchzuhalten, sondern nur stur zu sein. Es ist etwas Besonderes, zu wissen, wann man aufhören muss."

„Wo willst du hin, Lou?"

„Überall dort, wo etwas wächst", sagte Oscar grimmig.

Lou griff nach einer Kartoffel. „Chris Arnson hat seinen halben Abschnitt gegen einen Platz unten am Fluss eingetauscht."

„Mit wem hat er Handel getrieben?"

„Charley Fuller, in der Stadt."

„Fuller, der Immobilienmann? Siehst du, Lou, dass Fuller einen Kopf auf ihn hat. Er kauft und handelt für jedes bisschen Land, das er hier bekommen kann. Es wird ihn eines Tages zu einem reichen Mann machen."

„Er ist jetzt reich, deshalb kann er ein Risiko eingehen."

„Warum können wir nicht? Wir werden länger leben als er. Eines Tages wird das Land selbst mehr wert sein als alles, was wir jemals darauf aufbringen können."

Lou lachte. „Es könnte sich lohnen und trotzdem nicht viel wert sein. Alexandra, du weißt nicht, wovon du redest. Unser Platz würde heute nicht mehr das bieten, was er vor sechs Jahren bringen würde. Die Leute, die sich hier niedergelassen haben, haben einfach einen Fehler gemacht. Jetzt beginnen sie zu begreifen, dass auf diesem Hochland nie etwas wachsen sollte, und jeder, der nicht darauf festgelegt ist, Vieh zu weiden, versucht herauszukriechen. Es ist zu hoch, um hier oben Landwirtschaft zu betreiben. Alle Amerikaner häuten sich. Dieser Mann, Percy Adams, nördlich der Stadt, sagte mir, dass er Fuller für vierhundert Dollar und ein Ticket nach Chicago sein Land und sein Zeug überlassen würde."

„Da ist wieder Fuller!" rief Alexandra aus. „Ich wünschte, dieser Mann würde mich als Partner nehmen. Er füllt sein Nest aus! Wenn die Armen nur ein wenig von den Reichen lernen könnten! Aber all diese Kerle, die weglaufen, sind schlechte Bauern, wie der arme Herr Linstrum . Sie kamen selbst in guten Jahren nicht weiter und verschuldeten sich alle, während Vater ausstieg. Ich denke, wir sollten um Vaters willen so lange wie möglich durchhalten. Er war so darauf bedacht, dieses Land zu behalten. Er muss hier härtere Zeiten als diese erlebt haben. Wie war es in der Anfangszeit, Mutter?"

Frau Bergson weinte leise. Diese familiären Diskussionen deprimierten sie immer und erinnerten sie an all das, wovon sie losgerissen worden war. „Ich verstehe nicht, warum die Jungs immer davon reden, wegzugehen", sagte sie und wischte sich die Augen. „Ich möchte nicht noch einmal umziehen; vielleicht an einen rauen Ort, wo es uns schlechter gehen würde als hier, und alles noch einmal machen. Ich werde mich nicht bewegen! Wenn der Rest von euch geht, werde ich einige der Nachbarn bitten, mich aufzunehmen, zu bleiben und von meinem Vater beerdigt zu werden. Ich werde ihn nicht allein in der Prärie zurücklassen, damit er vom Vieh überfahren wird." Sie begann immer bitterer zu weinen.

Die Jungs sahen wütend aus. Alexandra legte ihrer Mutter beruhigend die Hand auf die Schulter. „Das steht außer Frage, Mutter. Du musst nicht gehen, wenn du nicht willst. Ein Drittel des Grundstücks gehört nach amerikanischem Recht Ihnen und wir dürfen nicht ohne Ihre Zustimmung verkaufen. Wir möchten nur, dass Sie uns beraten. Wie war es, als Sie und Ihr Vater zum ersten Mal hier waren? War es wirklich so schlimm oder nicht?"

„Oh, schlimmer! Viel schlimmer", stöhnte Frau Bergson. „Drouth, Chince - Bugs, Hagel, alles! Mein Garten ist in Stücke geschnitten wie Sauerkraut. Keine Trauben am Bach, kein Nichts. Die Menschen lebten alle wie Kojoten."

Oscar stand auf und stapfte aus der Küche. Lou folgte ihm. Sie hatten das Gefühl, dass Alexandra einen unfairen Vorteil daraus gezogen hatte, ihre Mutter auf sie loszulassen. Am nächsten Morgen waren sie still und zurückhaltend. Sie boten den Frauen nicht an, sie zur Kirche zu bringen, sondern gingen sofort nach dem Frühstück in die Scheune und blieben dort den ganzen Tag. Als Carl Linstrum am Nachmittag vorbeikam, zwinkerte Alexandra ihm zu und zeigte auf die Scheune. Er verstand sie und ging hinunter, um mit den Jungen Karten zu spielen. Sie hielten das für eine sehr böse Tat am Sonntag und es beruhigte ihre Gefühle.

Alexandra blieb im Haus. Am Sonntagnachmittag machte Frau Bergson immer ein Nickerchen und Alexandra las. Unter der Woche las sie nur die Zeitung, aber am Sonntag und an den langen Winterabenden las sie viel; Lies ein paar Dinge sehr oft durch. Sie kannte weite Teile der „Frithjof-Saga" auswendig, und wie die meisten Schweden, die überhaupt lasen, liebte sie Longfellows Verse – die Balladen und die „Goldene Legende" und „Der spanische Student". Heute saß sie im hölzernen Schaukelstuhl mit der aufgeschlagenen schwedischen Bibel auf den Knien, aber sie las nicht. Sie schaute nachdenklich zu der Stelle, wo die Hochlandstraße am Rande der Prärie verschwand. Ihr Körper befand sich in einer Haltung vollkommener Ruhe, wie sie es annehmen konnte, wenn sie ernsthaft nachdachte. Ihr Geist war langsam, wahrhaftig und standhaft. Sie hatte nicht den geringsten Funken Klugheit.

Den ganzen Nachmittag herrschte im Wohnzimmer Stille und Sonnenschein. Emil baute im Küchenschuppen Kaninchenfallen. Die Hühner gackerten und kratzten braune Löcher in den Blumenbeeten, und der Wind neckte die Feder des Prinzen neben der Tür.

An diesem Abend kam Carl mit den Jungen zum Abendessen herein.

„Emil", sagte Alexandra, als sie alle am Tisch saßen, „wie würdest du gerne verreisen?" Denn ich werde einen Ausflug machen, und du kannst mit mir gehen, wenn du willst."

Die Jungen blickten erstaunt auf; Sie hatten immer Angst vor Alexandras Plänen. Carl war interessiert.

„Ich habe darüber nachgedacht, Jungs", fuhr sie fort, „dass ich vielleicht zu sehr dagegen bin, etwas zu ändern." Ich werde morgen Brigham und das Buckboard nehmen und ins Flussland fahren und ein paar Tage damit verbringen, mir anzusehen, was sie dort unten haben. Wenn ich etwas Gutes finde, könnt ihr Jungs hingehen und einen Handel abschließen."

„Niemand da unten wird irgendetwas hier oben eintauschen", sagte Oscar düster.

„Genau das möchte ich herausfinden. Vielleicht sind sie dort unten genauso unzufrieden wie wir hier oben. Außerhalb der Heimat sehen die Dinge oft besser aus, als sie sind. Du weißt, was in deinem Buch von Hans Andersen steht, Carl, dass die Schweden gerne dänisches Brot kaufen und die Dänen gerne schwedisches Brot kaufen, weil die Leute immer denken, das Brot eines anderen Landes sei besser als ihr eigenes. Wie auch immer, ich habe so viel über die Flussfarmen gehört, dass ich nicht zufrieden sein werde, bis ich es selbst gesehen habe."

Lou zappelte. "Achtung! Stimmen Sie nichts zu. Lass dich nicht täuschen."

Lou ließ sich leicht täuschen. Er hatte noch nicht gelernt, sich von den Hütchenwagen fernzuhalten, die dem Zirkus folgten.

Nach dem Abendessen zog Lou eine Krawatte an und ging über die Felder, um Annie Lee den Hof zu machen, und Carl und Oscar setzten sich zu einer Partie Dame, während Alexandra ihrer Mutter und Emil „Die Schweizer Familie Robinson" vorlas. Es dauerte nicht lange, bis die beiden Jungen am Tisch ihr Spiel vernachlässigten und zuhörten. Sie waren alle zusammen große Kinder und fanden die Abenteuer der Familie im Baumhaus so spannend, dass sie ihnen ihre ungeteilte Aufmerksamkeit schenkten.

V

Alexandra und Emil verbrachten fünf Tage zwischen den Flussfarmen und fuhren das Tal auf und ab. Alexandra sprach mit den Männern über ihre Feldfrüchte und mit den Frauen über ihr Geflügel. Sie verbrachte einen ganzen Tag mit einem jungen Bauern, der in der Schule war und mit einer neuen Sorte Kleeheu experimentierte. Sie hat viel gelernt. Während der Fahrt unterhielten sie und Emil sich und planten. Schließlich, am sechsten Tag, drehte Alexandra Brighams Kopf nach Norden und ließ den Fluss hinter sich.

„Da unten ist nichts für uns drin, Emil. Es gibt ein paar schöne Bauernhöfe, aber sie gehören den reichen Männern der Stadt und konnten nicht gekauft werden. Der größte Teil des Landes ist rau und hügelig. Sie können dort unten immer weiterkommen, aber nie etwas Großes schaffen. Unten haben sie ein wenig Gewissheit, aber oben bei uns besteht eine große Chance. Wir müssen Vertrauen in das Hochland haben, Emil. Ich möchte fester denn je durchhalten, und wenn du ein Mann bist, wirst du es mir danken." Sie drängte Brigham vorwärts.

Als die Straße die ersten langen Wellen der Kluft hinaufstieg, summte Alexandra eine alte schwedische Hymne und Emil fragte sich, warum seine Schwester so glücklich aussah. Ihr Gesicht strahlte so sehr, dass er davor zurückschreckte, sie zu fragen. Zum ersten Mal, seit dieses Land aus den Gewässern geologischer Zeitalter hervorgegangen ist, wurde ihm vielleicht zum ersten Mal ein menschliches Gesicht voller Liebe und Sehnsucht zugewandt. Es erschien ihr wunderschön, reich und stark und herrlich. Ihre Augen saugten die Weite auf, bis ihre Tränen sie blind machten. Dann muss sich der Genius der Kluft, der große, freie Geist, der über sie atmet, tiefer gebeugt haben, als er sich jemals zuvor einem menschlichen Willen gebeugt hat. Die Geschichte eines jeden Landes beginnt im Herzen eines Mannes oder einer Frau.

Alexandra kam am Nachmittag nach Hause. An diesem Abend hielt sie einen Familienrat ab und erzählte ihren Brüdern alles, was sie gesehen und gehört hatte.

„Ich möchte, dass ihr Jungs selbst hinuntergeht und es euch anseht. Nichts wird Sie so überzeugen, wie es mit Ihren eigenen Augen zu sehen ist. Das Flussland war schon vorher besiedelt, und so sind sie uns ein paar Jahre voraus und haben mehr über die Landwirtschaft gelernt. Das Land kostet dreimal so viel, aber in fünf Jahren werden wir es verdoppeln. Die reichen Männer dort unten besitzen das beste Land und kaufen alles, was sie kriegen können. Wir müssen unser Vieh und den wenigen alten Mais, den wir haben, verkaufen und das Linstrum- Gebiet kaufen. Dann müssen wir als Nächstes zwei Kredite für unsere Hälfte aufnehmen und Peter Crows Wohnung kaufen; Sammeln Sie jeden Dollar, den wir können, und kaufen Sie jeden Hektar, den wir können."

„Das Gehöft erneut verpfänden?" Lou weinte. Er sprang auf und begann wütend die Uhr aufzuziehen. „Ich werde nicht schuften, um eine weitere Hypothek abzubezahlen. Ich werde es nie tun. Du würdest uns am liebsten alle töten, Alexandra, um irgendeinen Plan auszuführen!"

Oscar rieb sich die hohe, blasse Stirn. „Wie wollen Sie Ihre Hypotheken abbezahlen?"

Alexandra schaute von einem zum anderen und biss sich auf die Lippe. Sie hatten sie noch nie so nervös gesehen. „Sehen Sie hier", brachte sie schließlich hervor. „Wir leihen uns das Geld für sechs Jahre. Nun, mit dem Geld kaufen wir ein halbes Stück von Linstrum , ein halbes von Crow und vielleicht ein Viertel von Struble. Das würde uns mehr als 1400 Acres bescheren, nicht wahr? Sechs Jahre lang müssen Sie Ihre Hypotheken nicht abbezahlen. Zu diesem Zeitpunkt wird jedes dieser Grundstücke dreißig Dollar pro Acre wert sein – es wird fünfzig sein, aber wir sagen dreißig; Dann können Sie überall ein Gartenstück verkaufen und eine Schuld von sechzehnhundert Dollar abbezahlen. Es ist nicht das Kapital, um das ich mir Sorgen mache, sondern die Zinsen und Steuern. Wir müssen uns anstrengen, um die Zahlungen zu leisten. Aber so sicher wir heute Abend hier sitzen, können wir auch in zehn Jahren hier sitzen, unabhängige Landbesitzer und keine kämpfenden Bauern mehr. Die Chance, nach der Vater immer gesucht hat, ist gekommen."

Lou ging auf und ab. „Aber woher *weißt du* , dass das Land genug wachsen wird, um die Hypotheken zu bezahlen und …"

„Und uns außerdem reich machen?" Alexandra warf energisch ein. „Das kann ich nicht erklären, Lou. Sie müssen sich auf mein Wort verlassen. Ich *weiß* , das ist alles. Wenn man durch das Land fährt, kann man es kommen spüren."

Oscar hatte mit gesenktem Kopf dagesessen und die Hände zwischen den Knien hingen. „Aber wir können nicht so viel Land bearbeiten", sagte er dumpf, als würde er mit sich selbst reden. „Wir können es nicht einmal versuchen. Es würde einfach daliegen und wir würden uns zu Tode arbeiten." Er seufzte und legte seine schwielige Faust auf den Tisch.

Alexandras Augen füllten sich mit Tränen. Sie legte ihre Hand auf seine Schulter. „Du armer Junge, du wirst es nicht schaffen müssen. Die Männer in der Stadt, die das Land anderer Leute aufkaufen, versuchen nicht, es zu bewirtschaften. Sie sind die Männer, die man in einem neuen Land im Auge behalten muss. Versuchen wir, es wie die Klugen zu machen und nicht wie diese dummen Kerle. Ich möchte nicht, dass ihr Jungs immer so arbeiten müsst. Ich möchte, dass du unabhängig bist und Emil zur Schule geht."

Lou hielt seinen Kopf, als würde er spalten. „Jeder wird sagen, wir sind verrückt. Es muss verrückt sein, sonst würde es jeder tun.“

„Wenn sie es wären, hätten wir keine große Chance. Nein, Lou, darüber habe ich mit dem klugen jungen Mann gesprochen, der die neue Kleesorte züchtet. Er sagt, dass das Richtige normalerweise genau das ist, was nicht jeder tut. Warum sind wir besser fixiert als jeder unserer Nachbarn? Weil Vater mehr Verstand hatte. Unsere Leute waren bessere Leute als diese im alten Land. Wir *sollten* mehr tun als sie und weiter in die Zukunft blicken. Ja, Mutter, ich werde jetzt den Tisch abräumen.“

Alexandra stand auf. Die Jungen gingen in den Stall, um sich um den Viehbestand zu kümmern, aber sie waren eine ganze Weile weg. Als sie zurückkamen, spielte Lou auf seiner *Dragharmonika* und Oscar saß den ganzen Abend da und rechnete bei der Sekretärin seines Vaters. Sie sagten nichts mehr über Alexandras Projekt, aber sie war sich jetzt sicher, dass sie dem zustimmen würden. Kurz vor dem Zubettgehen ging Oscar raus, um einen Eimer Wasser zu holen. Als er nicht zurückkam, warf Alexandra einen Schal über ihren Kopf und rannte den Weg zur Windmühle hinunter. Sie fand ihn dort sitzend, den Kopf in die Hände gestützt, und setzte sich neben ihn.

„Tu nichts, was du nicht tun willst, Oscar“, flüsterte sie. Sie wartete einen Moment, aber er rührte sich nicht. „Ich werde nichts mehr dazu sagen, wenn Sie das lieber nicht möchten. Was macht dich so entmutigt?“

„Ich fürchte mich davor, mit meinem Namen auf diese Zettel zu schreiben“, sagte er langsam. „Die ganze Zeit, als ich ein Junge war, hatten wir eine Hypothek über uns.“

„Dann unterschreibe keinen. Ich möchte nicht, dass du das tust, wenn du so denkst.“

Oscar schüttelte den Kopf. „Nein, ich sehe darin eine Chance. Ich habe eine ganze Weile darüber nachgedacht, dass es das geben könnte. Wir stecken jetzt so tief drin, wir könnten genauso gut noch tiefer gehen. Aber es ist harte Arbeit, aus den Schulden herauszukommen. Als würde man eine Dreschmaschine aus dem Schlamm ziehen; bricht dir den Rücken. Lou und ich haben hart gearbeitet, und ich kann mir nicht vorstellen, dass uns das viel weitergebracht hat.“

„Niemand weiß das so gut wie ich, Oscar. Deshalb möchte ich einen einfacheren Weg versuchen. Ich möchte nicht, dass du für jeden Dollar schmoren musst.“

"Ja ich weiß was du meinst. Vielleicht klappt es ja. Aber Papiere zu unterschreiben ist Papiere zu unterschreiben. Daran gibt es kein Vielleicht.“
Er nahm seinen Eimer und stapfte den Weg zum Haus hinauf.

Alexandra zog ihren Schal fester um sich, lehnte sich an den Rahmen der Mühle und betrachtete die Sterne, die so hell in der frostigen Herbstluft glitzerten. Sie liebte es immer, sie zu beobachten, an ihre Weite und Entfernung und an ihren geordneten Marsch zu denken. Es stärkte sie, über die großen Vorgänge der Natur nachzudenken, und als sie an das Gesetz dachte, das dahinter lag, verspürte sie ein Gefühl persönlicher Sicherheit. In dieser Nacht hatte sie ein neues Bewusstsein für das Land, fühlte fast eine neue Beziehung zu ihm. Selbst ihr Gespräch mit den Jungen hatte ihr das Gefühl nicht genommen, das sie überwältigt hatte, als sie an diesem Nachmittag zurück zum Divide fuhr. Sie hatte nie zuvor gewusst, wie viel ihr das Land bedeutete. Das Zwitschern der Insekten unten im hohen Gras war wie die süßeste Musik gewesen. Sie hatte das Gefühl, als würde sich ihr Herz irgendwo dort unten verstecken, zusammen mit den Wachteln und dem Regenpfeifer und all den kleinen wilden Dingern, die in der Sonne summten oder summten. Unter den langen, zottigen Bergrücken spürte sie, wie sich die Zukunft bewegte.

TEIL II.
NACHBARGEBIETE

ICH

Es ist sechzehn Jahre her, seit John Bergson gestorben ist. Seine Frau liegt jetzt neben ihm, und der weiße Pfeil, der ihre Gräber markiert, schimmert über die Weizenfelder. Könnte er sich darunter erheben, würde er das Land nicht kennen, unter dem er geschlafen hat. Der zottelige Mantel der Prärie, den sie aufhoben, um ihm ein Bett zu machen, ist für immer verschwunden. Vom norwegischen Friedhof blickt man auf ein riesiges Schachbrett, das aus Weizen- und Maisquadraten besteht; hell und dunkel, dunkel und hell. Telefonleitungen summen über die weißen Straßen, die immer im rechten Winkel verlaufen. Vom Friedhofstor aus kann man ein Dutzend bunt bemalte Bauernhäuser zählen; Die vergoldeten Wetterfahnen auf den großen roten Scheunen blinken einander über die grünen, braunen und gelben Felder hinweg zu. Die leichten Stahlwindmühlen zittern in ihren Rahmen und zerren an ihren Liegeplätzen, während sie im Wind vibrieren, der oft von einem Wochenende zum anderen über dieses hochgelegene, aktive und entschlossene Stück Land weht.

Die Kluft ist mittlerweile dicht besiedelt. Der nährstoffreiche Boden bringt hohe Ernten; Das trockene, erfrischende Klima und die Glätte des Landes machen die Arbeit für Mensch und Tier leicht. Es gibt nur wenige Szenen, die erfreulicher sind als das Pflügen im Frühling in diesem Land, wo die Furchen eines einzelnen Feldes oft eine Meile lang sind und die braune Erde einen so starken, sauberen Geruch und eine solche Kraft des Wachstums und der Fruchtbarkeit aufweist es gibt sich eifrig dem Pflug hin; rollt von der Schere weg, ohne den Glanz des Metalls zu schwächen, mit einem sanften, tiefen Seufzer des Glücks. Das Weizenernten dauert manchmal die ganze Nacht und den ganzen Tag, und in guten Jahreszeiten gibt es kaum genug Männer und Pferde, um die Ernte zu übernehmen. Das Korn ist so schwer, dass es sich zur Klinge hin biegt und wie Samt schneidet.

Das offene Gesicht des Landes hat etwas Offenes, Fröhliches und Junges. Es gibt sich gnadenlos den Stimmungen der Jahreszeit hin und hält nichts zurück. Wie die Ebenen der Lombardei scheint es ein wenig anzusteigen, um der Sonne zu begegnen. Die Luft und die Erde verbinden sich auf seltsame Weise und vermischen sich, als wäre das eine der Atem des anderen. Man spürt in der Atmosphäre die gleiche tonisierende, kraftvolle Qualität wie in der Stimmung, die gleiche Stärke und Entschlossenheit.

An einem Junimorgen stand ein junger Mann am Tor des norwegischen Friedhofs und schärfte seine Sense in Schlägen, die unbewusst auf die Melodie abgestimmt waren, die er pfiff. Er trug eine Flanellmütze und Entenhosen , und die Ärmel seines weißen Flanellhemdes waren bis zum Ellenbogen zurückgekrempelt. Als er mit der Schneide seiner Klinge zufrieden war, steckte er den Wetzstein in die Gesäßtasche und begann, seine

Sense zu schwingen, wobei er immer noch pfiff, aber leise, aus Respekt vor den stillen Menschen um ihn herum. Wahrscheinlich unbewusster Respekt, denn er schien auf seine eigenen Gedanken konzentriert zu sein, und wie die des Gladiators waren sie weit weg. Er war eine prächtige Gestalt eines Jungen, groß und aufrecht wie eine junge Kiefer, mit einem schönen Kopf und stürmischen grauen Augen, die tief unter einer ernsten Braue lagen. Die Lücke zwischen seinen beiden Vorderzähnen, die ungewöhnlich weit auseinander standen, verschaffte ihm die Fähigkeiten im Pfeifen, für die er sich am College auszeichnete. (Er spielte auch Kornett in der Universitätskapelle.)

Wenn das Gras seine Aufmerksamkeit erforderte oder wenn er sich bücken musste, um um einen Grabstein herum zu mähen, hielt er in seiner lebhaften Art – dem „Juwelen"-Lied – inne und nahm das Gras dort wieder auf, wo er es zurückgelassen hatte, als seine Sense losschwang wieder. Er dachte nicht an die müden Pioniere, über denen seine Klinge glänzte. Er kann sich kaum an das alte, wilde Land erinnern, an den Kampf, in dem seine Schwester Erfolg haben sollte, während so viele Männer ihr Herz brachen und starben. Das alles gehört zu den düsteren Dingen der Kindheit und ist in den helleren Mustern, die das Leben heute webt, in den hellen Tatsachen, Kapitän der Leichtathletikmannschaft zu sein und den Interstate-Rekord im Hochsprung zu halten, in der alles überflutenden Welt vergessen worden Helligkeit, einundzwanzig zu sein. Doch manchmal, in den Pausen seiner Arbeit, runzelte der junge Mann die Stirn und blickte mit einer Aufmerksamkeit auf den Boden, die darauf hindeutete, dass sogar einundzwanzig Jahre alt sein könnten.

Als er fast eine Stunde lang gemäht hatte, hörte er hinter sich das Klappern eines leichten Karrens auf der Straße. In der Annahme, dass es seine Schwester war, die von einer ihrer Farmen zurückkam, setzte er seine Arbeit fort. Der Karren hielt am Tor und eine fröhliche Altstimme rief: „Fast fertig, Emil?" Er ließ seine Sense fallen, ging zum Zaun und wischte sich mit dem Taschentuch Gesicht und Hals ab. Im Karren saß eine junge Frau, die Handschuhe und einen weiten Schirmhut trug, der mit roten Mohnblumen besetzt war. Auch ihr Gesicht ähnelte eher einer Mohnblume, rund und braun, mit kräftiger Farbe auf den Wangen und Lippen, und ihre tanzenden gelbbraunen Augen sprühten vor Fröhlichkeit. Der Wind wedelte mit ihrem großen Hut und toupierte eine Locke ihres kastanienbraunen Haares. Sie schüttelte den Kopf über den großen Jungen.

„Wann bist du hier angekommen? Für einen Sportler ist das kein großer Job. Hier war ich in der Stadt und zurück. Alexandra lässt dich lange schlafen. Oh ich weiss! Lous Frau hat mir erzählt, wie sie dich verwöhnt. Ich würde dich mitnehmen, wenn du fertig wärst." Sie nahm ihre Zügel auf.

„Aber das werde ich in einer Minute sein. Bitte warte auf mich, Marie", überredete Emil. „Alexandra hat mich geschickt, um unser Grundstück zu mähen, aber ich habe schon ein halbes Dutzend andere erledigt, wissen Sie? Warte nur, bis ich mit den Kourdnas fertig bin . Übrigens waren sie Böhmen. Warum liegen sie nicht oben auf dem katholischen Friedhof?"

„Freidenker", antwortete die junge Frau lakonisch.

„Viele der böhmischen Jungen an der Universität sind es", sagte Emil und griff wieder nach seiner Sense. „Wofür hast du überhaupt John Huss verbrannt? Es hat einen schrecklichen Krach gegeben. Im Geschichtsunterricht schimpfen sie immer noch darüber."

„Die meisten von uns würden es noch einmal machen", sagte die junge Frau hitzig. „Werden Sie in Ihrem Geschichtsunterricht nie gelehrt, dass Sie alle heidnische Türken wären, wenn es die Böhmen nicht gegeben hätte?"

Emil war dem Mähen verfallen. „Oh, es lässt sich nicht leugnen, dass ihr ein mutiger kleiner Haufen seid, ihr Tschechen", rief er über seine Schulter zurück.

Marie Shabata ließ sich auf ihrem Sitz nieder und beobachtete die rhythmischen Bewegungen der langen Arme des jungen Mannes, wobei sie ihren Fuß wie im Takt einer Luft schwang, die ihr durch den Kopf ging. Die Minuten vergingen. Emil mähte energisch und Marie saß da, sonnte sich und sah zu, wie das hohe Gras fiel. Sie saß mit der Leichtigkeit da, die Menschen mit grundsätzlich glücklicher Natur zu eigen ist, die fast überall einen bequemen Platz finden können; die geschmeidig sind und sich schnell an die Umstände anpassen können. Nach einem letzten Schwung ließ Emil das Tor zuschnappen und sprang in den Karren, wobei er seine Sense weit über das Rad hielt. „Da", seufzte er. „Ich habe dem alten Mann Lee auch einen Schnitt oder so gegeben. Lous Frau muss nicht reden. Ich sehe Lous Sense hier nie."

Marie gluckste zu ihrem Pferd. „Oh, du kennst Annie!" Sie blickte auf die nackten Arme des jungen Mannes . „Wie braun du bist, seit du nach Hause gekommen bist. Ich wünschte, ich hätte einen Sportler, der meinen Obstgarten mäht. Ich werde bis zu den Knien nass, wenn ich hinuntergehe, um Kirschen zu pflücken."

„Du kannst einen haben, wann immer du willst. Warten Sie besser, bis es geregnet hat." Emil blickte mit zusammengekniffenen Augen zum Horizont, als suche er nach Wolken.

"Wirst du? Oh, da ist ein guter Junge!" Mit einem schnellen, strahlenden Lächeln drehte sie ihren Kopf zu ihm. Er fühlte es eher, als dass er es sah. Tatsächlich hatte er weggeschaut, mit der Absicht, es nicht zu sehen. „Ich habe mir Angéliques Hochzeitskleidung angeschaut", fuhr Marie fort, „und ich bin so aufgeregt, dass ich es kaum bis Sonntag erwarten kann." Amédée wird ein hübscher Bräutigam sein. Wird irgendjemand außer dir ihm zur Seite stehen? Dann wird es eine schöne Hochzeitsfeier." Sie machte ein lustiges Gesicht zu Emil, der errötete. „Frank", fuhr Marie fort und schnippte mit ihrem Pferd, „ist sauer auf mich, weil ich Jan Smirka seinen Sattel geliehen habe , und ich habe schreckliche Angst, dass er mich abends nicht zum Tanz mitnimmt." Vielleicht wird ihn das Abendessen verführen. Alle Leute von Angélique und alle zwanzig Cousins von Amédée backen dafür. Es wird Fässer mit Bier geben. Wenn ich Frank einmal zum Abendessen bringe, werde ich dafür sorgen, dass ich zum Tanz bleibe. Und übrigens, Emil, du darfst nur ein- oder zweimal mit mir tanzen. Du musst mit allen französischen Mädchen tanzen. Es verletzt ihre Gefühle, wenn du es nicht tust. Sie denken, du bist stolz, weil du nicht zur Schule gegangen bist oder so."

Emil schniefte. „Woher wissen Sie, dass sie das denken?"

„Nun, du hast auf Raoul Marcels Party nicht viel mit ihnen getanzt, und ich konnte an der Art, wie sie dich – und mich – ansahen, erkennen, wie sie es auffassten."

„In Ordnung", sagte Emil kurz und betrachtete die glitzernde Klinge seiner Sense.

Sie fuhren nach Westen zum Norway Creek und zu einem großen weißen Haus, das auf einem Hügel stand, mehrere Meilen hinter den Feldern. Es waren so viele Schuppen und Nebengebäude darum gruppiert, dass der Ort einem winzigen Dorf nicht unähnlich war. Ein Fremder, der sich ihm näherte, konnte nicht umhin, die Schönheit und Fruchtbarkeit der umliegenden Felder zu bemerken. Der große Bauernhof hatte etwas Eigenartiges, eine höchst ungewöhnliche Ausstattung und Liebe zum Detail. Auf beiden Seiten der Straße, eine Meile lang, bevor Sie den Fuß des Hügels erreichten, standen hohe orangefarbene Hecken, deren glänzendes Grün die gelben Felder abgrenzte. Südlich des Hügels, in einer niedrigen, geschützten Senke, umgeben von einer Maulbeerhecke, lag der Obstgarten, dessen Obstbäume knietief im Lieschgras standen. Jeder in der Nähe hätte Ihnen gesagt, dass dies eine der reichsten Farmen an der Kluft war und dass die Bäuerin eine Frau war, Alexandra Bergson.

Wenn Sie den Hügel hinaufgehen und Alexandras großes Haus betreten, werden Sie feststellen, dass es merkwürdig unvollendet und uneinheitlich ist. Ein Raum ist tapeziert, mit Teppich ausgelegt und übermäßig möbliert; der nächste ist fast kahl. Die angenehmsten Räume im Haus sind die Küche – wo Alexandras drei junge schwedische Mädchen den ganzen Sommer über plaudern und kochen, einlegen und einkochen – und das Wohnzimmer, in dem Alexandra die alten, heimeligen Möbel zusammengetragen hat, die die Bergsons in ihrem ersten Haus verwendet haben das Blockhaus, die Familienporträts und die wenigen Dinge, die ihre Mutter aus Schweden mitgebracht hat.

Wenn Sie aus dem Haus in den Blumengarten gehen, spüren Sie erneut die Ordnung und die feine Anordnung, die sich überall auf dem großen Bauernhof manifestieren. in den Zäunen und Hecken, in den Windschutzen und Ställen, in den symmetrischen Weideteichen, die mit Buschweiden bepflanzt sind, um dem Vieh in der Flugzeit Schatten zu spenden. Im Obstgarten unter den Walnussbäumen gibt es sogar eine weiße Reihe Bienenstöcke. Man hat das Gefühl, dass Alexandras Haus tatsächlich das größte im Freien ist und dass sie sich im Boden am besten ausdrückt.

II

Kurz nach Mittag kam Emil nach Hause, und als er in die Küche ging, saß Alexandra bereits am Kopfende des langen Tisches und aß mit ihren Männern zu Abend, wie sie es immer tat, es sei denn, es gab Besuch. Er schlüpfte auf seinen leeren Platz rechts von seiner Schwester. Die drei hübschen jungen schwedischen Mädchen, die Alexandras Hausarbeit erledigten, schnitten Kuchen, füllten Kaffeetassen nach, stellten Teller mit Brot, Fleisch und Kartoffeln auf die rote Tischdecke und kamen sich ständig zwischen Tisch und Herd in die Quere. Natürlich verschwendeten sie immer viel Zeit damit, sich gegenseitig in die Quere zu kommen und über die Fehler des anderen zu kichern. Aber wie Alexandra ihren Schwägerinnen deutlich gesagt hatte, hatte sie drei junge Dinge in ihrer Küche aufbewahrt, weil sie sie kichern hörte; die Arbeit, die sie selbst erledigen könnte, wenn es nötig wäre. Diese Mädchen mit ihren langen Briefen von zu Hause, ihrem Putz und ihren Liebesbeziehungen boten ihr viel Unterhaltung und waren Gesellschaft für sie, wenn Emil in der Schule war.

Alexandra liebt das jüngste Mädchen, Signa, das eine hübsche Figur, gesprenkelte rosa Wangen und gelbes Haar hat, obwohl sie ein wachsames Auge auf sie hat. Signa neigt dazu, beim Essen, wenn die Männer in der Nähe sind, nervös zu sein und den Kaffee zu verschütten oder die Sahne zu verderben. Es wird vermutet, dass Nelse Jensen, einer der sechs Männer am Esstisch, Signa umwirbt, obwohl er so darauf geachtet hat, sich nicht festzulegen, dass niemand im Haus, am allerwenigsten Signa, sagen kann, wie weit das ist Die Sache ist fortgeschritten. Nelse schaut ihr düster zu, während sie auf dem Tisch bedient, und abends sitzt er mit seiner DRAGHARMONIKA auf einer Bank hinter dem Ofen, spielt traurige Melodien und schaut ihr zu, wie sie ihrer Arbeit nachgeht. Als Alexandra Signa fragte, ob sie glaube, dass Nelse es ernst meinte, versteckte das arme Kind die Hände unter der Schürze und murmelte: „Ich weiß nicht, Ma'm . Aber er beschimpft mich über alles, als ob er mich haben wollte!"

Links von Alexandra saß ein sehr alter Mann, barfuß und in einer langen blauen Bluse mit offenem Hals. Sein struppiger Kopf ist kaum weißer als vor sechzehn Jahren, aber seine kleinen blauen Augen sind blass und wässrig geworden, und sein rötliches Gesicht ist verdorrt wie ein Apfel, der den ganzen Winter über am Baum gehangen hat. Als Ivar vor einem Dutzend Jahren durch Misswirtschaft sein Land verlor, nahm Alexandra ihn auf und seitdem ist er ein Mitglied ihres Haushalts. Er ist zu alt, um auf den Feldern zu arbeiten, aber er spannt die Arbeitstrupps auf und ab und kümmert sich um die Gesundheit des Viehbestands. Manchmal ruft ihn Alexandra an einem Winterabend ins Wohnzimmer, um ihr die Bibel vorzulesen, denn er liest immer noch sehr gut. Er mag keine menschlichen Behausungen, deshalb hat Alexandra ihm ein Zimmer in der Scheune eingerichtet, wo er sich sehr wohl fühlt, in der Nähe der Pferde und, wie er sagt, weiter von Versuchungen entfernt ist. Niemand hat jemals herausgefunden, was seine Versuchungen sind. Bei kaltem Wetter sitzt er am Küchenfeuer und bastelt Hängematten oder repariert Geschirre, bis es Zeit zum Schlafengehen ist. Dann spricht er lange hinter dem Ofen seine Gebete, zieht seinen Büffelfellmantel an und geht in sein Zimmer in der Scheune.

Alexandra selbst hat sich kaum verändert. Ihre Figur ist voller und sie hat mehr Farbe. Sie wirkt sonniger und kräftiger als als junges Mädchen. Aber sie hat immer noch die gleiche Ruhe und Bedächtigkeit, die gleichen klaren Augen, und sie trägt ihre Haare immer noch in zwei Zöpfen um den Kopf geschlungen. Es ist so lockig, dass feurige Enden aus den Zöpfen hervortreten und ihren Kopf wie eine der großen gefüllten Sonnenblumen aussehen lassen, die ihren Gemüsegarten säumen. Ihr Gesicht ist im Sommer immer gebräunt, denn ihre Sonnenhaube sitzt häufiger auf dem Arm als auf dem Kopf. Aber dort, wo ihr Kragen vom Hals abfällt oder wo ihre Ärmel vom Handgelenk zurückgeschoben sind, ist die Haut so glatt und weiß, wie sie nur schwedische Frauen je besitzen; Haut mit der Frische des Schnees.

Alexandra redete nicht viel am Tisch, aber sie ermutigte ihre Männer zum Reden und hörte immer aufmerksam zu, auch wenn sie scheinbar dumm redeten.

Heute murrte Barney Flinn, der große rothaarige Ire, der seit fünf Jahren bei Alexandra war und eigentlich ihr Vorarbeiter war, obwohl er keinen solchen Titel hatte, über den neuen Silo, den sie in diesem Frühjahr aufgestellt hatte. Es war zufällig das erste Silo auf der Kluft, und Alexandras Nachbarn und ihre Männer standen ihm skeptisch gegenüber. „Natürlich, wenn das Ding nicht funktioniert, haben wir ohne es tatsächlich jede Menge Futter", räumte Barney ein.

Nelse Jensen, Signas düsterer Verehrer, hatte sein Wort. „Lou, er sagt, er hätte kein Silo auf seinem Grundstück, wenn du es ihm geben würdest. Er sagt, dass das Futter die Brühe aufbläht. Er hat gehört, dass jemand vier Pferde verloren hat, weil er sie mit dem Zeug gefüttert hat . "

Alexandra blickte von einem zum anderen am Tisch entlang. „Nun, wir können es nur herausfinden, indem wir es versuchen. Lou und ich haben unterschiedliche Vorstellungen von Futtermitteln, und das ist gut so. Es ist schlimm, wenn alle Mitglieder einer Familie gleich denken. Sie kommen nie irgendwohin. Lou kann aus meinen Fehlern lernen und ich kann aus seinen lernen. Ist das nicht fair, Barney?"

Der Ire lachte. Er hatte keine Vorliebe für Lou, die ihm gegenüber stets hochmütig war und sagte, dass Alexandra ihren Händen zu viel bezahlte. „Mir fällt nichts anderes ein, als es mal ehrlich auszuprobieren, Mama. Es wäre nur richtig, nachdem man so viel Geld investiert hat . Vielleicht kommt

Emil raus und schaut es sich mit mir an." Er schob seinen Stuhl zurück, nahm seinen Hut vom Nagel und marschierte mit Emil hinaus, der mit seinen Universitätsideen das Silo angestiftet haben sollte. Die anderen Hände folgten ihnen, alle außer dem alten Ivar. Er war während des Essens deprimiert gewesen und hatte den Reden der Männer keine Beachtung geschenkt, selbst wenn sie von aufgeblähten Maisstängeln sprachen, worüber er sicher eine Meinung hatte.

„Wolltest du mit mir sprechen, Ivar?" fragte Alexandra, als sie vom Tisch aufstand. „Komm ins Wohnzimmer."

Der alte Mann folgte Alexandra, aber als sie ihn zu einem Stuhl winkte , schüttelte er den Kopf. Sie nahm ihren Arbeitskorb und wartete darauf, dass er etwas sagte. Er stand da und blickte auf den Teppich, den buschigen Kopf gesenkt, die Hände vor sich verschränkt. Ivars O-Beine schienen mit den Jahren kürzer geworden zu sein und passten überhaupt nicht zu seinem breiten, dicken Körper und seinen schweren Schultern.

„Nun, Ivar, was ist das?" fragte Alexandra, nachdem sie länger als gewöhnlich gewartet hatte.

Ivar hatte nie gelernt, Englisch zu sprechen, und sein Norwegisch war urig und ernst, wie die Sprache der eher altmodischen Leute. Er begegnete Alexandra stets mit größtem Respekt und hoffte, den Küchenmädchen, die ihm in ihren Manieren zu bekannt vorkamen, ein gutes Beispiel zu sein.

„Herrin", begann er schwach, ohne den Blick zu heben, „die Leute haben mich in letzter Zeit kalt angesehen. Sie wissen, dass es Gespräche gegeben hat."

„Worüber reden, Ivar?"

„Darum, mich wegzuschicken; in die Anstalt."

Alexandra stellte ihren Nähkorb ab. „Niemand ist mit solchen Reden zu mir gekommen", sagte sie entschieden. „Warum musst du zuhören? Du weißt, dass ich so etwas niemals zustimmen würde."

Ivar hob seinen zottigen Kopf und sah sie aus seinen kleinen Augen an. „Sie sagen, dass man es nicht verhindern kann, wenn sich die Leute über mich beschweren, wenn deine Brüder sich bei den Behörden beschweren. Sie sagen, dass deine Brüder Angst haben – Gott bewahre es! – , dass ich dir Schaden zufügen könnte, wenn meine Zauber auf mir lasten. Herrin, wie kann irgendjemand das denken ? – dass ich die Hand beißen könnte, die mich gefüttert hat!" Die Tränen liefen auf den Bart des alten Mannes.

Alexandra runzelte die Stirn. „Ivar, ich wundere mich über dich, dass du mich mit solch einem Unsinn belästigen solltest. Ich führe immer noch mein eigenes Haus, und andere Leute haben weder mit dir noch mit mir etwas zu tun. Solange ich zu dir passe, gibt es nichts zu sagen."

Ivar zog ein rotes Taschentuch aus der Brust seiner Bluse und wischte sich Augen und Bart ab. „Aber ich möchte nicht, dass du mich behältst, wenn es, wie man sagt, gegen deine Interessen ist und es für dich schwierig ist, Hände zu bekommen, weil ich hier bin."

Alexandra machte eine ungeduldige Geste, aber der alte Mann streckte die Hand aus und fuhr ernst fort:

„Hören Sie, Herrin, es ist richtig, dass Sie diese Dinge berücksichtigen. Du weißt, dass meine Zauber von Gott kommen und dass ich keinem Lebewesen Schaden zufügen würde. Sie glauben, dass jeder Gott auf die ihm offenbarte Weise anbeten sollte. Aber das ist nicht die Art dieses Landes. Der Weg hierher ist für alle gleich. Ich werde verachtet, weil ich keine Schuhe trage, weil ich mir nicht die Haare schneide und weil ich Visionen habe. Zu Hause, im alten Land, gab es viele wie mich, die von Gott berührt worden waren oder die nachts auf dem Friedhof Dinge gesehen hatten und danach anders waren. Wir haben uns nichts dabei gedacht und sie in Ruhe gelassen. Aber hier: Wenn ein Mann in seinen Füßen oder in seinem Kopf anders ist, stecken sie ihn in die Anstalt. Schauen Sie sich Peter Kralik an; Als er als Junge aus einem Bach trank, verschluckte er eine Schlange und durfte von da an nur noch das essen, was das Tier mochte, denn wenn er etwas anderes aß, wurde es wütend und nagte an ihm. Als er spürte, wie es in ihm herumwirbelte, trank er Alkohol, um es zu betäuben und etwas Entspannung zu finden. Er konnte genauso gut arbeiten wie jeder andere Mann, und sein Kopf war klar, aber sie haben ihn eingesperrt, weil er anders im Magen war. Das ist der Weg; Sie haben das Asyl für Menschen gebaut, die anders sind, und sie werden uns nicht einmal in den Höhlen mit den Dachsen leben lassen. Nur Ihr großer Wohlstand hat mich bisher beschützt. Wenn du Pech gehabt hättest, hätten sie mich schon vor langer Zeit nach Hastings gebracht."

Während Ivar sprach, lichtete sich seine Trübsinnigkeit. Alexandra hatte herausgefunden, dass sie sein Fasten und seine langen Bußübungen oft brechen konnte, indem sie mit ihm sprach und ihn die Gedanken ausdrücken ließ, die ihn beunruhigten. Mitgefühl machte seinen Kopf immer klar, und Spott war Gift für ihn.

„In dem, was du sagst, ist viel dran, Ivar. Wahrscheinlich werden sie mich nach Hastings bringen wollen, weil ich ein Silo gebaut habe; und dann darf ich dich mitnehmen. Aber im Moment brauche ich dich hier. Komm nur nicht noch einmal zu mir und erzähl mir, was die Leute sagen. Lasst die Leute weiter reden, wie sie wollen, und wir werden weiter so leben, wie wir es für richtig halten. Du bist jetzt seit zwölf Jahren bei mir und ich habe dich öfter um Rat gefragt als jemals zuvor . Das sollte Sie zufriedenstellen."

Ivar verneigte sich demütig. „Ja, Herrin, ich werde Sie nicht noch einmal mit ihrem Gerede belästigen. Und was meine Füße betrifft, so habe ich all die

Jahre deine Wünsche beachtet, obwohl du mich nie gefragt hast; Waschen Sie sie jede Nacht, auch im Winter.

Alexandra lachte. „Oh, kümmere dich nicht um deine Füße, Ivar. Wir können uns erinnern, als die Hälfte unserer Nachbarn im Sommer barfuß ging. Ich gehe davon aus, dass die alte Mrs. Lee jetzt manchmal gerne ihre Schuhe ausziehen würde, wenn sie es wagen würde. Ich bin froh, dass ich nicht Lous Schwiegermutter bin.“

Ivar sah sich geheimnisvoll um und senkte seine Stimme fast zu einem Flüstern. „Weißt du, was es bei Lou zu Hause gibt? Eine große weiße Wanne, wie die steinernen Wassertröge im alten Land, in der man sich waschen konnte. Als du mich mit den Erdbeeren herübergeschickt hast, waren sie alle in der Stadt, außer der alten Frau Lee und dem Baby. Sie nahm mich auf und zeigte mir das Ding, und sie sagte mir, es sei unmöglich, sich darin sauber zu waschen, weil man in so viel Wasser keine starke Schaumbildung erzeugen könne . Als man sie also auffüllt und sie dorthin schickt, tut sie so und macht ein plätscherndes Geräusch. Dann, wenn alle schlafen, wäscht sie sich in einer kleinen Holzwanne, die sie unter ihrem Bett steht.“

Alexandra schüttelte sich vor Lachen. „Arme alte Frau Lee! Sie dürfen auch keine Nachtmützen tragen. Egal; Wenn sie mich besuchen kommt, kann sie alle alten Dinge auf die alte Art tun und so viel Bier trinken, wie sie möchte. Wir werden eine Anstalt für alte Leute eröffnen, Ivar.“

Ivar faltete sein großes Taschentuch sorgfältig zusammen und steckte es zurück in seine Bluse. „Das ist immer so, Herrin. Ich komme traurig zu dir und du schickst mich leichten Herzens weg. Und wären Sie so freundlich, dem Iren zu sagen, dass er den braunen Wallach nicht bearbeiten soll, bis die Wunde an seiner Schulter verheilt ist?“

"Das werde ich. Jetzt geh und lege Emils Stute auf den Karren. Ich werde ins Nordviertel fahren, um den Mann aus der Stadt zu treffen, der mein Luzerneheu kaufen soll.“

III

Alexandra sollte jedoch mehr über Ivars Fall erfahren. Am Sonntag kamen ihre verheirateten Brüder zum Abendessen. Sie hatte sie um diesen Tag gebeten, weil Emil, der Familienfeiern hasste, abwesend sein und auf der Hochzeit von Amédée Chevalier oben im französischen Land tanzen würde. Der Tisch war für die Gesellschaft im Esszimmer gedeckt, wo stark lackiertes Holz, farbiges Glas und nutzlose Porzellanstücke auffällig genug waren, um den Ansprüchen des neuen Wohlstands zu genügen. Alexandra hatte sich in die Hände des Hannoverschen Möbelhändlers begeben, und dieser hatte gewissenhaft sein Bestes getan, um ihr Esszimmer wie sein Schaufenster aussehen zu lassen. Sie sagte offen, dass sie von solchen Dingen nichts wisse, und sie sei bereit, sich von der allgemeinen Überzeugung leiten zu lassen, dass je nutzloser und völlig unbrauchbarer die Gegenstände seien, desto größer sei ihr Wert als Schmuck. Das schien vernünftig genug. Da sie selbst schlichte Dinge mochte, war es umso notwendiger, in den Firmenräumen Krüge, Punschschalen und Kerzenständer für Menschen bereitzuhalten, die diese zu schätzen wussten. Ihre Gäste mochten es, diese beruhigenden Symbole des Wohlstands an sich zu sehen.

Die Familienfeier war vollständig, bis auf Emil und Oscars Frau, die, wie es auf dem Land heißt, „im Moment nirgendwohin ging". Oscar saß am Fußende des Tisches und seine vier blondhaarigen kleinen Jungen im Alter von zwölf bis fünf Jahren standen an einer Seite. Weder Oscar noch Lou haben sich groß verändert; Sie sind einfach, wie Alexandra vor langer Zeit über sie sagte, immer mehr zu sich selbst herangewachsen. Lou sieht jetzt älter aus als die beiden; Sein Gesicht ist dünn und klug und hat Falten um die Augen, während Oscars dick und langweilig ist. Trotz seiner Langweiligkeit verdient Oscar jedoch mehr Geld als sein Bruder, was Lous Schärfe und Unbehagen noch verstärkt und ihn dazu verleitet, eine Show zu machen. Das Problem mit Lou ist, dass er knifflig ist, und seine Nachbarn haben herausgefunden, dass er, wie Ivar sagt, nicht umsonst ein Fuchsgesicht hat. Da die Politik das natürliche Feld für solche Talente ist, vernachlässigt er seine Farm, um an Kongressen teilzunehmen und für Bezirksämter zu kandidieren.

Lous Frau, die ehemalige Annie Lee, sieht ihrem Mann inzwischen seltsam ähnlich. Ihr Gesicht ist länger, schärfer und aggressiver geworden. Sie trägt ihr gelbes Haar in einer hohen Pompadour und ist mit Ringen, Ketten und „Schönheitsnadeln" geschmückt. Ihre engen, hochhackigen Schuhe erschweren ihr den Gang, und sie ist immer mehr oder weniger mit ihrer Kleidung beschäftigt. Während sie am Tisch saß, sagte sie ihrer jüngsten Tochter immer wieder, sie solle „jetzt vorsichtig sein und nichts auf die Mutter fallen lassen."

Die Gespräche am Tisch fanden ausschließlich auf Englisch statt. Oscars Frau, die aus dem Malariabezirk von Missouri stammt, schämte sich, einen Ausländer geheiratet zu haben, und seine Söhne verstehen kein Wort Schwedisch. Annie und Lou sprechen zu Hause manchmal Schwedisch, aber Annie hat fast genauso große Angst davor, dabei „erwischt" zu werden, wie ihre Mutter immer davor hatte, barfuß erwischt zu werden. Oscar hat immer noch einen starken Akzent, aber Lou spricht wie jeder andere aus Iowa.

„Als ich in Hastings war, um an der Tagung teilzunehmen", sagte er, „gab ich einen Besuch beim Leiter der Anstalt und erzählte ihm von Ivars Symptomen. Er sagt, Ivars Fall sei einer der gefährlichsten seiner Art und es sei ein Wunder, dass er noch nie zuvor etwas Gewalttätiges getan habe."

Alexandra lachte gut gelaunt. „Oh, Unsinn, Lou! Die Ärzte würden uns alle verrückt machen, wenn sie könnten. Ivar ist zwar seltsam, aber er hat mehr Verstand als die Hälfte der Leute, die ich anheuere."

Lou flog auf sein Brathähnchen los. „Oh, ich schätze, der Arzt versteht sein Geschäft, Alexandra. Er war sehr überrascht, als ich ihm erzählte, wie du mit Ivar klargekommen bist. Er sagt, dass er wahrscheinlich jede Nacht die Scheune in Brand stecken oder dich und die Mädchen mit einer Axt verfolgen wird."

Die kleine Signa, die auf dem Tisch wartete, kicherte und floh in die Küche. Alexandras Augen funkelten. „Das war zu viel für Signa, Lou. Wir alle wissen, dass Ivar völlig harmlos ist. Die Mädchen würden am liebsten erwarten, dass ich sie mit einer Axt verfolge."

Lou errötete und gab seiner Frau ein Zeichen. „Trotzdem werden die Nachbarn schon bald ein Mitspracherecht haben. Er kann jedermanns Scheune niederbrennen. Es reicht aus, dass ein Grundstückseigentümer in der Gemeinde Beschwerde einlegt und er wird gewaltsam festgenommen. Du schickst ihn lieber selbst und hegst keine bösen Gefühle."

Alexandra half einem ihrer kleinen Neffen beim Braten. „Nun, Lou, wenn einer der Nachbarn das versucht, werde ich Ivars Vormund ernennen und den Fall vor Gericht bringen, das ist alles. Ich bin vollkommen zufrieden mit ihm."

„Gib die Konserven her, Lou", sagte Annie warnend. Sie hatte Gründe, warum sie nicht wollte, dass ihr Mann Alexandra allzu offen zur Rede stellte. „Aber hassen Sie es nicht irgendwie, wenn die Leute ihn hier sehen, Alexandra?" sie fuhr mit überzeugender Geschmeidigkeit fort. „Er IST ein schändliches Objekt, und du bist jetzt so schön hergerichtet. Dadurch distanzieren sich die Leute von dir, wenn sie nie wissen, wann sie ihn herumkrabbeln hören. Meine Mädchen haben Todesangst vor ihm, nicht wahr, Milly, meine Liebe?"

Milly war fünfzehn, fett und fröhlich und mit Pompadour ausgestattet, mit cremigem Teint, eckigen weißen Zähnen und einer kurzen Oberlippe. Sie sah aus wie ihre Großmutter Bergson und hatte ihr gemütliches und komfortliebendes Wesen. Sie grinste ihre Tante an, bei der sie sich viel wohler fühlte als bei ihrer Mutter. Alexandra zwinkerte als Antwort.

„Milly braucht keine Angst vor Ivar zu haben. Sie ist eine besondere Favoritin von ihm. Meiner Meinung nach hat Ivar genauso viel Recht auf seine eigene Kleidungs- und Denkweise wie wir. Aber ich werde dafür sorgen, dass er andere Leute nicht stört. Ich behalte ihn zu Hause, also mach dir keine Sorgen mehr um ihn, Lou. Ich wollte Sie schon immer nach Ihrer neuen Badewanne fragen. Wie funktioniert es?"

Annie trat nach vorne, um Lou Zeit zu geben, sich zu erholen. „Oh, es funktioniert etwas Großartiges! Ich kann ihn nicht davon abhalten. Mittlerweile wäscht er sich dreimal in der Woche den ganzen Körper und nutzt dabei ausschließlich heißes Wasser. Ich denke, dass es schwächer wird, so lange drin zu bleiben, wie er es tut. Du solltest eins haben, Alexandra."

„Ich denke darüber nach. Vielleicht lasse ich eins für Ivar in die Scheune stellen, wenn es die Leute beruhigt. Aber bevor ich eine Badewanne bekomme, werde ich Milly ein Klavier besorgen."

Oscar, am Ende des Tisches, blickte von seinem Teller auf. „Was will Milly von einer Pianny ? Was ist mit ihrer Orgel los? Das kann sie nutzen und in der Kirche spielen."

Annie sah nervös aus. Sie hatte Alexandra angefleht, nichts über diesen Plan vor Oscar zu sagen, der neidisch auf das war, was seine Schwester für Lous Kinder tat. Alexandra kam mit Oscars Frau überhaupt nicht klar. „Milly kann trotzdem in der Kirche spielen, und sie wird immer noch auf der Orgel spielen. Aber so viel daran zu üben, verdirbt ihr die Berührung. Ihr Lehrer sagt es", brachte Annie voller Elan hervor.

Oscar verdrehte die Augen. „Nun, Milly muss ziemlich gut zurechtgekommen sein, wenn sie die Orgel hinter sich gelassen hat. Ich kenne viele erwachsene Leute, bei denen das nicht der Fall ist ", sagte er unverblümt.

Annie hob ihr Kinn. „Sie hat sich gut verstanden und wird nächstes Jahr in der Stadt um ihren Abschluss spielen, wenn sie ihren Abschluss macht."

„Ja", sagte Alexandra entschieden, „ich denke, Milly hat ein Klavier verdient. Alle Mädchen hier nehmen seit Jahren Unterricht, aber Milly ist die einzige von ihnen, die jemals etwas spielen kann, wenn man sie darum bittet. Ich erzähle es dir, als ich zum ersten Mal daran dachte, dass ich dir gerne ein Klavier schenken würde, Milly, und da hast du das Buch mit alten schwedischen Liedern gelernt, das dein Großvater immer gesungen hat. Er hatte eine schöne Tenorstimme und liebte es als junger Mann zu singen. Ich kann mich erinnern, wie er unten in der Werft mit den Matrosen gesungen hat, als ich hier nicht größer als Stella war", und zeigte auf Annies jüngere Tochter.

Milly und Stella blickten beide durch die Tür ins Wohnzimmer, wo an der Wand ein Buntstiftporträt von John Bergson hing. Alexandra hatte es nach einem kleinen Foto anfertigen lassen, das er für seine Freunde gemacht hatte, kurz bevor er Schweden verließ; ein schlanker Mann von fünfunddreißig Jahren, mit weichen Locken in der hohen Stirn, einem herabhängenden Schnurrbart und verwunderten, traurigen Augen, die in die Ferne blickten, als ob sie bereits die Neue Welt erblickten.

Nach dem Abendessen gingen Lou und Oscar in den Obstgarten, um Kirschen zu pflücken – keiner von ihnen hatte die Geduld, einen eigenen Obstgarten anzulegen – und Annie ging hinunter, um mit Alexandras Küchenmädchen zu plaudern, während sie das Geschirr spülten. Von den plappernden Mägden konnte sie immer mehr über Alexandras häusliche Wirtschaft erfahren als von Alexandra selbst, und was sie herausfand, nutzte sie bei Lou zu ihrem eigenen Vorteil. Auf der Kluft gingen Bauerntöchter nicht mehr in den Dienst, also holte Alexandra ihre Mädchen aus Schweden, indem sie deren Fahrpreis bezahlte . Sie blieben bis zu ihrer Heirat bei ihr und wurden durch Schwestern oder Cousinen aus der alten Heimat ersetzt.

Alexandra nahm ihre drei Nichten mit in den Blumengarten. Sie liebte die kleinen Mädchen, besonders Milly, die hin und wieder eine Woche bei ihrer Tante verbrachte und ihr aus den alten Büchern über das Haus vorlas oder Geschichten über die frühen Tage auf der Kluft hörte. Während sie zwischen den Blumenbeeten spazieren gingen, fuhr ein Kinderwagen den Hügel hinauf und hielt vor dem Tor. Ein Mann stieg aus und stand da und redete mit dem Fahrer. Die kleinen Mädchen freuten sich über die Ankunft eines Fremden, der von weit her kam, das erkannten sie an seiner Kleidung, seinen Handschuhen und dem scharfen, spitzen Schnitt seines dunklen Bartes. Die Mädchen stellten sich hinter ihre Tante und spähten zwischen den Rizinusbohnen zu ihm hinaus. Der Fremde kam zum Tor und stand lächelnd da, seinen Hut in der Hand, während Alexandra langsam auf ihn zukam. Als sie näher kam, sprach er mit leiser, angenehmer Stimme.

„Kennst du mich nicht, Alexandra? Ich hätte dich überall erkannt.

Alexandra beschattete ihre Augen mit der Hand. Plötzlich machte sie einen schnellen Schritt nach vorne. "Kann es sein!" rief sie gefühlvoll aus; „Kann es sein, dass es Carl Linstrum ist ? Ja, Carl, das ist es!" Sie streckte beide Hände aus und fing seine auf der anderen Seite des Tors auf. „Sadie, Milly, sagt eurem Vater und Onkel Oscar, dass unser alter Freund Carl Linstrum hier ist. Sei schnell! Warum, Carl, wie ist es passiert? Ich kann das nicht glauben!" Alexandra schüttelte die Tränen aus ihren Augen und lachte.

Der Fremde nickte seinem Fahrer zu, ließ seinen Koffer hinter dem Zaun fallen und öffnete das Tor. „Dann freust du dich, mich zu sehen, und kannst mich über Nacht unterbringen? Ich könnte nicht durch dieses Land reisen, ohne anzuhalten, um einen Blick auf Sie zu werfen. Wie wenig hast du dich verändert! Wissen Sie, ich war mir sicher, dass es so sein würde. Du könntest einfach nicht anders sein. Wie gut geht es dir!" Er trat zurück und sah sie bewundernd an.

Alexandra errötete und lachte erneut. „Aber du selbst, Carl – mit diesem Bart – wie hätte ich dich kennen können? Du bist als kleiner Junge weggegangen." Sie griff nach seinem Koffer und als er sie abfing , warf sie die Hände hoch. „Sehen Sie, ich verrate mich. Ich habe nur Frauen, die mich besuchen kommen, und ich weiß nicht, wie ich mich benehmen soll. Wo ist dein Koffer?"

„Es ist in Hannover. Ich kann nur ein paar Tage bleiben. Ich bin auf dem Weg zur Küste."

Sie machten sich auf den Weg. "Ein paar Tage? Nach all diesen Jahren!" Alexandra drohte ihm mit dem Finger. „Sehen Sie, Sie sind in eine Falle getappt. So leicht kommt man nicht davon." Sie legte ihm liebevoll die Hand auf die Schulter. „Um der alten Zeiten willen schuldest du mir einen Besuch. Warum musst du überhaupt an die Küste gehen?"

„Oh, ich muss! Ich bin ein Glücksjäger. Von Seattle aus gehe ich weiter nach Alaska."

"Alaska?" Sie sah ihn erstaunt an. „Wirst du die Indianer malen?"

"Malen?" Der junge Mann runzelte die Stirn. "Oh! Ich bin keine Malerin, Alexandra. Ich bin Graveur. Mit Malerei habe ich nichts zu tun."

„Aber an der Wand meines Wohnzimmers habe ich die Bilder –"

Er unterbrach ihn nervös. „Oh, Aquarellskizzen – zum Vergnügen gemacht. Ich habe sie dir geschickt, um dich an mich zu erinnern, nicht weil sie gut waren. Was für einen wundervollen Ort du daraus gemacht hast, Alexandra." Er drehte sich um und blickte zurück auf die weite, landkartenartige Aussicht auf Felder, Hecken und Weiden. „Ich hätte nie geglaubt, dass es möglich ist. Ich bin selbst enttäuscht von meinen eigenen Augen, von meiner Vorstellung."

In diesem Moment kamen Lou und Oscar vom Obstgarten den Hügel hinauf. Sie beschleunigten ihre Schritte nicht, als sie Carl sahen; tatsächlich blickten sie nicht offen in seine Richtung. Sie gingen misstrauisch voran, als wünschten sie sich, die Distanz wäre länger.

Alexandra winkte ihnen zu. „Sie denken, ich versuche, sie zu täuschen. Kommt, Jungs, es ist Carl Linstrum , unser alter Carl!"

Lou warf dem Besucher einen kurzen Seitenblick zu und streckte seine Hand aus. "Froh dich zu sehen."

Oscar folgte mit „How d' do." Carl konnte nicht sagen, ob ihre Unfreundlichkeit auf Unfreundlichkeit oder auf Verlegenheit zurückzuführen war. Er und Alexandra gingen voran zur Veranda.

„Carl", erklärte Alexandra, „ist auf dem Weg nach Seattle. Er geht nach Alaska."

Oscar betrachtete die gelben Schuhe des Besuchers. „Haben Sie dort Geschäfte?" er hat gefragt.

Carl lachte. „Ja, eine sehr dringende Angelegenheit. Ich gehe dorthin, um reich zu werden. Gravieren ist ein sehr interessanter Beruf, aber ein Mann verdient damit nie Geld. Also werde ich es mit den Goldfeldern versuchen."

Alexandra fand, dass dies eine taktvolle Rede war, und Lou blickte interessiert auf. „Haben Sie schon einmal etwas in dieser Richtung gemacht?"

„Nein, aber ich werde mich einem Freund anschließen, der aus New York kam und gute Arbeit geleistet hat. Er hat angeboten, mich einzubrechen."

„ Es sind furchtbar kalte Winter, wie ich höre", bemerkte Oscar. „Ich dachte, die Leute wären im Frühjahr dorthin gegangen."

"Tun sie. Aber mein Freund wird den Winter in Seattle verbringen und ich soll dort bei ihm bleiben und etwas über das Schürfen lernen, bevor wir nächstes Jahr in den Norden aufbrechen."

Lou sah skeptisch aus. „Mal sehen, wie lange bist du schon von hier weg?"

"16 Jahre. Das solltest du dir merken, Lou, denn du hast gleich nach unserer Abreise geheiratet."

„Wirst du einige Zeit bei uns bleiben?" fragte Oscar.

„Ein paar Tage, wenn Alexandra mich behalten kann."

„Ich gehe davon aus, dass Sie Ihr altes Zuhause sehen wollen", bemerkte Lou freundlicher. „Du wirst es kaum wissen. Aber von Ihrem alten Rasenhaus sind noch ein paar Stücke übrig. Alexandra würde Frank Shabata niemals darüber hinwegkommen lassen."

Annie Lee, die seit der Ankündigung des Besuchers ihr Haar ausgebessert und ihre Spitze zurechtgerückt hatte und sich wünschte, sie hätte ein anderes Kleid getragen, kam nun mit ihren drei Töchtern heraus und stellte sie vor. Sie war von Carls urbanem Aussehen sehr beeindruckt und redete vor Aufregung sehr laut und warf den Kopf hin und her. „Und du bist noch nicht verheiratet? Jetzt in deinem Alter! Denken Sie daran! Du musst auf Milly warten. Ja, wir haben auch einen Jungen. Der jüngste. Er ist zu Hause bei seiner Oma. Du musst vorbeikommen, um Mutter zu sehen und Milly spielen zu hören. Sie ist die Musikerin der Familie. Sie macht auch

Brandmalerei. Das ist verbranntes Holz, wissen Sie. Sie würden nicht glauben, was sie mit ihrem Poker alles anstellen kann. Ja, sie geht in der Stadt zur Schule und ist mit zwei Jahren die Jüngste in ihrer Klasse."

Milly sah unbehaglich aus und Carl nahm erneut ihre Hand. Er mochte ihre cremige Haut und ihre glücklichen, unschuldigen Augen und er konnte sehen, dass die Art zu reden ihrer Mutter sie beunruhigte. „Ich bin sicher, sie ist ein kluges kleines Mädchen", murmelte er und sah sie nachdenklich an. „Lass mich sehen – Ah, es ist deine Mutter, wie sie aussieht, Alexandra. Mrs. Bergson muss als kleines Mädchen genauso ausgesehen haben. Läuft Milly durch das Land, wie du und Alexandra es früher getan haben, Annie?"

Millys Mutter protestierte. „Oh mein Gott, nein! Die Dinge haben sich verändert, seit wir Mädchen waren . Milly hat es ganz anders. Wir werden die Wohnung mieten und in die Stadt ziehen, sobald die Mädchen alt genug sind, um in Gesellschaft zu gehen. Das tun mittlerweile hier viele. Lou geht ins Geschäft."

Lou grinste. „Das sagt sie. Zieh am besten deine Sachen an. „Ivar macht sich auf den Weg", fügte er hinzu und wandte sich an Annie.

Junglandwirte sprechen ihre Frauen selten mit Namen an. Es ist immer „du" oder „sie".

Nachdem er seine Frau aus dem Weg geräumt hatte, setzte sich Lou auf die Stufe und begann zu schnitzen. „Nun, was denken die Leute in New York über William Jennings Bryan?" Lou begann zu toben, wie er es immer tat, wenn er über Politik redete. „Wir haben der Wall Street im Jahr 96 einen Schrecken eingejagt, und wir bereiten einen weiteren vor, um sie zu überwältigen. Silber war nicht das einzige Problem", nickte er geheimnisvoll. „Es gibt viele Dinge, die geändert werden müssen. Der Westen wird sich Gehör verschaffen."

Carl lachte. „ Aber genau das hat es getan, zumindest nichts anderes."

Lous schmales Gesicht wurde bis zu den Haarwurzeln gerötet. „Oh, wir haben gerade erst angefangen. Wir erwachen hier draußen zu einem Bewusstsein für unsere Verantwortung, und wir haben auch keine Angst. Ihr Jungs da hinten muss ein zahmer Haufen sein. Wenn ihr Mut hättet, würdet ihr zusammenkommen und zur Wall Street marschieren und sie in die Luft jagen. Sprengen Sie es, meine ich", mit einem drohenden Nicken.

Er meinte es so ernst, dass Carl kaum wusste, was er ihm antworten sollte. „Das wäre Pulververschwendung. Das gleiche Geschäft würde in einer anderen Straße weitergehen. Die Straße spielt keine Rolle. Aber worum geht es euch hier draußen? Du hast den einzigen sicheren Ort, den es gibt. Morgan selbst konnte dir nichts anhaben. Man muss nur durch dieses Land fahren, um zu sehen, dass ihr alle so reich wie Barone seid."

„Wir haben viel mehr zu sagen als damals, als wir arm waren", sagte Lou drohend. „Wir kommen mit vielen Dingen klar."

Als Ivar mit einer Doppelkutsche zum Tor fuhr, kam Annie mit einem Hut heraus, der wie das Modell eines Schlachtschiffs aussah. Carl stand auf und führte sie zur Kutsche, während Lou noch ein paar Worte mit seiner Schwester unterhielt.

„Warum ist er wohl gekommen?" fragte er und deutete mit dem Kopf auf das Tor.

„Nun, um uns einen Besuch abzustatten. Ich habe ihn jahrelang darum gebeten."

Oscar sah Alexandra an. „Er hat dich nicht wissen lassen, dass er kommt?"

"NEIN. Warum sollte er? Ich sagte ihm, er könne jederzeit kommen."

Lou zuckte mit den Schultern. „Er scheint nicht viel für sich getan zu haben. Ich wandere hier herum!"

Oscar sprach feierlich wie aus den Tiefen einer Höhle. „Er hat nie viel Aufsehen erregt."

Alexandra verließ sie und eilte zum Tor hinunter, wo Annie Carl von ihren neuen Esszimmermöbeln erzählte. „Sie müssen Mr. Linstrum sehr bald vorbeibringen, aber rufen Sie mich zuerst an", rief sie zurück, als Carl ihr in die Kutsche half. Der alte Ivar stand mit nacktem weißen Kopf da und hielt die Pferde. Lou kam den Weg herunter, kletterte auf den Vordersitz, nahm die Zügel in die Hand und fuhr los, ohne irgendjemandem etwas mehr zu sagen . Oscar hob seinen Jüngsten hoch und trottete die Straße hinunter, während die anderen drei ihm folgten. Carl, der Alexandra das Tor aufhielt, begann zu lachen. „Auf und ab auf der Kluft, nicht wahr, Alexandra?" er weinte fröhlich.

IV

Alexandra hatte das Gefühl, dass Carl sich viel weniger verändert hatte, als man hätte erwarten können. Er war kein gepflegter, selbstzufriedener Stadtmensch geworden. Er hatte immer noch etwas Heimeliges, Eigensinniges und definitiv Persönliches an sich. Sogar seine Kleidung, sein Norfolk-Mantel und seine sehr hohen Kragen, waren etwas unkonventionell. Er schien in sich selbst zu schrumpfen, wie er es immer getan hatte; sich von Dingen fernhalten, als hätte er Angst, verletzt zu werden. Kurz gesagt, er war selbstbewusster, als man es von einem Mann von fünfunddreißig Jahren erwarten würde. Er sah älter aus als er war und nicht sehr stark. Sein schwarzes Haar, das immer noch in einem Dreieck über seine blasse Stirn hing, war am Scheitel dünn, und um seine Augen waren feine, unerbittliche Linien. Sein Rücken mit den hohen, spitzen Schultern sah aus wie der Rücken eines überarbeiteten Deutschprofessors im Urlaub. Sein Gesicht war intelligent, sensibel, unglücklich.

An diesem Abend saßen Carl und Alexandra nach dem Abendessen neben dem Büschel Rizinusbohnen mitten im Blumengarten. Die Kieswege glitzerten im Mondlicht, und unter ihnen lagen die Felder weiß und still.

„Weißt du, Alexandra", sagte er, „ich habe darüber nachgedacht, wie seltsam die Dinge ausgehen. Ich war unterwegs und habe die Bilder anderer Männer graviert, und du bist zu Hause geblieben und hast deine eigenen gemacht." Er zeigte mit seiner Zigarre auf die schlafende Landschaft. „Wie in aller Welt hast du das gemacht? Wie haben Ihre Nachbarn das gemacht?"

„Wir hatten nicht viel damit zu tun, Carl. Das Land hat es geschafft. Es hatte seinen kleinen Witz. Es gab vor, arm zu sein, weil niemand wusste, wie man es richtig macht; und dann hat es auf einmal funktioniert. Es erwachte aus seinem Schlaf und streckte sich, und es war so groß, so reich, dass wir plötzlich merkten, dass wir reich waren, nur weil wir still saßen. Was mich betrifft, erinnern Sie sich, als ich anfing, Land zu kaufen. Jahrelang drückte und borgte ich immer weiter, bis ich mich schämte, mein Gesicht in den Banken zu zeigen. Und dann kamen plötzlich Männer zu mir und boten mir an, mir Geld zu leihen – und ich brauchte es nicht! Dann machte ich weiter und baute dieses Haus. Ich habe es wirklich für Emil gebaut. Ich möchte, dass du Emil siehst, Carl. Er ist so anders als der Rest von uns!"

"Wie unterschiedlich?"

„Oh, du wirst sehen! Ich bin mir sicher, dass der Vater das alte Land verließ, um Söhne wie Emil zu haben und ihnen eine Chance zu geben. Es ist auch merkwürdig; Äußerlich ist Emil wie ein amerikanischer Junge – er hat im Juni seinen Abschluss an der State University gemacht, wissen Sie –, aber im Inneren ist er schwedischer als jeder von uns. Manchmal ist er meinem Vater so ähnlich, dass er mir Angst macht; er ist so gewalttätig in seinen Gefühlen."

„Wird er hier mit dir Landwirtschaft betreiben?“

„Er soll tun, was er will“, erklärte Alexandra herzlich. „Er wird eine Chance haben, eine ganze Chance; Dafür habe ich gearbeitet. Manchmal spricht er davon, Jura zu studieren, und manchmal, in letzter Zeit, spricht er davon, in die Sandhügel hinauszugehen und mehr Land zu besetzen. Er hat seine traurigen Zeiten, wie Vater. Aber ich hoffe, dass er das nicht tun wird. Endlich haben wir genug Land!“ Alexandra lachte.

„Wie wäre es mit Lou und Oscar? Sie haben es gut gemacht, nicht wahr?“

"Ja sehr gut; Aber sie sind anders, und jetzt, wo sie ihre eigenen Höfe haben, sehe ich nicht mehr so viele von ihnen. Als Lou heiratete, teilten wir das Land zu gleichen Teilen auf. Sie haben ihre eigene Art, Dinge zu tun, und ich fürchte, sie mögen meine Art nicht ganz. Vielleicht halten sie mich für zu unabhängig. Aber ich musste viele Jahre lang selbst nachdenken und werde mich wahrscheinlich nicht ändern. Im Großen und Ganzen trösten wir uns jedoch genauso sehr wie die meisten Brüder und Schwestern. Und ich mag Lous älteste Tochter sehr.“

„Ich glaube, mir gefielen die alten Lou und Oscar besser, und wahrscheinlich empfinden sie das Gleiche für mich. Ich sogar, wenn du ein Geheimnis für dich behalten kannst“, – Carl beugte sich vor und berührte lächelnd ihren Arm – „Ich glaube sogar, dass mir das alte Land besser gefallen hat. Das ist alles auf seine Art sehr großartig, aber da war etwas an diesem Land, als es ein wildes altes Tier war, das mich all die Jahre verfolgt hat. Wenn ich jetzt auf all diese Milch und diesen Honig zurückkomme, kommt mir das alte deutsche Lied vor: „Wo bist du, wo bist du, mein .“ liebstes Land?‘ – Fühlst du dich jemals so, frage ich mich?“

„Ja, manchmal, wenn ich an Vater und Mutter und die Verstorbenen denke; so viele unserer alten Nachbarn.“ Alexandra hielt inne und blickte nachdenklich zu den Sternen auf. „Wir können uns an den Friedhof erinnern, als er noch wilde Prärie war, Carl, und jetzt –“

„Und jetzt beginnt sich dort drüben die alte Geschichte zu schreiben“, sagte Carl leise. „Ist es nicht seltsam: Es gibt nur zwei oder drei menschliche Geschichten, und sie wiederholen sich so heftig, als ob sie noch nie zuvor passiert wären; wie die Lerchen in diesem Land, die seit Tausenden von Jahren die gleichen fünf Töne singen.“

"Oh ja! Die jungen Leute leben so hart. Und doch beneide ich sie manchmal. Da ist jetzt mein kleiner Nachbar; die Leute, die deine alte Wohnung gekauft haben. Ich hätte es niemand anderem verkauft , aber ich mochte dieses Mädchen schon immer. Sie erinnern sich bestimmt an sie, die kleine Marie Tovesky aus Omaha, die hier früher zu Besuch war? Mit achtzehn lief sie von der Klosterschule weg und heiratete, verrücktes Kind! Sie kam als Braut mit ihrem Vater und ihrem Ehemann hierher. Er hatte nichts und der alte

Mann war bereit, ihnen einen Platz zu kaufen und sie dort einzurichten. Ihre Farm hat ihr gefallen, und ich war froh, sie so in meiner Nähe zu haben. Es hat mir auch nie leidgetan. Ich versuche sogar, ihretwegen mit Frank klarzukommen."

„Ist Frank ihr Ehemann?"

"Ja. Er ist einer dieser wilden Kerle. Die meisten Böhmen sind gutmütig, aber Frank denkt, dass wir ihn hier nicht schätzen, vermute ich. Er ist auf alles neidisch, auf seine Farm, seine Pferde und seine hübsche Frau. Jeder mag sie, genau wie damals, als sie klein war. Manchmal gehe ich mit Emil in die katholische Kirche, und es ist lustig zu sehen, wie Marie dort steht, lachend und den Leuten die Hand schüttelt, so aufgeregt und fröhlich aussieht, während Frank hinter ihr schmollt, als könnte er jeden bei lebendigem Leib auffressen. Frank ist kein schlechter Nachbar, aber um mit ihm auszukommen, muss man viel Aufhebens um ihn machen und immer so tun, als ob man ihn für einen sehr wichtigen Menschen hält, der sich von anderen Menschen unterscheidet. Es fällt mir schwer, das von einem Jahresende zum anderen durchzuhalten."

„Ich glaube nicht, dass du in so etwas sehr erfolgreich sein würdest, Alexandra." Carl schien die Idee amüsant zu finden.

„Nun", sagte Alexandra bestimmt, „ich gebe Marie zuliebe mein Bestes. Sie hat es sowieso schwer genug. Sie ist zu jung und hübsch für so ein Leben. Wir sind alle viel älter und langsamer. Aber sie gehört zu den Menschen, die sich nicht so leicht unterkriegen lassen. Sie wird den ganzen Tag arbeiten, zu einer böhmischen Hochzeit gehen und die ganze Nacht tanzen und am nächsten Morgen den Heuwagen für einen Kreuzmann fahren. Ich könnte bei einem Job bleiben, aber ich hatte nie so viel Schwung in mir wie sie, als ich mein Bestes gab. Ich muss dich morgen hinbringen, um sie zu sehen."

Carl ließ das Ende seiner Zigarre sanft zwischen den Rizinusbohnen fallen und seufzte. „Ja, ich denke, ich muss mir den alten Ort ansehen. Ich bin feige, wenn es um Dinge geht, die mich an mich selbst erinnern. Es erforderte Mut, überhaupt zu kommen, Alexandra. Das hätte ich nicht getan, wenn ich dich nicht unbedingt sehen wollte."

Alexandra sah ihn mit ihren ruhigen, bedächtigen Augen an. „Warum fürchtest du so etwas, Carl?" sie fragte ernst. „Warum bist du unzufrieden mit dir selbst?"

Ihr Besucher zuckte zusammen. „Wie direkt du bist, Alexandra! Genau wie früher. Verrate ich mich so schnell? Nun ja, zum einen gibt es in meinem Beruf nichts, worüber ich mich freuen kann. Das Einzige, was mir am Herzen liegt, ist die Holzgravur, und damit hatte ich schon begonnen, bevor ich anfing. Heutzutage ist alles billige Metallarbeit, das Ausbessern miserabler Fotos, das Aufzwingen schlechter Zeichnungen und das

Verderben guter. Ich habe das alles absolut satt." Carl runzelte die Stirn. „Alexandra, den ganzen Weg von New York habe ich darüber nachgedacht, wie ich dich täuschen und dich dazu bringen könnte, mich für einen sehr beneidenswerten Kerl zu halten, und hier sage ich dir gleich am ersten Abend die Wahrheit. Ich verschwende viel Zeit damit, den Leuten etwas vorzumachen, und der Witz daran ist: Ich glaube nicht, dass ich jemals jemanden täusche . Es gibt zu viele meiner Art; Die Leute erkennen uns auf den ersten Blick."

Carl hielt inne. Mit einer verwirrten, nachdenklichen Geste strich Alexandra ihr Haar aus der Stirn. „Sehen Sie", fuhr er ruhig fort, „gemessen an Ihren Maßstäben hier bin ich ein Versager. Ich konnte nicht einmal eines deiner Maisfelder kaufen. Ich habe vieles genossen, aber ich habe nichts vorzuweisen."

„Aber du zeigst es selbst, Carl. Ich hätte lieber deine Freiheit gehabt als mein Land."

Carl schüttelte traurig den Kopf. „Freiheit bedeutet so oft, dass man nirgendwo gebraucht wird. Hier bist du ein Individuum, du hast deinen eigenen Hintergrund, du würdest vermisst werden. Aber da draußen in den Städten gibt es Tausende von rollenden Steinen wie mich. Wir sind alle gleich; Wir haben keine Bindungen, wir kennen niemanden, wir besitzen nichts. Wenn einer von uns stirbt, wissen sie kaum, wo sie ihn begraben sollen. Unsere Wirtin und der Feinkosthändler sind unsere Trauergäste, und wir hinterlassen nichts als einen Gehrock und eine Geige oder eine Staffelei oder eine Schreibmaschine oder welches Werkzeug auch immer wir unseren Lebensunterhalt verdienten. Wir haben es bisher nur geschafft, unsere Miete zu bezahlen, die exorbitante Miete, die man für ein paar Quadratmeter Fläche in der Nähe des Geschehens zahlen muss. Wir haben kein Haus, keinen Ort, keine eigenen Leute. Wir leben auf der Straße, in den Parks, in den Theatern. Wir sitzen in Restaurants und Konzertsälen und schauen uns die Hunderte unserer Artgenossen an und schaudern."

Alexandra schwieg. Sie saß da und betrachtete den silbernen Fleck, den der Mond auf der Oberfläche des Teiches unten auf der Weide machte. Er wusste, dass sie verstand, was er meinte. Schließlich sagte sie langsam: „Und doch möchte ich, dass Emil lieber so aufwächst als wie seine beiden Brüder. " Auch wir zahlen eine hohe Miete, wenn auch unterschiedlich. Wir werden hier hart und schwer. Wir bewegen uns nicht so leicht und leicht wie Sie, und unser Geist wird steif. Wenn die Welt nicht größer wäre als meine Maisfelder, wenn es daneben nichts gäbe , würde es sich für mich nicht lohnen, zu arbeiten. Nein, mir wäre es lieber, wenn Emil dich mag, als sie. Das habe ich gespürt, als du gekommen bist."

„Ich frage mich, warum du so fühlst?" Carl überlegte.

"Ich weiß nicht. Vielleicht bin ich wie Carrie Jensen, die Schwester eines meiner angeheuerten Männer. Sie hatte die Maisfelder noch nie verlassen, und vor ein paar Jahren wurde sie verzweifelt und sagte, das Leben sei immer und immer wieder das Gleiche, und sie sah keinen Sinn darin. Nachdem sie ein- oder zweimal versucht hatte, sich umzubringen, machten sich ihre Eltern Sorgen und schickten sie nach Iowa, um einige Verwandte zu besuchen. Seit ihrer Rückkehr ist sie vollkommen fröhlich und sagt, sie sei zufrieden damit, in einer so großen und interessanten Welt zu leben und zu arbeiten. Sie sagte, dass alles, was so groß sei wie die Brücken über den Platte- und den Missouri-Fluss, sie versöhne. Und es ist das, was in der Welt passiert, das mich versöhnt."

V

Alexandra fand weder am nächsten Tag noch am nächsten die Zeit, zu ihrer Nachbarin zu gehen. Es war eine geschäftige Saison auf dem Bauernhof, da der Mais gepflügt wurde und sogar Emil mit einem Team und einem Grubber auf dem Feld war. Carl ging morgens mit Alexandra über die Höfe, und nachmittags und abends fanden sie viel Gesprächsstoff. Obwohl Emil viel auf der Leichtathletik geübt hatte, hielt er sich bei der Arbeit auf dem Bauernhof nicht besonders gut, und nachts war er zu müde, um zu sprechen oder auch nur auf seinem Kornett zu üben .

Am Mittwochmorgen stand Carl auf, bevor es hell wurde, und schlich die Treppe hinunter und aus der Küchentür, gerade als der alte Ivar an der Pumpe seine Morgenwaschungen vornahm. Carl nickte ihm zu und eilte den Flur hinauf, am Garten vorbei und auf die Weide, wo früher die Milchkühe standen.

Die Morgendämmerung im Osten sah aus wie das Licht eines großen Feuers, das unter dem Rand der Welt brannte. Die Farbe spiegelte sich in den Taukügelchen wider, die das kurze graue Weidegras bedeckten. Carl ging schnell, bis er die Kuppe des zweiten Hügels erreichte, wo die Bergson-Weide mit der Weide zusammentraf, die seinem Vater gehört hatte. Dort setzte er sich hin und wartete darauf, dass die Sonne aufging. Genau dort haben er und Alexandra gemeinsam gemolken, er auf seiner Seite des Zauns, sie auf ihrer. Er konnte sich genau daran erinnern, wie sie aussah, als sie über das kurz geschnittene Gras kam, die Röcke hochgesteckt, den Kopf nackt, in beiden Händen einen hellen Blecheimer, und das milchige Licht des frühen Morgens umgab sie. Schon als Junge hatte er, wenn er sie mit ihrem freien Schritt, ihrem aufrechten Kopf und ihren ruhigen Schultern kommen sah, das Gefühl, als wäre sie direkt dem Morgen entsprungen. Seitdem hatte er, wenn er zufällig die Sonne auf dem Land oder am Wasser aufgehen sah, oft an das junge schwedische Mädchen und ihre Melkeimer gedacht.

Carl saß nachdenklich da, bis die Sonne über die Prärie sprang und im Gras um ihn herum alle kleinen Geschöpfe des Tages begannen, ihre winzigen Instrumente zu stimmen. Unzählige Vögel und Insekten begannen zu zwitschern, zu zwitschern, zu schnappen und zu pfeifen und alle möglichen neuen schrillen Geräusche von sich zu geben. Die Weide war lichtdurchflutet; Jedes Büschel Eisenkraut und Schnee auf dem Berg warf einen langen Schatten, und das goldene Licht schien durch das lockige Gras zu kräuseln, als würde die Flut hereinströmen.

Er überquerte den Zaun auf die Weide, die jetzt die Shabatas -Weide war, und setzte seinen Spaziergang in Richtung des Teiches fort. Er war jedoch noch nicht weit gekommen, als er feststellte, dass er nicht der einzige Mensch im Ausland war. In der Abbildung unten war Emil zu sehen, die Waffe in der Hand, der vorsichtig vorrückte, neben ihm eine junge Frau. Sie bewegten sich leise und hielten dicht beieinander, und Carl wusste, dass sie damit rechneten, Enten auf dem Teich zu finden. In dem Moment, als sie den hellen Wasserfleck erblickten, hörte er das Surren von Flügeln und die Enten schossen in die Luft. Es gab einen scharfen Knall aus der Waffe und fünf der Vögel fielen zu Boden. Emil und sein Begleiter lachten entzückt, und Emil rannte los, um sie abzuholen. Als er zurückkam und die Enten an ihren Füßen baumeln ließ, hielt Marie ihre Schürze und er ließ sie hineinfallen. Als sie dastand und auf sie herabblickte, veränderte sich ihr Gesicht. Sie nahm einen der Vögel hoch, einen zerknitterten Federball, aus dessen Maul das Blut langsam tropfte, und betrachtete die lebendige Farbe, die noch immer auf seinem Gefieder brannte.

Als sie es fallen ließ, schrie sie verzweifelt: „Oh, Emil, warum hast du das getan?"

"Ich mag es!" rief der Junge empört. „Warum, Marie, du hast mich gebeten, selbst zu kommen."

„Ja, ja, ich weiß", sagte sie unter Tränen, „aber ich habe nicht nachgedacht. Ich hasse es, sie zu sehen, wenn sie zum ersten Mal gedreht werden. Sie hatten so viel Spaß und wir haben ihnen alles verdorben."

Emil lachte ziemlich schmerzerfüllt. „Ich würde sagen, das hatten wir! Ich gehe nicht mehr mit dir auf die Jagd . Du bist so schlimm wie Ivar. Hier, lass mich sie nehmen." Er schnappte ihr die Enten aus der Schürze.

„Sei nicht böse, Emil. Nur – Ivar hat recht, was wilde Dinge angeht. Sie sind zu gerne zum Töten. Man kann deutlich erkennen, wie sie sich gefühlt haben, als sie hochflog. Sie hatten Angst, aber sie dachten nicht wirklich, dass ihnen irgendetwas schaden könnte. Nein, das werden wir nicht mehr tun ."

„In Ordnung", stimmte Emil zu. „Es tut mir leid, dass ich dir ein schlechtes Gewissen bereitet habe." Als er in ihre tränenreichen Augen blickte, spürte er eine merkwürdige, scharfe junge Bitterkeit in seinen Augen.

Carl beobachtete sie, während sie sich langsam die Schublade hinunter bewegten. Sie hatten ihn überhaupt nicht gesehen. Er hatte nicht viel von ihrem Dialog mitbekommen, aber er spürte die Bedeutung davon. Es machte ihn irgendwie unangemessen traurig, als er am frühen Morgen zwei junge Wesen draußen auf der Weide fand. Er beschloss, dass er sein Frühstück brauchte.

Shabatas - Fest zu gehen . „Es kommt nicht oft vor, dass ich drei Tage vergehen lasse, ohne Marie zu sehen. Sie wird denken, ich hätte sie verlassen, jetzt, wo mein alter Freund zurückgekehrt ist."

Nachdem die Männer wieder an die Arbeit gegangen waren, zog Alexandra ein weißes Kleid und ihren Sonnenhut an und machte sich mit Carl auf den Weg über die Felder. „Sie sehen, wir haben den alten Weg beibehalten, Carl. Es war so schön für mich zu spüren, dass am anderen Ende wieder ein Freund stand."

Carl lächelte ein wenig reumütig. „Trotzdem hoffe ich, dass es nicht *ganz* dasselbe war."

Alexandra sah ihn überrascht an. „Warum, nein, natürlich nicht. Nicht das gleiche. Sie könnte wohl kaum deinen Platz einnehmen, wenn du das meinst. Ich hoffe, dass ich mit allen meinen Nachbarn freundlich bin. Aber Marie ist wirklich eine Begleiterin, mit der ich ganz offen reden kann. Du möchtest doch nicht, dass ich noch einsamer bin als je zuvor, oder?"

Carl lachte und schob die dreieckige Haarsträhne mit der Hutkante zurück. „ Natürlich nicht. Ich sollte dankbar sein, dass dieser Weg nicht von – nun ja, von Freunden mit dringenderen Besorgungen gegangen ist, als Ihr kleiner Böhme wahrscheinlich haben wird." Er hielt inne, um Alexandra die Hand zu reichen, als sie über den Zauntritt stieg. „Sind Sie im Geringsten enttäuscht von unserem Wiedersehen?" fragte er unvermittelt. „Ist es so, wie Sie es sich erhofft haben?"

Alexandra lächelte darüber. "Nur besser. Wenn ich an Ihr Kommen gedacht habe, hatte ich manchmal ein wenig Angst davor. Du hast dort gelebt, wo sich die Dinge so schnell bewegen und hier alles langsam ist; die Menschen sind die langsamsten von allen. Unser Leben ist wie die Jahre, alles besteht aus Wetter, Ernte und Kühen. Wie du Kühe gehasst hast!" Sie schüttelte den Kopf und lachte vor sich hin.

„Das habe ich nicht getan, als wir zusammen gemolken haben. Ich bin heute Morgen zu den Weideecken gelaufen. Ich frage mich, ob ich Ihnen jemals alles erzählen kann, worüber ich dort oben nachgedacht habe. Es ist eine seltsame Sache, Alexandra; Es fällt mir leicht, dir gegenüber über alles, außer über dich selbst, offen zu sein!"

„Du hast vielleicht Angst, meine Gefühle zu verletzen." Alexandra sah ihn nachdenklich an.

„Nein, ich habe Angst, dir einen Schock zu versetzen. Du hast dich schon so lange in den trüben Köpfen der Menschen um dich herum gesehen, dass es dich erschrecken würde, wenn ich dir sagen würde, wie du auf mich scheinst. Aber Sie müssen sehen, dass Sie mich in Erstaunen versetzen. Du musst spüren, wenn die Leute dich bewundern."

Alexandra errötete und lachte verwirrt. „Ich hatte das Gefühl, dass du mit mir zufrieden warst, wenn du das meinst."

„Und du hast gespürt, wenn andere Menschen mit dir zufrieden waren?" er bestand darauf.

"Naja manchmal. Die Männer in der Stadt, bei den Banken und den Bezirksämtern scheinen sich zu freuen, mich zu sehen. Ich persönlich denke, dass es angenehmer ist, mit Menschen Geschäfte zu machen, die sauber und gesund aussehen", gab sie milde zu.

Carl kicherte leicht, als er ihr das Tor des Shabatas öffnete. „Ach ja?" fragte er trocken.

Außer einer großen gelben Katze, die sich auf der Küchentür sonnte, gab es im Haus der Shabatas kein Lebenszeichen .

Alexandra nahm den Weg, der zum Obstgarten führte. „Sie sitzt oft dort und näht. Ich habe sie nicht angerufen, weil ich nicht wollte, dass sie zur Arbeit geht, Kuchen backt und Eis einfriert. Sie wird immer eine Party veranstalten, wenn du ihr auch nur die geringste Entschuldigung gibst. Erkennst du die Apfelbäume, Carl?"

Linstrum sah sich um. „Ich wünschte, ich hätte einen Dollar für jeden Eimer Wasser, den ich für diese Bäume getragen habe. Armer Vater, er war ein unkomplizierter Mann, aber er war völlig gnadenlos, wenn es darum ging, den Obstgarten zu bewässern."

„Das ist eine Sache, die ich an Deutschen mag; Sie lassen einen Obstgarten wachsen, wenn sie nichts anderes machen können. Ich bin so froh, dass diese Bäume jemandem gehören , der in ihnen Trost findet. Als ich dieses Haus gemietet habe, haben die Mieter den Obstgarten nie gepflegt, und Emil und ich kamen immer vorbei und kümmerten uns selbst darum. Es muss jetzt gemäht werden. Da ist sie, unten in der Ecke. Maria-aa!" Sie hat angerufen.

Eine liegende Gestalt erhob sich aus dem Gras und rannte durch den flackernden Schirm aus Licht und Schatten auf sie zu.

"Schau sie an! Ist sie nicht wie ein kleines braunes Kaninchen?" Alexandra lachte.

Maria rannte keuchend heran und warf ihre Arme um Alexandra. „Oh, ich hatte schon gedacht, dass du vielleicht überhaupt nicht kommst. Ich wusste, dass du so beschäftigt bist. Ja, Emil hat mir erzählt, dass Mr. Linstrum hier ist. Willst du nicht zum Haus kommen?"

„Warum setzen Sie sich nicht in Ihre Ecke? Carl möchte den Obstgarten sehen. Er hielt all diese Bäume jahrelang am Leben, indem er sie mit seinem eigenen Rücken bewässerte."

Marie wandte sich an Carl. „Dann bin ich Ihnen dankbar, Herr Linstrum .
Ohne diesen Obstgarten hätten wir das Grundstück nie gekauft, und dann
hätte ich Alexandra auch nicht gehabt." Sie drückte leicht Alexandras Arm,
während sie neben ihr herging. „Wie schön dein Kleid riecht, Alexandra; Du
hast Rosmarinblätter in deine Brust gesteckt, wie ich dir gesagt habe."

Sie führte sie zur nordwestlichen Ecke des Obstgartens, der auf der einen
Seite von einer dichten Maulbeerhecke geschützt und auf der anderen von
einem Weizenfeld begrenzt war, das gerade anfing zu vergilben. In dieser
Ecke senkte sich der Boden ein wenig, und das blaue Gras, das das Unkraut
im oberen Teil des Obstgartens vertrieben hatte, wuchs dicht und üppig.
Wilde Rosen brannten in den Grasbüscheln entlang des Zauns. Unter einem
weißen Maulbeerbaum stand ein alter Wagensitz. Daneben lagen ein Buch
und ein Arbeitskorb.

„Du musst den Platz haben, Alexandra. Das Gras würde Ihr Kleid
beflecken", beharrte die Gastgeberin. Sie ließ sich neben Alexandra auf den
Boden fallen und stellte ihre Füße unter sie. Carl saß etwas entfernt von den
beiden Frauen, mit dem Rücken zum Weizenfeld, und beobachtete sie.
Alexandra nahm ihren Schirmhut ab und warf ihn auf den Boden. Marie hob
es auf, spielte mit den weißen Bändern und drehte sie beim Reden um ihre
braunen Finger. Sie gaben im starken Sonnenlicht ein hübsches Bild ab, das
Blattmuster umgab sie wie ein Netz; die Schwedin, so weiß und goldfarben,
freundlich und amüsiert, aber in Ruhe gerüstet, und die wachsame Braune
mit geöffneten vollen Lippen und gelben Lichtpunkten, die in ihren Augen
tanzten, während sie lachte und plapperte. Carl hatte die Augen der kleinen
Marie Tovesky nie vergessen und war froh, die Gelegenheit zu haben, sie zu
studieren. Er stellte fest, dass die braune Iris merkwürdigerweise gelbe
Einschnitte aufwies, die die Farbe von Sonnenblumenhonig oder von altem
Bernstein hatten. In jedem Auge muss einer dieser Streifen größer gewesen
sein als die anderen, denn der Effekt war der von zwei tanzenden
Lichtpunkten, zwei kleinen gelben Bläschen, wie sie in einem Glas
Champagner aufsteigen. Manchmal wirkten sie wie Funken aus einer
Schmiede. Sie schien so leicht erregt zu sein, dass sie mit einer wilden kleinen
Flamme entzündet werden konnte, wenn man sie nur anhauchte. „Was für
eine Verschwendung", dachte Carl. „Sie sollte das alles für einen Schatz tun.
Wie unangenehme Dinge geschehen!"

Es dauerte nicht lange, bis Marie wieder aus dem Gras sprang. "Moment mal.
Ich will Dir etwas zeigen." Sie rannte weg und verschwand hinter den niedrig
wachsenden Apfelbäumen.

„Was für ein bezauberndes Geschöpf", murmelte Carl. „Ich wundere mich
nicht, dass ihr Mann eifersüchtig ist. Aber kann sie nicht laufen? rennt sie
immer?"

Alexandra nickte. "Stets. Ich sehe nicht viele Menschen, aber ich glaube nicht, dass es irgendwo viele wie sie gibt."

Marie kam mit einem Ast zurück, den sie von einem Aprikosenbaum abgebrochen hatte, beladen mit blassgelben, rosafarbenen Früchten. Sie ließ es neben Carl fallen. „Hast du die auch gepflanzt? Es sind so schöne kleine Bäume."

Carl befingerte die blaugrünen Blätter, porös wie Löschpapier und geformt wie Birkenblätter, die an wachsroten Stielen hingen. „Ja, ich glaube, das habe ich. Sind das die Zirkusbäume, Alexandra?"

„Soll ich ihr davon erzählen?" Fragte Alexandra. „Setz dich wie ein braves Mädchen, Marie, und ruiniere nicht meinen armen Hut, und ich werde dir eine Geschichte erzählen. Vor langer Zeit, als Carl und ich etwa sechzehn und zwölf Jahre alt waren, kam ein Zirkus nach Hannover und wir fuhren mit Lou und Oscar in unserem Wagen in die Stadt, um uns die Parade anzusehen. Wir hatten nicht genug Geld, um in den Zirkus zu gehen. Wir folgten der Parade zum Zirkusgelände und blieben dort, bis die Show begann und die Menge ins Zelt ging. Dann hatte Lou Angst, dass wir dumm aussahen, wenn wir draußen auf der Weide standen, und so fuhren wir sehr traurig zurück nach Hannover. Auf der Straße war ein Mann, der Aprikosen verkaufte, und wir hatten noch nie zuvor welche gesehen. Er war von irgendwo oben in Frankreich hergefahren und verkaufte ihnen fünfundzwanzig Cent pro Stück. Wir hatten ein wenig Geld, das uns unsere Väter für Süßigkeiten gegeben hatten, und ich kaufte zwei Kekse und Carl kaufte eines. Sie haben uns viel Freude bereitet und wir haben alle Samen aufgehoben und eingepflanzt. Bis zu Carls Weggang hatten sie es überhaupt nicht ertragen."

„Und jetzt ist er zurückgekommen, um sie zu essen", rief Marie und nickte Carl zu. „Das ist eine gute Geschichte. Ich kann mich ein wenig an Sie erinnern, Herr Linstrum . Ich habe dich manchmal in Hannover gesehen, wenn Onkel Joe mich in die Stadt mitgenommen hat. Ich erinnere mich an dich, weil du immer in der Drogerie Bleistifte und Farbtuben gekauft hast. Als mein Onkel mich einmal im Laden zurückließ, hast du für mich viele kleine Vögel und Blumen auf ein Stück Geschenkpapier gemalt. Ich habe sie lange behalten. Ich fand dich sehr romantisch, weil du zeichnen konntest und so schwarze Augen hattest."

Carl lächelte. „Ja, ich erinnere mich an diese Zeit. Dein Onkel hat dir eine Art mechanisches Spielzeug gekauft, eine Türkin, die auf einer Ottomane sitzt und eine Wasserpfeife raucht, nicht wahr? Und sie drehte ihren Kopf hin und her."

"Oh ja! War sie nicht großartig! Ich wusste genau, dass ich Onkel Joe nicht sagen sollte , dass ich es wollte, denn er war gerade aus dem Saloon zurückgekommen und fühlte sich gut. Erinnerst du dich, wie er gelacht hat?

Sie kitzelte ihn auch. Aber als wir nach Hause kamen, schimpfte meine Tante mit ihm, weil er Spielzeug kaufte, obwohl sie so viele Dinge brauchte. Wir zogen unsere Dame jeden Abend auf, und wenn sie anfing, den Kopf zu bewegen , lachte meine Tante genauso laut wie jeder von uns. Es war eine Spieluhr, wissen Sie, und die Türkin spielte eine Melodie, während sie rauchte. Dadurch hat sie dich so fröhlich gemacht. Soweit ich mich an sie erinnere, war sie wunderschön und hatte einen goldenen Halbmond auf ihrem Turban.“

Eine halbe Stunde später, als sie das Haus verließen, trafen Carl und Alexandra auf dem Weg auf einen stämmigen Kerl in Overall und blauem Hemd. Er atmete schwer, als wäre er gerannt, und murmelte vor sich hin.

Marie lief herbei, nahm ihn am Arm und stieß ihn leicht zu ihren Gästen hin. „Frank, das ist Mr. Linstrum .“

Frank nahm seinen breiten Strohhut ab und nickte Alexandra zu. Als er mit Carl sprach, zeigte er ein schönes weißes Gebiss. Er war bis zum Halsband dunkelrot verbrannt und auf seinem Gesicht befanden sich dicke Drei-Tage-Stoppeln. Selbst in seiner Aufregung war er gutaussehend, aber er wirkte wie ein unbesonnener und gewalttätiger Mann.

Ohne die Anrufer zu begrüßen, wandte er sich sofort an seine Frau und begann in empörtem Ton: „Ich muss mein Team verlassen, um der alten Frau Hiller die Schweine auszutreiben – mein Weizen.“ Ich werde die alte Frau vor Gericht bringen, wenn sie nicht aufpasst, das sage ich dir!“

Seine Frau sprach beruhigend. „Aber, Frank, sie hat nur ihren lahmen Jungen, der ihr hilft. Sie gibt ihr Bestes.“

Alexandra sah den aufgeregten Mann an und machte einen Vorschlag. „Warum gehst du nicht eines Nachmittags rüber und reißt ihre Zäune fest? Am Ende würde man sich selbst Zeit sparen.“

Franks Nacken versteifte sich. „Nicht viel, das werde ich nicht. Ich behalte meine Schweine zu Hause. Andere Leute können es mir gleichmachen. Sehen? Wenn dieser Louis Schuhe reparieren kann, kann er auch Zäune reparieren.“

„Vielleicht“, sagte Alexandra ruhig; „Aber ich habe festgestellt, dass es sich manchmal lohnt, die Zäune anderer Leute auszubessern. Auf Wiedersehen, Marie. Kommen Sie bald zu mir.“

Alexandra ging entschlossen den Weg entlang und Carl folgte ihr.

Frank ging ins Haus und warf sich auf das Sofa, das Gesicht zur Wand, die geballte Faust in die Hüfte gestemmt. Nachdem Marie ihre Gäste verabschiedet hatte, kam sie herein und legte ihm beschwichtigend die Hand auf die Schulter.

„Armer Frank! Du bist so lange gelaufen, bis dir der Kopf wehgetan hat, nicht wahr ? Lass mich dir einen Kaffee machen."

„Was soll ich sonst noch tun?" er weinte heftig auf Böhmisch. „Soll ich zulassen, dass die Schweine irgendeiner alten Frau meinen Weizen ausrotten? Ist es das, wofür ich mich zu Tode arbeite?"

„Mach dir keine Sorgen, Frank. Ich werde noch einmal mit Frau Hiller sprechen. Aber als sie das letzte Mal rauskamen, hätte sie fast geweint, es tat ihr so leid."

Frank sprang auf die andere Seite. "Das ist es; Du stehst immer auf ihrer Seite gegen mich. Sie alle wissen es. Jeder hier hat die Freiheit, sich den Rasenmäher auszuleihen und ihn kaputt zu machen, oder seine Schweine gegen mich auszuliefern. Sie wissen, dass es dir egal sein wird!"

Marie eilte davon, um seinen Kaffee zu kochen. Als sie zurückkam, schlief er tief und fest. Sie setzte sich und sah ihn lange und nachdenklich an. Als die Küchenuhr sechs schlug , ging sie hinaus, um sich das Abendessen zu holen, und schloss sanft die Tür hinter sich. Frank tat ihr immer leid, wenn er so wütend wurde, und es tat ihr leid, dass er seinen Nachbarn gegenüber rau und streitsüchtig war. Sie war sich vollkommen darüber im Klaren, dass die Nachbarn einiges zu ertragen hatten und dass sie Frank ihr zuliebe langweilten.

VII

Maries Vater, Albert Tovesky , war einer der intelligenteren Böhmen, die Anfang der siebziger Jahre in den Westen kamen. Er ließ sich in Omaha nieder und wurde dort zum Anführer und Berater seines Volkes. Marie war sein jüngstes Kind, von einer zweiten Frau, und sein Augapfel. Sie war kaum sechzehn und war in der Abschlussklasse der Omaha High School, als Frank Shabata aus dem alten Land ankam und alle böhmischen Mädchen in Aufruhr versetzte. Er war der Bock der Biergärten, und am Sonntag war er ein echter Hingucker, mit seinem Seidenhut, dem in die Hose gesteckten Hemd und dem blauen Gehrock, mit Handschuhen und einem kleinen gelben Spazierstock in der Hand. Er war groß und blond, mit prächtigen Zähnen und kurzgeschnittenen gelben Locken, und er hatte einen leicht verächtlichen Gesichtsausdruck, wie er für einen jungen Mann mit guten Beziehungen typisch war, dessen Mutter einen großen Bauernhof im Elbtal besaß. In seinen blauen Augen lag oft eine interessante Unzufriedenheit, und jedes böhmische Mädchen, das er traf, stellte sich vor, die Ursache für diesen unzufriedenen Ausdruck zu sein. Er hatte eine Art, sein Batist-Taschentuch langsam, an einer Ecke, aus der Brusttasche herauszuziehen, was äußerst melancholisch und romantisch war. Er unternahm einen kleinen Flug mit jedem der anspruchsvolleren böhmischen Mädchen, aber wenn er mit der kleinen Marie Tovesky zusammen war, zog er sein Taschentuch am langsamsten hervor und ließ, nachdem er sich eine neue Zigarre angezündet hatte, ganz verzweifelt das Streichholz fallen. Jeder konnte mit bloßem Auge sehen, dass sein stolzes Herz für jemanden blutete.

An einem Sonntag, spät im Sommer nach Maries Abschluss, traf sie Frank bei einem böhmischen Picknick am Flussufer und ging den ganzen Nachmittag mit ihm rudern. Als sie am Abend nach Hause kam , ging sie direkt in das Zimmer ihres Vaters und erzählte ihm, dass sie mit Shabata verlobt sei . Der alte Tovesky nahm eine gemütliche Pfeife, bevor er zu Bett ging. Als er die Ankündigung seiner Tochter hörte, verkorkte er zunächst vorsichtig seine Bierflasche, sprang dann auf und geriet in Wut. Er charakterisierte Frank Shabata durch einen böhmischen Ausdruck, der einem ausgestopften Hemd gleichkommt.

„Warum geht er nicht wie der Rest von uns zur Arbeit? Sein Hof im Elbtal, tatsächlich! Hat er nicht viele Brüder und Schwestern? Es ist der Bauernhof seiner Mutter, und warum bleibt er nicht zu Hause und hilft ihr? Habe ich nicht gesehen, wie seine Mutter morgens um fünf mit ihrer Schöpfkelle und ihrem großen Eimer auf Rädern draußen war und Gülle auf die Kohlköpfe streute? Kenne ich nicht das Aussehen der Hände der alten Eva Shabata ? Sie ähneln den Hufen eines alten Pferdes – und dieser Kerl trägt Handschuhe und Ringe! Tatsächlich verlobt! Du bist nicht in der Lage, die Schule zu verlassen, und das ist es, was mit dir los ist. Ich werde dich zu den Sisters of the Sacred Heart in St. Louis schicken , und sie werden dir *vermutlich* etwas Vernunft beibringen !"

Tovesky bereits in der nächsten Woche seine Tochter, blass und weinerlich, den Fluss hinunter zum Kloster. Aber der Weg, Frank dazu zu bringen, etwas zu wollen, bestand darin, ihm zu sagen, dass er es nicht haben konnte. Es gelang ihm, ein Gespräch mit Marie zu führen, bevor sie wegging, und obwohl er zuvor nur halb in sie verliebt gewesen war, überzeugte er sich nun, dass er vor nichts zurückschrecken würde. Marie nahm unter der Leinwandverkleidung ihres Koffers die Ergebnisse eines anstrengenden und befriedigenden Morgens für Frank mit ins Kloster; nicht weniger als ein Dutzend Fotos von sich selbst, aufgenommen in einem Dutzend verschiedener verliebter Haltungen . Es gab ein kleines rundes Foto für ihr Uhrengehäuse, Fotos für ihre Wand und Kommode und sogar lange, schmale Fotos, die als Lesezeichen verwendet werden konnten. Mehr als einmal wurde der gutaussehende Herr vor dem Französischunterricht von einer empörten Nonne in Stücke gerissen.

Marie schmachtete ein Jahr lang im Kloster, bis ihr achtzehnter Geburtstag vorüber war. Dann traf sie Frank Shabata in der Union Station in St. Louis und lief mit ihm durch. Der alte Tovesky vergab seiner Tochter, weil es nichts anderes zu tun gab, und kaufte ihr einen Bauernhof auf dem Land, den sie als Kind so sehr geliebt hatte. Seitdem war ihre Geschichte ein Teil der Geschichte der Kluft . Sie und Frank lebten dort schon seit fünf Jahren, als Carl Linstrum zurückkam, um Alexandra seinen lange aufgeschobenen Besuch abzustatten. Frank hatte es im Großen und Ganzen besser gemacht, als man hätte erwarten können. Er hatte sich mit wilder Energie auf den Boden geworfen. Einmal im Jahr machte er einen Ausflug nach Hastings oder Omaha. Er blieb ein oder zwei Wochen weg, kam dann nach Hause und arbeitete wie ein Dämon. Er hat gearbeitet; wenn er sich selbst bemitleidete, war das seine eigene Sache.

VIII

Am Abend des Tages von Alexandras Besuch bei den Shabatas setzte heftiger Regen ein. Frank saß bis in die späte Stunde und las die Sonntagszeitungen. Einer der Goulds ließ sich scheiden, und Frank empfand das als persönlichen Affront. Beim Abdruck der Geschichte über die Eheprobleme des jungen Mannes lieferte der sachkundige Herausgeber einen ausreichend farbigen Bericht über seine Karriere und gab die Höhe seines Einkommens und die Art und Weise an, wie er es ausgeben sollte. Frank las langsam Englisch und je mehr er über diesen Scheidungsfall las, desto wütender wurde er. Schließlich warf er schnaubend die Seite weg . Er wandte sich an seinen Landarbeiter, der gerade die andere Hälfte der Zeitung las.

"Von Gott! Wenn ich diesen jungen Kerl einmal in De Hayfield habe, zeige ich ihm etwas . Hören Sie hier, was er tut mit seinem Geld." Und Frank begann mit der Auflistung der angeblichen Extravaganzen des jungen Mannes.

Marie seufzte. Es fiel ihr schwer, dass die Goulds , für die sie nur guten Willen hatte, ihr so viel Ärger machen sollten. Sie hasste es, die Sonntagszeitungen ins Haus kommen zu sehen. Frank las ständig über die Machenschaften reicher Leute und war empört. Er verfügte über einen unerschöpflichen Vorrat an Geschichten über ihre Verbrechen und Torheiten, wie sie die Gerichte bestachen und ihre Butler ungestraft erschossen, wann immer sie wollten. Frank und Lou Bergson hatten sehr ähnliche Ideen und sie waren zwei der politischen Agitatoren des Landkreises.

Der nächste Morgen war klar und strahlend, aber Frank sagte, der Boden sei zu nass zum Pflügen, also nahm er den Karren und fuhr nach Sainte-Agnes, um den Tag in Moses Marcels Saloon zu verbringen. Nachdem er gegangen war, ging Marie auf die hintere Veranda, um mit der Butterherstellung zu beginnen. Ein kräftiger Wind war aufgekommen und trieb bauschige weiße Wolken über den Himmel. Der Obstgarten glitzerte und kräuselte sich in der Sonne. Marie stand da und schaute wehmütig darauf hin, ihre Hand auf dem Deckel des Butterfass, als sie ein scharfes Klingeln in der Luft hörte, das fröhliche Geräusch des Schleifsteins auf der Sense. Diese Einladung hat sie entschieden. Sie rannte ins Haus, zog einen kurzen Rock und ein Paar Stiefel ihres Mannes an, holte einen Blecheimer und machte sich auf den Weg zum Obstgarten. Emil hatte bereits mit der Arbeit begonnen und mähte energisch. Als er sie kommen sah, blieb er stehen und wischte sich die Stirn. Seine gelben Canvas-Leggings und Khaki-Hosen waren bis zu den Knien bespritzt.

„Lass mich dich nicht stören, Emil. Ich werde Kirschen pflücken. Ist nach dem Regen nicht alles schön? Oh, aber ich bin froh, dass dieser Ort gemäht wird! Als ich es in der Nacht regnen hörte, dachte ich, du würdest vielleicht heute kommen und es für mich tun. Der Wind weckte mich. Hat es nicht fürchterlich geblasen? Riechen Sie einfach die wilden Rosen! Nach einem Regen sind sie immer so scharf. Noch nie hatten wir so viele davon hier drin. Ich nehme an, es ist die Regenzeit. Musst du sie auch schneiden?“

„Wenn ich das Gras schneide, werde ich es tun“, sagte Emil neckend. "Was ist los mit dir? Was macht dich so flüchtig?“

„Bin ich flatterhaft? Dann ist wohl auch die Regenzeit. Es ist aufregend zu sehen, wie alles so schnell wächst – und wie das Gras gemäht wird! Bitte lassen Sie die Rosen bis zum Schluss stehen, falls Sie sie schneiden müssen. Oh, ich meine nicht alle, ich meine den niedrigen Platz unten an meinem Baum, wo es so viele gibt. Bist du nicht vollgespritzt! Schauen Sie sich die Spinnennetze im ganzen Gras an. Auf Wiedersehen. Ich rufe dich an, wenn ich eine Schlange sehe.“

Sie stolperte davon und Emil stand da und schaute ihr nach. Nach wenigen Augenblicken hörte er, wie die Kirschen elegant in den Eimer fielen, und er begann, seine Sense mit jenem langen, gleichmäßigen Schlag zu schwingen, den nur wenige amerikanische Jungen jemals lernen. Marie pflückte Kirschen und sang leise vor sich hin, während sie einen glitzernden Zweig nach dem anderen abzog, und zitterte, als ihr ein Regentropfen auf Hals und Haar fiel. Und Emil mähte sich langsam den Kirschbäumen entgegen.

Shabata und sein Mann fast nicht mehr aufbringen konnten, um mit dem Mais Schritt zu halten. Der Obstgarten war eine vernachlässigte Wildnis. Dort waren allerlei Unkraut, Kräuter und Blumen gewachsen; Flecken wilder Rittersporn, hellgrün-weiße Stacheln des Hahnenfußes, Plantagen wilder Baumwolle, Gewirr von Fuchsschwanz und Wildweizen. Südlich der Aprikosenbäume, in einer Kurve auf dem Weizenfeld, stand Franks Luzerne, wo über den violetten Blüten ständig Myriaden weißer und gelber Schmetterlinge flatterten. Als Emil die untere Ecke an der Hecke erreichte, saß Marie unter ihrem weißen Maulbeerbaum, den Eimer mit Kirschen neben sich, und blickte auf das sanfte, unermüdliche Anschwellen des Weizens.

„Emil“, sagte sie plötzlich – er mähte leise unter dem Baum, um sie nicht zu stören – „ welchen Glauben hatten die Schweden früher, bevor sie Christen wurden?“

Emil hielt inne und richtete seinen Rücken auf. "Ich weiß nicht. Ungefähr wie die Deutschen, nicht wahr?“

Marie fuhr fort, als hätte sie ihn nicht gehört. „Die Böhmen waren , wissen Sie, Baumanbeter, bevor die Missionare kamen. Vater sagt, die Menschen in den Bergen machen manchmal immer noch seltsame Dinge – sie glauben, dass Bäume Glück oder Unglück bringen."

Emil sah überlegen aus. "Tun sie? Nun, welches sind die Glücksbäume? Ich würde gerne wissen."

„Ich kenne sie nicht alle, aber ich weiß, dass es Linden gibt. Die alten Leute in den Bergen pflanzen Linden, um den Wald zu reinigen und um die Zauber zu beseitigen, die von den alten Bäumen ausgehen, von denen sie sagen, dass sie aus heidnischen Zeiten überdauert haben. Ich bin ein guter Katholik, aber ich denke, ich könnte mit der Baumpflege zurechtkommen, wenn ich nichts anderes hätte."

„Das ist ein schlechter Spruch", sagte Emil und beugte sich vor, um sich die Hände im nassen Gras abzuwischen.

"Warum ist es? Wenn ich so fühle, fühle ich so. Ich mag Bäume, weil sie sich scheinbar mehr mit ihrer Lebensweise abgefunden haben als andere Dinge. Ich habe das Gefühl, als wüsste dieser Baum alles, woran ich jemals denke, wenn ich hier sitze. Wenn ich darauf zurückkomme, muss ich es nie an irgendetwas erinnern; Ich fange genau dort an, wo ich aufgehört habe."

Emil hatte dazu nichts zu sagen. Er griff zwischen den Zweigen hoch und begann, die süßen, fade Früchte zu pflücken – lange elfenbeinfarbene Beeren mit zartrosa Spitzen, die an weiße Korallen erinnerten und den ganzen Sommer über unbeachtet zu Boden fielen. Er ließ eine Handvoll in ihren Schoß fallen.

„Magst du Herrn Linstrum ?" fragte Marie plötzlich.

"Ja. Nicht wahr?"

„Oh, so viel; nur wirkt er irgendwie bieder und schulisch-pädagogisch. Aber natürlich ist er sogar älter als Frank. Ich möchte sicher nicht älter als dreißig werden, oder? Glaubst du, dass Alexandra ihn sehr mag?"

"Das nehme ich an. Sie waren alte Freunde."

„Oh, Emil, du weißt, was ich meine!" Marie warf ungeduldig den Kopf hin und her. „Interessiert sie sich wirklich für ihn? Wenn sie mir immer von ihm erzählte, fragte ich mich immer, ob sie nicht ein bisschen in ihn verliebt sei."

„Wer, Alexandra?" Emil lachte und steckte die Hände in die Hosentaschen. „Alexandra war noch nie verliebt, du Verrückter!" Er lachte wieder. „Sie wüsste nicht, wie sie vorgehen sollte. Die Idee!"

Marie zuckte mit den Schultern. „Oh, du kennst Alexandra nicht so gut, wie du denkst! Wenn du Augen hättest, würdest du sehen, dass sie ihn sehr mag. Es würde dir guttun, wenn sie mit Carl weggehen würde. Ich mag ihn, weil er sie mehr schätzt als du."

Emil runzelte die Stirn. „Wovon redest du, Marie? Alexandra geht es gut. Sie und ich waren schon immer gute Freunde. Was willst du noch? Ich rede gerne mit Carl über New York und was man dort machen kann.“

„Oh, Emil! Du denkst doch sicher nicht daran, dorthin zu gehen?“

"Warum nicht? Ich muss irgendwohin gehen, nicht wahr?“ Der junge Mann nahm seine Sense und stützte sich darauf. „Möchtest du lieber, dass ich in die Sandhügel gehe und wie Ivar lebe?“

Maries Gesicht versank unter seinem grüblerischen Blick. Sie blickte auf seine nassen Leggings hinunter. „Ich bin sicher, Alexandra hofft, dass du hier bleibst“, murmelte sie.

„Dann wird Alexandra enttäuscht sein“, sagte der junge Mann grob. „Warum möchte ich hier herumhängen? Alexandra kann die Farm auch ohne mich führen. Ich möchte nicht herumstehen und zusehen. Ich möchte etwas auf eigene Faust tun.“

„Das ist so“, seufzte Marie. „Es gibt so viele, viele Dinge, die man tun kann. Fast alles, was Sie wählen.“

„Und es gibt so viele, viele Dinge, die ich nicht tun kann.“ Emil wiederholte sarkastisch ihren Ton. „Manchmal möchte ich überhaupt nichts tun, und manchmal möchte ich die vier Ecken der Kluft zusammenziehen“, – er streckte seinen Arm aus und zog ihn mit einem Ruck zurück – „also, wie ein Tisch- “ Tuch. Ich habe es satt, Männer und Pferde auf und ab gehen zu sehen, auf und ab.“

Marie blickte zu seiner trotzigen Gestalt auf und ihr Gesicht verfinsterte sich. „Ich wünschte, du wärst nicht so unruhig und würdest dich nicht so aufregen“, sagte sie traurig.

„Danke“, erwiderte er kurz.

Sie seufzte verzweifelt. „Alles, was ich sage, macht dich wütend, nicht wahr? Und du warst nie böse auf mich.“

Emil trat einen Schritt näher und blickte stirnrunzelnd auf ihren gesenkten Kopf. Er stand in einer Haltung der Selbstverteidigung, die Füße weit auseinander, die Hände geballt und an den Seiten hochgezogen, so dass die Schnüre an seinen bloßen Armen hervorstanden. „Ich kann nicht mehr wie ein kleiner Junge mit dir spielen “, sagte er langsam. „Das ist es, was du vermisst, Marie. Du musst dir einen anderen kleinen Jungen zum Spielen suchen.“ Er blieb stehen und holte tief Luft. Dann fuhr er mit leiser Stimme, so eindringlich, dass es fast bedrohlich wirkte, fort: „Manchmal scheinst du vollkommen zu verstehen, und manchmal tust du so, als ob du es nicht wüsstest. Man hilft den Dingen nicht weiter, indem man so tut. Dann möchte ich die Ecken der Kluft zusammenführen. Wenn du es nicht verstehst, weißt du, ich könnte dich zwingen!“

Marie faltete die Hände und sprang von ihrem Platz auf. Sie war sehr blass geworden und ihre Augen leuchteten vor Aufregung und Kummer. „Aber, Emil, wenn ich das verstehe, dann sind alle unsere schönen Zeiten vorbei, wir können nie mehr schöne Dinge zusammen unternehmen. Wir müssen uns wie Herr Linstrum verhalten . Und überhaupt gibt es nichts zu verstehen!" Sie schlug mit ihrem kleinen Fuß heftig auf den Boden. „Das wird nicht von Dauer sein. Es wird verschwinden und die Dinge werden wieder so sein wie früher. Ich wünschte, du wärst Katholik. Die Kirche hilft den Menschen, das tut sie tatsächlich. Ich bete für dich, aber das ist nicht dasselbe, als ob du selbst beten würdest."

Sie sprach schnell und flehend, sah ihm flehend ins Gesicht. Emil stand trotzig da und blickte auf sie herab.

„Ich kann nicht darum beten, die Dinge zu haben, die ich will", sagte er langsam, „und ich werde nicht darum beten, sie nicht zu haben, nicht wenn ich dafür verdammt bin."

Marie wandte sich händeringend ab. „Oh, Emil, du wirst es nicht versuchen! Dann sind alle unsere schönen Zeiten vorbei."

"Ja; über. Ich erwarte nie, noch mehr zu haben."

Emil umklammerte die Griffe seiner Sense und begann zu mähen. Marie nahm ihre Kirschen und ging langsam, bitterlich weinend, auf das Haus zu.

IX

Am Sonntagnachmittag, einen Monat nach Carl Linstrums Ankunft, ritt er mit Emil ins französische Land, um an einem katholischen Jahrmarkt teilzunehmen. Den größten Teil des Nachmittags saß er im Keller der Kirche, wo der Jahrmarkt stattfand, unterhielt sich mit Marie Shabata oder schlenderte über die Kiesterrasse, die am Hang vor den Kellertüren lag und auf der die französischen Jungen herumhüpften und Ringen und Diskuswerfen. Einige der Jungen trugen ihre weißen Baseballanzüge; Sie waren gerade von einem Sonntags-Trainingsspiel unten auf dem Ballplatz zurückgekommen . Amédée, der Frischvermählte, Emils bester Freund, war ihr Werfer, der in den Landstädten für seinen Mut und sein Können bekannt war. Amédée war ein kleiner Kerl, ein Jahr jünger als Emil und viel jungenhafter im Aussehen; sehr geschmeidig und aktiv und ordentlich gebaut, mit klarer brauner und weißer Haut und blitzenden weißen Zähnen. Die Jungs von Sainte-Agnes sollten in zwei Wochen gegen die Neun von Hastings spielen, und Amédées Blitzbälle waren die Hoffnung seines Teams. Der kleine Franzose schien hinter dem Ball, der seine Hand verließ, sein ganzes Potenzial zu entfalten.

„Du hättest die Batterie auf jeden Fall an der Universität gemacht, Médée", sagte Emil, als sie vom Ballgelände zurück zur Kirche auf dem Hügel gingen. „Du pitchst besser als im Frühjahr."

Amédée grinste. "Sicher! Ein verheirateter Mann verliert nicht mehr den Kopf." Er klopfte Emil auf die Schulter, als er mit ihm Schritt hielt. „Oh, Emil, du willst doch schnell heiraten! Es ist das Größte überhaupt!"

Emil lachte. „Wie soll ich ohne Mädchen heiraten?"

Amédée nahm seinen Arm. „Puh! Es gibt viele Mädchen, die dich haben werden. Du willst jetzt ein nettes französisches Mädchen finden. Sie behandelt dich gut; Sei immer fröhlich. Sehen Sie", begann er, an seinen Fingern abzuzählen , „da sind Séverine und Alphosen und Joséphine und Hectorine und Louise und Malvina – ich könnte jedes dieser Mädchen lieben! Warum gehst du ihnen nicht nach? Steckst du fest, Emil, oder ist irgendetwas mit dir los? Ich habe noch nie einen 22-jährigen Jungen gekannt, der kein Mädchen hatte. Willst du vielleicht Priester werden? Nichts für mich!" Amédée stolzierte. „Ich hoffe, dass ich viele gute Katholiken auf die Welt bringe, und auf diese Weise helfe ich der Kirche."

Emil blickte nach unten und klopfte ihm auf die Schulter. „Jetzt bist du windig, 'Médée. Ihr Franzosen prahlt gern."

Aber Amédée hatte den Eifer eines Frischvermählten und ließ sich nicht leichtfertig abschütteln. „Ehrlich und ehrlich, Emil, willst du KEIN Mädchen? Vielleicht gibt es in Lincoln jetzt eine junge Dame, sehr vornehm"

– Amédée wedelte träge mit der Hand vor seinem Gesicht, um den Fan herzloser Schönheit anzuzeigen – „ und Sie haben dort oben Ihr Herz verloren. Ist es das?"

„Vielleicht", sagte Emil.

Aber Amédée sah im Gesicht seines Freundes keinen angemessenen Glanz. „Bah!" rief er angewidert. „Ich sage allen französischen Mädchen, sie sollen sich von euch fernhalten. Da musst du rocken", schlug er Emil auf die Rippen.

Als sie die Terrasse an der Seite der Kirche erreichten, forderte Amédée, der von seinem Erfolg auf dem Ballplatz begeistert war, Emil zu einem Springkampf heraus, obwohl er wusste, dass er geschlagen werden würde. Sie schnallten sich an, und Raoul Marcel, der Chortenor und Liebling von Pater Duchesne, und Jean Bordelau hielten die Saite, über die sie sprangen. Alle französischen Jungen standen herum, jubelten und hüpften, wenn Emil oder Amédée über das Kabel gingen, als ob sie beim Aufzug helfen würden. Emil blieb bei einer Größe von eins fünfundachtzig stehen und erklärte, dass er sich den Appetit auf das Abendessen verderben würde, wenn er noch mehr springen würde.

Angélique, Amédées hübsche Braut, so blond und blond wie ihr Name, die herausgekommen war, um sich das Spiel anzusehen, warf Emil den Kopf zu und sagte :

„'Médée könnte viel höher springen als du, wenn er so groß wäre. Und überhaupt ist er viel anmutiger. Er geht wie ein Vogel hinüber, und man muss sich in die Höhe treiben."

„Oh, das tue ich, oder?" Emil fing sie auf und küsste ihren frechen Mund, während sie lachte und sich wehrte und rief: „'Médée! „Médée!"

„Da siehst du, dass deine Médée nicht einmal groß genug ist, um dich von mir wegzubringen. Ich könnte jetzt mit dir durchbrennen und er könnte sich nur hinsetzen und darüber weinen. Ich zeige dir, ob ich mich bumsen muss!" Lachend und keuchend nahm er Angélique auf die Arme und begann mit ihr durch das Rechteck zu rennen. Erst als er Marie Shabatas Tigeraugen in der Dunkelheit der Kellertür aufblitzen sah, übergab er die zerzauste Braut ihrem Mann. „Da, geh zu deinem Anmutigen; Ich habe es nicht übers Herz, dich ihm wegzunehmen."

Angélique klammerte sich an ihren Mann und schnitt Emil über die weiße Schulter von Amédées Ballshirt hinweg Grimassen. Emil war sehr amüsiert über ihre besitzergreifende Miene und über Amédées schamlose Unterwerfung davor. Er freute sich über das Glück seines Freundes. Er liebte es, Amédées sonnige, natürliche, glückliche Liebe zu sehen und darüber nachzudenken.

Er und Amédée waren seit ihrem zwölften Lebensjahr zusammen geritten, gerungen und herumgealbert. An Sonn- und Feiertagen waren sie immer Arm in Arm. Es kam ihm seltsam vor, dass er jetzt das verbergen musste, worauf Amédée so stolz war, dass das Gefühl, das den einen so glücklich machte, den anderen so sehr verzweifeln ließ. „Das war so, als Alexandra im Frühjahr ihr Saatgut testete", überlegte er. Aus zwei Ähren, die nebeneinander gewachsen waren, schossen die Körner der einen freudig ins Licht und projizierten sich in die Zukunft, und die Körner der anderen lagen still in der Erde und verfaulten; und niemand wusste warum.

X

Während Emil und Carl sich auf dem Jahrmarkt vergnügten, war Alexandra zu Hause und beschäftigte sich mit ihren Geschäftsbüchern, die in letzter Zeit vernachlässigt worden waren. Sie war fast mit ihren Zahlen fertig, als sie hörte, wie ein Karren vor das Tor fuhr, und als sie aus dem Fenster schaute, sah sie ihre beiden älteren Brüder. Seit Carl Linstrums Ankunft an diesem Tag vor vier Wochen schienen sie ihr aus dem Weg zu gehen, und sie eilte zur Tür, um sie willkommen zu heißen. Sie erkannte sofort, dass sie mit einer ganz bestimmten Absicht gekommen waren. Sie folgten ihr steif ins Wohnzimmer. Oscar setzte sich, aber Lou ging zum Fenster und blieb stehen, die Hände auf dem Rücken.

„Du bist allein?" fragte er und schaute zur Tür in den Salon.

"Ja. Carl und Emil gingen zum katholischen Jahrmarkt.

Einen Moment lang sprach keiner der Männer.

Dann kam Lou scharf heraus. „Wie schnell will er von hier weggehen?"

„Ich weiß es nicht, Lou. Ich hoffe, das wird für einige Zeit nicht der Fall sein." Alexandra sprach in einem gleichmäßigen, ruhigen Ton, der ihre Brüder oft verärgerte. Sie hatten das Gefühl, dass sie versuchte, ihnen gegenüber überlegen zu sein.

Oscar sprach grimmig. „Wir dachten, wir sollten Ihnen sagen, dass die Leute angefangen haben zu reden", sagte er bedeutungsvoll.

Alexandra sah ihn an. "Wie wäre es mit?"

Oscar blickte ihr ausdruckslos in die Augen. „Über dich, dass du ihn so lange hier behalten hast. Es sieht schlecht für ihn aus, auf diese Weise an einer Frau festzuhalten. Die Leute denken, dass du reingelegt wirst."

Alexandra schloss ihr Kontobuch fest. „Jungs", sagte sie ernst, „lasst uns damit nicht weitermachen." Wir werden nirgendwo rauskommen. Ich kann in so einer Angelegenheit keinen Rat annehmen. Ich weiß, dass du es gut meinst, aber du darfst dich in solchen Dingen nicht für mich verantwortlich fühlen. Wenn wir mit diesem Gespräch fortfahren, wird es uns nur schwerfallen."

Lou wirbelte vom Fenster herum. „Du solltest ein wenig über deine Familie nachdenken. Du machst uns alle lächerlich."

"Wie bin Ich?"

„Die Leute fangen an zu sagen, dass du den Kerl heiraten willst."

„Nun, und was ist daran lächerlich?"

Lou und Oscar tauschten empörte Blicke. „Alexandra! Siehst du nicht, dass er nur ein Landstreicher ist und es auf dein Geld abgesehen hat? Er möchte versorgt werden, das tut er!"

„Nun, angenommen, ich möchte mich um ihn kümmern? Wem geht es etwas anderes als mir?“

„Wussten Sie nicht, dass er Ihr Eigentum in Besitz nehmen würde?“

„Er würde auf jeden Fall bekommen, was ich ihm geben wollte.“

Oscar setzte sich plötzlich auf und Lou fasste sich in sein struppiges Haar.

"Gib ihm?" Lou schrie. „Unser Eigentum, unser Gehöft?“

„Ich weiß nichts über das Gehöft“, sagte Alexandra leise. „Ich weiß, dass Sie und Oscar immer erwartet haben, dass es Ihren Kindern überlassen wird, und ich bin mir nicht sicher, aber Sie haben recht. Aber ich werde mit dem Rest meines Landes genau das tun, was ich will, Jungs.“

„Der Rest deines Landes!“ rief Lou und wurde von Minute zu Minute aufgeregter. „Kommt nicht das ganze Land aus dem Gehöft? Es wurde mit vom Gehöft geliehenem Geld gekauft, und Oscar und ich haben bis auf die Knochen gearbeitet, um die Zinsen dafür zu zahlen.“

„Ja, Sie haben die Zinsen bezahlt. Aber als du geheiratet hast, haben wir das Land aufgeteilt, und du warst zufrieden. Seit ich alleine bin, habe ich auf meinen Farmen mehr verdient als damals, als wir alle zusammengearbeitet haben.“

„Alles, was Sie gemacht haben, stammt aus dem ursprünglichen Land, für das wir Jungen gearbeitet haben, nicht wahr? Die Höfe und alles, was daraus hervorgeht, gehören uns als Familie.“

Alexandra wedelte ungeduldig mit der Hand. „Komm jetzt, Lou. Bleiben Sie bei den Fakten. Du redest Unsinn. Gehen Sie zum Bezirksschreiber und fragen Sie ihn, wem mein Land gehört und ob meine Titel gültig sind.“

Lou wandte sich an seinen Bruder. „Das kommt davon, wenn man zulässt, dass sich eine Frau in Geschäfte einmischt“, sagte er bitter. „Wir hätten die Dinge schon vor Jahren selbst in die Hand nehmen sollen. Aber sie liebte es, Dinge zu leiten, und wir hatten Spaß an ihr. Wir dachten, du hättest einen gesunden Menschenverstand, Alexandra. Wir hätten nie gedacht, dass du etwas Dummes tun würdest.“

Alexandra klopfte ungeduldig mit den Fingerknöcheln auf ihren Schreibtisch. „Hör zu, Lou. Reden Sie nicht wild. Sie sagen, Sie hätten die Dinge schon vor Jahren selbst in die Hand nehmen sollen. Ich nehme an, Sie meinen, bevor Sie das Haus verlassen haben. Aber wie konnte man das ergreifen, was nicht da war? Ich habe das meiste von dem, was ich jetzt habe, seit wir das Grundstück geteilt haben; Ich habe es selbst aufgebaut und es hat nichts mit dir zu tun.“

Oscar sprach feierlich. „Das Eigentum einer Familie gehört wirklich den Männern der Familie, unabhängig vom Titel. Wenn etwas schief geht, sind es die Männer, die dafür verantwortlich gemacht werden.“

„Ja, natürlich“, unterbrach Lou. „Das weiß jeder. Oscar und ich waren immer locker und haben nie viel Aufhebens gemacht. Wir wollten, dass Sie das Land behalten und das Wohl davon genießen, aber Sie haben kein Recht, sich von irgendetwas davon zu trennen. Wir haben auf den Feldern gearbeitet, um das erste Land zu bezahlen, das Sie gekauft haben, und was dabei herauskommt, muss in der Familie bleiben.“

Oscar bestärkte seinen Bruder, seine Gedanken waren auf den einen Punkt gerichtet, den er sehen konnte. „Das Eigentum einer Familie gehört den Männern der Familie, weil sie zur Verantwortung gezogen werden und weil sie die Arbeit erledigen.“

Alexandra blickte von einem zum anderen, ihre Augen waren voller Empörung. Früher war sie ungeduldig gewesen, aber jetzt begann sie wütend zu werden. „Und was ist mit meiner Arbeit?“ fragte sie mit unsicherer Stimme.

Lou blickte auf den Teppich. „Oh, Alexandra, du hast es immer ganz locker angehen lassen! Natürlich wollten wir, dass Sie es tun. Du hast es geliebt, dich zurechtzufinden, und wir haben dich immer gut gelaunt. Wir wissen, dass Sie uns sehr geholfen haben. Es gibt nirgendwo eine Frau, die sich so gut mit dem Geschäft auskennt wie Sie, und darauf waren wir immer stolz und fanden Sie ziemlich schlau. Aber die eigentliche Arbeit lag natürlich immer bei uns. Guter Rat ist in Ordnung, aber er beseitigt nicht das Unkraut aus dem Mais.“

„Vielleicht nicht, aber manchmal bringt es die Ernte ein und manchmal behält es die Felder, auf denen Mais wachsen kann“, sagte Alexandra trocken. „Nun, Lou, ich kann mich erinnern, als du und Oscar dieses Gehöft und alle Verbesserungen für zweitausend Dollar an den alten Prediger Ericson verkaufen wolltet. Wenn ich zugestimmt hätte, wärst du zum Fluss gegangen und hättest dich für den Rest deines Lebens auf armen Bauernhöfen durchgeschlagen. Als ich unser erstes Luzernenfeld anlegte, waren Sie beide gegen mich, nur weil ich zum ersten Mal von einem jungen Mann davon gehört hatte, der an der Universität war. Sie sagten, ich würde damals eingesperrt, und alle Nachbarn sagten es. Sie wissen genauso gut wie ich, dass Luzerne die Rettung dieses Landes war. Sie haben mich alle ausgelacht, als ich sagte, unser Land hier sei fast bereit für den Weizenanbau, und ich musste drei große Weizenernten anbauen, bevor die Nachbarn aufhörten, ihr gesamtes Land mit Mais zu bebauen. Ich erinnere mich, dass du geweint hast, Lou, als wir mit der ersten großen Weizenaussaat begonnen haben, und gesagt hast, dass alle über uns gelacht haben.“

Lou wandte sich an Oscar. „Das ist die Frau davon; Wenn sie dir sagt, dass du eine Ernte einbringen sollst, denkt sie, dass sie es getan hat. Es macht Frauen überheblich, sich in Geschäfte einzumischen. Ich glaube nicht, dass du uns daran erinnern willst, wie hart du zu uns warst, Alexandra, nach der Art, wie du Baby Emil warst.“

„Hart für dich? Ich hatte nie vor, hart zu sein. Die Bedingungen waren hart. Vielleicht wäre ich sowieso nie ganz sanft gewesen; Aber ich habe es mir bestimmt nicht ausgesucht, die Art von Mädchen zu sein, die ich war. Wenn man auch nur einen Weinstock nimmt und ihn immer wieder zurückschneidet, wird er hart wie ein Baum.“

Lou hatte das Gefühl, dass sie vom Punkt abschweiften und dass Alexandra ihn durch Abschweifungen verunsichern könnte. Er wischte sich mit einer Bewegung seines Taschentuchs über die Stirn. „Wir haben nie an dir gezweifelt, Alexandra. Wir haben nie etwas in Frage gestellt, was Sie getan haben. Du bist immer deinen eigenen Weg gegangen. Aber Sie können nicht von uns erwarten, dass wir einfach nur dasitzen und zusehen, wie Sie von einem zufällig vorbeikommenden Faulenzer vom Grundstück vertrieben werden, und sich dabei noch lächerlich machen.“

Oscar erhob sich. „Ja“, unterbrach er ihn, „alle lachen, als sie sahen, wie du verarscht wirst; in deinem Alter auch. Jeder weiß, dass er fast fünf Jahre jünger ist als Sie und hinter Ihrem Geld her ist. Na ja, Alexandra, du bist vierzig Jahre alt!“

„Das alles geht niemanden außer Carl und mir etwas an. Gehen Sie in die Stadt und fragen Sie Ihre Anwälte, was Sie tun können, um mich davon abzuhalten, über mein eigenes Eigentum zu verfügen. Und ich rate Ihnen, zu tun, was sie Ihnen sagen; denn die Autorität, die Sie per Gesetz ausüben können, ist der einzige Einfluss, den Sie jemals wieder auf mich haben werden.“ Alexandra stand auf. „Ich glaube, ich hätte lieber nicht mehr erlebt, um herauszufinden, was ich heute habe“, sagte sie leise und schloss ihren Schreibtisch.

Lou und Oscar sahen sich fragend an. Es schien ihnen nichts anderes übrig zu bleiben, als zu gehen, und sie gingen hinaus.

„Mit Frauen kann man keine Geschäfte machen“, sagte Oscar schwerfällig, als er in den Karren kletterte. „Aber wie dem auch sei, wir hatten endlich das Wort.“

Lou kratzte sich am Kopf. „Solche Reden könnten zu hoch gegriffen sein, wissen Sie; aber sie neigt dazu, vernünftig zu sein. Über ihr Alter hättest du das allerdings nicht sagen sollen, Oscar. Ich fürchte, das hat ihre Gefühle verletzt; Und das Schlimmste, was wir tun können, ist, sie wütend auf uns zu machen. Sie würde ihn aus Widerspruch heiraten.“

„Ich meinte nur“, sagte Oscar, „dass sie alt genug ist, um es besser zu wissen, und das ist sie auch.“ Wenn sie heiraten wollte, sollte sie es schon vor langer Zeit tun und sich jetzt nicht lächerlich machen.“

Lou sah dennoch besorgt aus. „Natürlich", überlegte er hoffnungsvoll und widersprüchlich, „ ist Alexandra nicht sehr wie andere Frauen. Vielleicht wird es sie nicht wund machen. Vielleicht wäre sie bald vierzig oder nicht!"

XI

Emil kam an diesem Abend gegen halb sieben nach Hause. Der alte Ivar traf ihn an der Windmühle und nahm sein Pferd, und der junge Mann ging direkt ins Haus. Er rief seine Schwester an und sie antwortete aus ihrem Schlafzimmer hinter dem Wohnzimmer und sagte, dass sie liege.

Emil ging zu ihrer Tür.

„Kann ich dich kurz sehen?" er hat gefragt. „Ich möchte mit dir über etwas reden, bevor Carl kommt."

Alexandra stand schnell auf und kam zur Tür. „Wo ist Carl?"

„Lou und Oscar trafen uns und sagten, sie wollten mit ihm reden, also fuhr er mit ihnen zu Oscar. Kommst du raus?" fragte Emil ungeduldig.

„Ja, setz dich. Ich werde gleich angezogen sein."

Alexandra schloss ihre Tür, und Emil ließ sich auf die alte Lattenliege sinken und saß da, den Kopf in den Händen. Als seine Schwester herauskam, schaute er auf, ohne zu wissen, ob die Pause kurz oder lang gewesen war, und stellte zu seiner Überraschung fest, dass es im Zimmer ganz dunkel geworden war. Das war auch gut so; Es wäre einfacher zu sprechen, wenn er nicht unter dem Blick dieser klaren, bedächtigen Augen stünde, die in einige Richtungen so weit blicken und in anderen so blind wären. Auch Alexandra freute sich über die Dämmerung. Ihr Gesicht war vom Weinen geschwollen.

Emil stand auf und setzte sich dann wieder. „Alexandra", sagte er langsam in seinem tiefen jungen Bariton, „ich möchte diesen Herbst nicht auf die Juraschule gehen. Lass es mich um ein weiteres Jahr verschieben. Ich möchte mir ein Jahr frei nehmen und mich umschauen. Es ist furchtbar einfach, sich in einen Beruf zu stürzen, den man nicht wirklich mag, und fürchterlich schwer, daraus wieder auszusteigen. Linstrum und ich haben darüber gesprochen."

„Sehr gut, Emil. Aber geh nicht auf die Suche nach Land." Sie kam herbei und legte ihre Hand auf seine Schulter. „Ich wünschte, du könntest diesen Winter bei mir bleiben."

„Das ist genau das, was ich nicht tun möchte, Alexandra. Ich bin unruhig. Ich möchte an einen neuen Ort gehen. Ich möchte in die Stadt Mexiko fahren, um mich einem der Universitätsstipendiaten anzuschließen, der ein Elektrizitätswerk leitet. Er schrieb mir, er könne mir einen kleinen Job geben, der ausreichte, um meinen Lebensunterhalt zu finanzieren, und ich könnte mich umschauen und sehen, was ich tun möchte. Ich möchte gehen, sobald die Ernte vorbei ist. Ich schätze, Lou und Oscar werden darüber sauer sein."

„Ich nehme an, das werden sie." Alexandra setzte sich neben ihn auf die Lounge. „Sie sind sehr wütend auf mich, Emil. Wir hatten einen Streit. Sie werden nicht wieder hierher kommen."

Emil hörte kaum, was sie sagte; er bemerkte die Traurigkeit ihres Tons nicht. Er dachte über das rücksichtslose Leben nach, das er in Mexiko führen wollte.

"Wie wäre es mit?" fragte er abwesend.

„Über Carl Linstrum . Sie haben Angst, dass ich ihn heiraten werde und dass ihnen ein Teil meines Eigentums entzogen wird."

Emil zuckte mit den Schultern. "Was für ein Unsinn!" er murmelte. "Genau wie Sie."

Alexandra zog sich zurück. „Warum Unsinn, Emil?"

„Warum, an so etwas hast du noch nie gedacht, oder? Sie müssen immer etwas haben, worüber sie sich aufregen können."

„Emil", sagte seine Schwester langsam, „du solltest die Dinge nicht als selbstverständlich betrachten. Stimmen Sie ihnen zu, dass ich kein Recht habe, meine Lebensweise zu ändern?"

Emil betrachtete im trüben Licht die Umrisse des Kopfes seiner Schwester. Sie saßen dicht beieinander und er hatte irgendwie das Gefühl, dass sie seine Gedanken hören konnte. Er schwieg einen Moment und sagte dann in verlegenem Ton: „Nein, ganz bestimmt nicht. Du solltest tun, was immer du willst. Ich werde dich immer unterstützen."

„Aber es würde dir ein bisschen lächerlich vorkommen, wenn ich Carl heiraten würde?"

Emil zappelte. Das Thema schien ihm zu weit hergeholt, als dass eine Diskussion gerechtfertigt wäre. "Warum nicht. Ich wäre überrascht, wenn du das wolltest. Ich kann nicht genau erkennen, warum. Aber das geht mich nichts an. Du solltest tun, was du willst. Du solltest auf jeden Fall nicht darauf achten, was die Jungs sagen."

Alexandra seufzte. „Ich hatte gehofft, dass du vielleicht ein wenig verstehst, warum ich das möchte. Aber ich denke, das ist zu viel erwartet. Ich hatte ein ziemlich einsames Leben, Emil. Carl ist neben Marie der einzige Freund, den ich je hatte."

Emil war jetzt wach; Ein Name in ihrem letzten Satz erregte ihn. Er streckte seine Hand aus und ergriff unbeholfen die seiner Schwester . „Du solltest tun, was du willst, und ich denke, Carl ist ein guter Kerl. Er und ich kamen immer gut miteinander aus. Ehrlich gesagt glaube ich nichts von dem, was die Jungs über ihn sagen. Sie sind ihm gegenüber misstrauisch, weil er intelligent ist. Du kennst ihren Weg. Sie sind sauer auf mich, seit du mich aufs College gehen ließest. Sie versuchen immer, mich einzuholen. An deiner

Stelle würde ich ihnen keine Beachtung schenken. Es gibt nichts, worüber man sich aufregen könnte. Carl ist ein vernünftiger Kerl. Er wird nichts dagegen haben.“

"Ich weiß nicht. Wenn sie mit ihm so reden wie mit mir, denke ich, dass er verschwinden wird.“

Emil wurde immer unruhiger. "Denke schon? Nun, Marie sagte, es würde uns gut tun, wenn du mit ihm weggehst.“

"Hat sie? Segne ihr kleines Herz! Sie würde." Alexandras Stimme brach.

Emil begann, seine Leggings aufzuschnüren. „Warum redest du nicht mit ihr darüber? Da ist Carl, ich höre sein Pferd. Ich gehe wohl nach oben und ziehe meine Stiefel aus. Nein, ich möchte kein Abendessen. Wir aßen um fünf Uhr auf dem Jahrmarkt zu Abend.

Emil war froh, entkommen zu können und in sein eigenes Zimmer zu gelangen. Er schämte sich ein wenig für seine Schwester, obwohl er versucht hatte, es nicht zu zeigen. Er hatte das Gefühl, dass ihr Vorschlag etwas Unangemessenes an sich hatte , und sie kam ihm tatsächlich etwas lächerlich vor. Es gäbe schon genug Ärger auf der Welt, überlegte er, während er sich auf sein Bett warf, ohne dass Menschen im Alter von vierzig Jahren auf die Idee gekommen wären, heiraten zu wollen. In der Dunkelheit und Stille würde Emil wahrscheinlich nicht lange an Alexandra denken. Bis auf eines ist mir jedes Bild entglitten. Er hatte Marie an diesem Nachmittag in der Menge gesehen. Sie verkaufte Süßigkeiten auf dem Jahrmarkt. *Warum war sie jemals mit Frank* Shabata durchgebrannt und wie konnte sie weiterhin lachen, arbeiten und sich für Dinge interessieren? Warum mochte sie so viele Leute und warum schien sie erfreut zu sein, als sich all die französischen und böhmischen Jungen und der Priester selbst um ihren Süßigkeitenstand drängten? Warum kümmerte sie sich um irgendjemanden außer ihn? Warum konnte er in ihren verspielten, liebevollen Augen nie das finden, wonach er suchte?

Dann begann er sich vorzustellen, dass er noch einmal hinschaute und es dort fand und wie es wäre, wenn sie ihn lieben würde – sie, die, wie Alexandra sagte, ihr ganzes Herz geben könnte. In diesem Traum konnte er stundenlang wie in Trance liegen. Sein Geist verließ seinen Körper und überquerte die Felder zu Marie Shabata .

Bei den Universitätstänzen hatten die Mädchen oft verwundert den großen jungen Schweden mit dem schönen Kopf betrachtet, der an der Wand lehnte und die Stirn runzelte, die Arme verschränkt, den Blick auf die Decke oder den Boden gerichtet. Alle Mädchen hatten ein wenig Angst vor ihm. Er sah vornehm aus und war nicht der fröhliche Typ. Sie hatten das Gefühl, dass er zu intensiv und beschäftigt war. Er hatte etwas Seltsames an sich. Emils Bruderschaft war ziemlich stolz auf ihre Tänze, und manchmal tat er seine

Pflicht und tanzte jeden Tanz. Aber egal, ob er auf dem Boden lag oder in einer Ecke grübelte, er dachte immer an Marie Shabata . Seit zwei Jahren hatte sich der Sturm in ihm zusammengebraut.

XII

Carl kam ins Wohnzimmer, während Alexandra die Lampe anzündete. Sie sah zu ihm auf, während sie die Jalousie zurechtrückte. Seine scharfen Schultern beugten sich, als wäre er sehr müde, sein Gesicht war blass und unter seinen dunklen Augen waren bläuliche Schatten. Sein Zorn war ausgebrannt und er fühlte sich krank und angewidert.

„Du hast Lou und Oscar gesehen?" Fragte Alexandra.

"Ja." Sein Blick mied ihren.

Alexandra holte tief Luft. „Und jetzt gehst du weg. Ich dachte auch."

Carl warf sich auf einen Stuhl und schob mit seiner weißen, nervösen Hand die dunkle Locke aus seiner Stirn zurück. „Was für eine hoffnungslose Lage du bist, Alexandra!" rief er fieberhaft. „Es ist dein Schicksal, immer von kleinen Männern umgeben zu sein. Und ich bin nicht besser als die anderen. Ich bin zu klein, um selbst der Kritik von Männern wie Lou und Oscar standzuhalten. Ja, ich gehe weg; morgen. Ich kann Sie nicht einmal um ein Versprechen bitten, bis ich Ihnen etwas anzubieten habe. Ich dachte, vielleicht könnte ich das tun; aber ich finde, ich kann es nicht."

„Was nützt es, Menschen Dinge anzubieten, die sie nicht brauchen?" fragte Alexandra traurig. „Ich brauche kein Geld. Aber ich brauche dich schon seit sehr vielen Jahren. Ich frage mich, warum es mir gestattet wurde, erfolgreich zu sein, wenn es nur darum ging, mir meine Freunde wegzunehmen."

„Ich mache mir nichts vor", sagte Carl offen. „Ich weiß, dass ich auf eigene Faust weggehe. Ich muss die übliche Anstrengung unternehmen. Ich muss etwas vorzuweisen haben. Um zu nehmen, was Sie mir geben würden, müsste ich entweder ein sehr großer oder ein sehr kleiner Mann sein, und ich gehöre nur zur Mittelschicht."

Alexandra seufzte. „Ich habe das Gefühl, wenn du weggehst, wirst du nicht zurückkommen. Einem von uns oder beiden wird etwas passieren. In dieser Welt müssen die Menschen nach dem Glück greifen, wann immer sie können. Es ist immer leichter zu verlieren als zu finden. Was ich habe, gehört dir, wenn ich dir genug am Herzen liege, um es zu nehmen."

Carl stand auf und blickte auf das Bild von John Bergson. „Aber ich kann nicht, meine Liebe, ich kann nicht! Ich werde sofort nach Norden gehen. Anstatt den ganzen Winter in Kalifornien herumzuhängen, werde ich mich dort oben orientieren. Ich werde keine weitere Woche verschwenden. Hab Geduld mit mir, Alexandra. Gib mir ein Jahr!"

„Wie Sie wollen", sagte Alexandra müde. „Auf einmal, an einem einzigen Tag, verliere ich alles; Und ich weiß nicht warum. Auch Emil geht weg." Carl studierte immer noch John Bergsons Gesicht und Alexandras Augen folgten seinen. „Ja", sagte sie, „wenn er alles hätte sehen können, was aus der

Aufgabe, die er mir gab, werden würde, hätte es ihm leidgetan. Ich hoffe, er sieht mich jetzt nicht. Ich hoffe, dass er zu den alten Leuten seines Blutes und seines Landes gehört und dass ihn keine Nachricht aus der Neuen Welt erreicht.“

TEIL III.
WINTERERINNERUNGEN

ICH

Der Winter hat sich über der Wasserscheide wieder eingependelt; die Jahreszeit, in der sich die Natur erholt, in der sie zwischen der Fruchtbarkeit des Herbstes und der Leidenschaft des Frühlings einschläft. Die Vögel sind verschwunden. Das wimmelnde Leben im hohen Gras wird ausgerottet. Der Präriehund behält sein Loch. Die Kaninchen rennen zitternd von einem gefrorenen Gartenstück zum nächsten und haben große Mühe, erfrorene Kohlstiele zu finden. Nachts durchstreifen die Kojoten die winterliche Wüste und heulen nach Nahrung. Die bunten Felder sind jetzt alle einfarbig; Die Weiden, die Stoppeln, die Straßen, der Himmel sind immer noch bleigrau. Die Hecken und Bäume sind auf der kahlen Erde, deren schieferfarbene Farbe sie angenommen haben, kaum wahrnehmbar. Der Boden ist so hart gefroren, dass man sich beim Gehen auf der Straße oder auf den gepflügten Feldern die Füße quetscht. Es ist wie ein eisernes Land, und der Geist wird von seiner Strenge und Melancholie bedrückt. Man könnte leicht glauben, dass in dieser toten Landschaft die Keime des Lebens und der Fruchtbarkeit für immer erloschen seien.

Alexandra hat sich wieder in ihre alte Routine eingelebt. Es gibt wöchentlich Briefe von Emil. Lou und Oscar hat sie seit Carls Weggang nicht mehr gesehen. Um unangenehme Begegnungen in Gegenwart neugieriger Zuschauer zu vermeiden, geht sie nicht mehr zur norwegischen Kirche und fährt stattdessen zur Reformkirche in Hannover oder geht mit Marie Shabata zur katholischen Kirche, die vor Ort als „französische Kirche" bekannt ist. Sie hat Marie nichts von Carl oder ihren Differenzen mit ihren Brüdern erzählt. Sie war nie sehr kommunikativ, wenn es um ihre eigenen Angelegenheiten ging, und als sie zur Sache kam, sagte ihr ein Instinkt, dass sie und Marie sich in solchen Dingen nicht verstehen würden.

Die alte Frau Lee hatte befürchtet, dass Missverständnisse in der Familie sie von ihrem jährlichen Besuch in Alexandra abhalten könnten. Aber am ersten Dezembertag rief Alexandra Annie an, dass sie Ivar morgen zu ihrer Mutter schicken würde, und am nächsten Tag kam die alte Dame mit ihren Bündeln. Zwölf Jahre lang war Mrs. Lee immer mit dem gleichen Ausruf in Alexandras Wohnzimmer gekommen: „Jetzt sind wir nur noch wie in alten Zeiten!" Sie genoss die Freiheit, die Alexandra ihr gab, und den ganzen Tag lang ihre eigene Sprache über sie zu hören. Hier konnte sie ihre Nachtmütze aufsetzen und bei geschlossenen Fenstern schlafen, Ivar dabei zuhören, wie er aus der Bibel las, und hier konnte sie in Emils alten Stiefeln zwischen den Ställen herumlaufen. Obwohl sie fast zur Seite gebeugt war, war sie so flink wie ein Gopher. Ihr Gesicht war so braun, als wäre es lackiert, und voller Falten wie die Hände einer Wäscherin. Sie hatte noch drei hübsche alte Zähne vorn im Mund, und wenn sie grinste , sah sie sehr wissend aus, als ob das Leben gar nicht so schlecht wäre, wenn man herausfand, wie man es einnimmt. Während sie und Alexandra geflickt, geflickt und gesteppt haben, erzählte sie ununterbrochen von Geschichten, die sie in einer schwedischen Familienzeitung gelesen hatte, und erzählte die Handlung sehr detailliert; oder über ihr Leben auf einer Milchfarm in Gottland , als sie ein Mädchen war. Manchmal vergaß sie, was die gedruckten Geschichten waren und welche die echten Geschichten, es schien alles so weit weg zu sein. Sie liebte es, vor dem Schlafengehen etwas Brandy mit heißem Wasser und Zucker zu sich zu nehmen, und Alexandra hatte es immer für sie bereit. „Es sendet gute Träume", sagte sie mit einem Augenzwinkern.

Als Mrs. Lee eine Woche lang bei Alexandra war, rief Marie Shabata eines Morgens an und teilte ihr mit, dass Frank für diesen Tag in die Stadt gefahren sei und sie möchte, dass sie am Nachmittag zum Kaffee vorbeikommen. Mrs. Lee beeilte sich, ihre neue Kreuzstichschürze auszuwaschen und zu bügeln, die sie erst am Abend zuvor fertiggestellt hatte; eine karierte karierte Schürze mit einem 10 Zoll breiten Muster an der Unterseite; eine Jagdszene mit Tannen und einem Hirsch sowie Hunden und Jägern. Frau Lee blieb beim Abendessen standhaft und lehnte eine zweite Portion Apfelknödel ab. „Ich glaube , ich spare", sagte sie kichernd.

Um zwei Uhr nachmittags fuhr Alexandras Karren zum Shabatas -Tor, und Marie sah, wie Mrs. Lees roter Schal den Weg hinaufschaukelte. Sie rannte zur Tür, zog die alte Frau mit einer Umarmung ins Haus und half ihr, ihre Tücher auszuziehen, während Alexandra das Pferd draußen zudeckte. Mrs. Lee hatte ihr bestes schwarzes Satinkleid angezogen – sie verabscheute Wollstoffe, selbst im Winter – und einen gehäkelten Kragen, der mit einer großen hellgoldenen Nadel befestigt war und verblasste Daguerreotypien ihres Vaters und ihrer Mutter enthielt. Aus Angst, sie könnte zerknittern, hatte sie ihre Schürze nicht getragen, und nun schüttelte sie sie aus und band sie sich mit bewusster Miene um die Taille. Marie zog sich zurück, warf die Hände hoch und rief: „Oh, was für eine Schönheit! Das habe ich noch nie gesehen, oder, Mrs. Lee?"

Die alte Frau kicherte und senkte den Kopf. „Nein, ich mache erst letzte Nacht . Siehe Dis-Tritt; Sehr stark, kein Ausbleichen , kein Ausbleichen. Meine Schwester schickt aus Schweden . Ich glaube nur , dass dir das gefällt."

Marie rannte erneut zur Tür. „Komm rein, Alexandra. Ich habe mir Mrs. Lees Schürze angesehen. Halten Sie auf dem Heimweg an und zeigen Sie es Frau Hiller. Sie ist verrückt nach Kreuzstichen."

Während Alexandra Hut und Schleier abnahm, ging Mrs. Lee in die Küche, ließ sich in einem hölzernen Schaukelstuhl am Herd nieder und blickte mit großem Interesse auf den Tisch, der für drei Personen mit einem weißen Tuch und einem Topf voll gedeckt war rosa Geranien in der Mitte. „Meine

Güte, du brauchst doch keine schönen Pflanzen; So eine große Blume. Wie verhindern Sie, dass Sie frieren?"

Sie zeigte auf die Fensterregale voller blühender Fuchsien und Geranien.

„Ich brenne die ganze Nacht über, Mrs. Lee, und wenn es sehr kalt ist, stelle ich sie alle auf den Tisch in der Mitte des Zimmers. An anderen Abenden lege ich nur Zeitungen dahinter. Frank lacht mich aus, weil ich so viel Aufhebens mache, aber als sie nicht blühen , sagt er: ,Was ist mit den verdammten Dingern los?' – Was hörst du von Carl, Alexandra?"

„Er kam in Dawson an, bevor der Fluss zugefroren war, und jetzt werde ich vermutlich bis zum Frühjahr nichts mehr hören. Bevor er Kalifornien verließ, schickte er mir eine Schachtel mit Orangenblüten, aber sie hielten sich nicht sehr gut. Ich habe einen Haufen von Emils Briefen für dich mitgebracht." Alexandra kam aus dem Wohnzimmer und kniff Marie spielerisch in die Wange. „Du siehst nicht so aus, als hätte dich das Wetter jemals eingefroren. Haben Sie nie eine Erkältung, oder? Das ist ein gutes Mädchen. Als kleines Mädchen hatte sie so dunkelrote Wangen, Mrs. Lee. Sie sah aus wie eine seltsame ausländische Puppe. Ich habe nie das erste Mal vergessen, als ich dich in Mieklejohns Laden sah, Marie, als Vater krank lag. Carl und ich haben darüber gesprochen, bevor er weggegangen ist."

„Ich erinnere mich, und Emil hatte sein Kätzchen dabei. Wann verschickst du Emils Weihnachtsbox?"

„Es hätte vorher gehen sollen. Ich muss es jetzt per Post schicken, damit es rechtzeitig ankommt."

Marie holte eine dunkelviolette Seidenkrawatte aus ihrem Arbeitskorb. „Das stricke ich für ihn. Es ist eine gute Farbe, finden Sie nicht? Legen Sie es bitte zu Ihren Sachen und sagen Sie ihm, dass es von mir ist, damit er es tragen kann, wenn er ein Ständchen singt."

Alexandra lachte. „Ich glaube nicht, dass er viel Ständchen singt. In einem Brief schreibt er, dass die mexikanischen Damen sehr schön seien, aber das scheint mir kein sehr herzliches Lob zu sein."

Marie warf den Kopf zurück. „Emil kann mich nicht täuschen. Wenn er eine Gitarre gekauft hat, singt er ein Ständchen. Wer würde das nicht tun, wenn die ganzen Spanierinnen Blumen von ihren Fenstern fallen lassen? Ich würde ihnen doch jeden Abend vorsingen, nicht wahr, Mrs. Lee?"

Die alte Dame kicherte. Ihre Augen leuchteten, als Marie sich bückte und die Ofentür öffnete. Ein köstlicher heißer Duft wehte in die aufgeräumte Küche. „Meine Güte, irgendwas riecht gut!" Sie drehte sich augenzwinkernd zu Alexandra um, ihre drei gelben Zähne zeigten mutig: „Das verstehe ich Das verhindert, dass mein Gieren nicht mehr schmerzt!" sagte sie zufrieden.

Marie holte eine Pfanne mit zarten, mit Aprikosenkompott gefüllten Röllchen heraus und begann, sie mit Puderzucker zu bestäuben. „Ich hoffe, dass Ihnen diese gefallen werden, Frau Lee; Alexandra tut es. Die Böhmen mögen sie immer zum Kaffee. Aber falls nicht, habe ich einen Kaffeekuchen mit Nüssen und Mohn. Alexandra, holst du das Sahnekännchen? Ich habe es ins Fenster gestellt, damit es kühl bleibt."

„Die Böhmen", sagte Alexandra, als sie sich an den Tisch stellten, „wissen sicherlich mehr Brotsorten als jedes andere Volk auf der Welt." Die alte Frau Hiller erzählte mir einmal beim Kirchenessen, dass sie sieben Sorten leckeres Brot backen könne, Marie aber ein Dutzend.

Mrs. Lee hielt eines der Aprikosenröllchen zwischen ihrem braunen Daumen und Zeigefinger hoch und wog es kritisch ab. „Du bist wie ein Fedder ", verkündete sie zufrieden. „Meine Güte, das ist doch nicht schön!" rief sie aus, als sie ihren Kaffee umrührte. „ Ich nehme nur einen Deckel Schrei jetzt auch, das verstehe ich . "

Alexandra und Marie lachten über ihre Kühnheit und begannen, über ihre eigenen Angelegenheiten zu reden. „Als ich neulich Abend mit dir telefonierte, hatte ich Angst, dass du eine Erkältung hättest, Marie. Was war los, hast du geweint?"

„Vielleicht hatte ich das", lächelte Marie schuldbewusst. „Frank war an diesem Abend spät draußen. Fühlst du dich im Winter nicht manchmal einsam, wenn alle weg sind?"

„Ich dachte, es wäre so etwas. Wenn ich keine Gesellschaft gehabt hätte, wäre ich rübergerannt, um es mir selbst anzusehen. Wenn Sie den Mut verlieren, was wird dann aus uns anderen?" Fragte Alexandra.

„Das tue ich nicht, sehr oft. Da ist Mrs. Lee ohne Kaffee!"

Später, als Frau Lee erklärte, dass ihre Kräfte erschöpft seien, gingen Marie und Alexandra nach oben, um nach Häkelanleitungen zu suchen, die die alte Dame ausleihen wollte. „Zieh besser deinen Mantel an, Alexandra. Es ist kalt dort oben und ich habe keine Ahnung, wo diese Muster sind. Vielleicht muss ich meine alten Koffer durchsehen." Marie nahm einen Schal, öffnete die Treppentür und rannte vor ihrem Gast die Stufen hinauf. „Während ich die Schubladen der Kommode durchsuche, schauen Sie vielleicht in die Hutschachteln im Schrankregal, wo Franks Kleidung hängt. Es gibt viele Kleinigkeiten darin."

Sie fing an, den Inhalt der Schubladen durchzuwerfen, und Alexandra ging in den Kleiderschrank. Dann kam sie zurück und hielt einen schlanken, elastischen, gelben Stock in der Hand.

„Was zum Teufel ist das, Marie? Du willst mir nicht sagen, dass Frank jemals so etwas getragen hat?"

Marie blinzelte erstaunt dazu und setzte sich auf den Boden. "Wo hast du es gefunden? Ich wusste nicht, dass er es behalten hatte. Ich habe es seit Jahren nicht mehr gesehen."

„Dann ist es also wirklich ein Stock?“

"Ja. Eines, das er aus der alten Heimat mitgebracht hat. Er trug es immer, als ich ihn kennenlernte. Ist es nicht dumm? Armer Frank!“

Alexandra drehte den Stock in ihren Fingern und lachte. „Er muss komisch ausgesehen haben!“

Marie war nachdenklich. „Nein, das hat er wirklich nicht. Es schien nicht fehl am Platz zu sein. Als junger Mann war er so furchtbar schwul. Ich schätze, die Leute bekommen immer das, was ihnen am schwersten fällt, Alexandra.“ Marie zog den Schal fester um sich und blickte immer noch eindringlich auf den Stock. „Frank wäre am richtigen Ort in Ordnung“, sagte sie nachdenklich. „Er sollte zum einen eine andere Art von Frau haben. Weißt du, Alexandra, ich könnte genau die richtige Frau für Frank auswählen – jetzt. Das Problem ist, dass man einen Mann fast erst heiraten muss, bevor man herausfindet, welche Art von Frau er braucht. und normalerweise ist es genau der Typ, der du nicht bist. Was werden Sie dann dagegen tun?“ sie fragte offen.

Alexandra gestand, dass sie es nicht wusste. „Allerdings“, fügte sie hinzu, „scheint es mir, dass du mit Frank ungefähr so gut zurechtkommst wie jede andere Frau, die ich jemals gesehen oder von der ich gehört habe.“

Marie schüttelte den Kopf, schürzte die Lippen und blies ihren warmen Atem sanft in die frostige Luft. "NEIN; Ich wurde zu Hause verwöhnt. Ich mag meinen eigenen Weg und habe eine schnelle Zunge. Wenn Frank prahlt, sage ich scharfe Dinge, und er vergisst es nie. Er geht es in Gedanken immer wieder durch; Ich kann ihn fühlen. Dann bin ich zu schwindlig. Franks Frau sollte schüchtern sein und sich nicht um ein anderes Lebewesen auf der Welt kümmern, sondern nur um Frank! Das habe ich nicht getan, als ich ihn geheiratet habe, aber ich glaube, ich war zu jung, um so zu bleiben.“ Marie seufzte.

Alexandra hatte Marie noch nie zuvor so offen über ihren Mann sprechen hören und hielt es für klüger, sie nicht zu ermutigen. Es habe nie etwas Gutes gebracht, über solche Dinge zu sprechen, überlegte sie, und während Marie laut nachdachte, hatte Alexandra unablässig die Hutschachteln durchsucht. „Sind das nicht die Muster, Maria?“

Maria sprang vom Boden auf. „Natürlich haben wir nach Mustern gesucht, nicht wahr? Ich hatte alles außer Franks anderer Frau vergessen. Das werde ich wegräumen.“

Sie steckte den Stock hinter Franks Sonntagskleidung, und obwohl sie lachte, sah Alexandra, dass sie Tränen in den Augen hatte.

Als sie in die Küche zurückkehrten, begann es zu schneien und Maries Besucher dachten, sie müssten nach Hause kommen. Sie ging mit ihnen zum Karren und stopfte die Roben um die alte Mrs. Lee, während Alexandra die

Decke von ihrem Pferd nahm. Als sie wegfuhren, drehte sich Marie um und ging langsam zurück zum Haus. Sie nahm das Briefpaket, das Alexandra mitgebracht hatte, aber sie las es nicht. Sie drehte sie um und betrachtete die ausländischen Briefmarken. Dann saß sie da und beobachtete den fliegenden Schnee, während die Dämmerung in der Küche tiefer wurde und der Herd einen roten Schein ausstrahlte.

Marie wusste ganz genau, dass Emils Briefe mehr für sie als für Alexandra geschrieben waren. Es waren nicht die Briefe, die ein junger Mann seiner Schwester schreibt. Sie waren sowohl persönlicher als auch sorgfältiger; voller Beschreibungen des schwulen Lebens in der alten mexikanischen Hauptstadt zu der Zeit, als die starke Hand von Porfirio Diaz noch stark war. Er erzählte von Stierkämpfen und Hahnenkämpfen, Kirchen und *Fiestas*, den Blumenmärkten und den Springbrunnen, der Musik und dem Tanz, den Menschen aller Nationen, denen er in den italienischen Restaurants in der San Francisco Street begegnete. Kurz gesagt, es handelte sich um die Art von Briefen, die ein junger Mann an eine Frau schreibt, wenn er wünscht, dass er und sein Leben für sie interessant erscheinen, wenn er ihre Fantasie für sich gewinnen möchte.

Marie dachte oft, wenn sie allein war oder wenn sie abends beim Nähen saß, darüber nach, wie es dort unten sein musste, wo Emil war; wo es überall Blumen und Straßenkapellen gab und Kutschen auf und ab klapperten und wo vor der Kathedrale ein kleiner blinder Schuhputzer stand, der jede gewünschte Melodie spielen konnte, indem er die Deckel der Schwärzkästen auf den Stein fallen ließ Schritte. Wenn für einen mit dreiundzwanzig Jahren alles erledigt und vorbei ist, ist es angenehm, die Gedanken schweifen zu lassen und einem jungen Abenteurer zu folgen, der das Leben vor sich hat. „Und wenn ich nicht gewesen wäre", dachte sie, „könnte Frank immer noch so frei sein und Spaß daran haben, die Leute dazu zu bringen, ihn zu bewundern." Armer Frank, das Heiraten war auch nicht gut für ihn. Ich fürchte, ich hetze die Leute gegen ihn, wie er sagt. Irgendwie scheine ich ihn ständig zu verraten. Vielleicht würde er versuchen, den Menschen gegenüber wieder freundlich zu sein, wenn ich nicht da wäre. Es scheint, als würde ich ihn immer so schlecht machen, wie er nur sein kann."

Später im Winter erinnerte sich Alexandra an diesen Nachmittag als den letzten zufriedenstellenden Besuch, den sie bei Marie hatte. Nach diesem Tag schien die jüngere Frau immer mehr in sich selbst zu schrumpfen. Als sie mit Alexandra zusammen war , war sie nicht mehr so spontan und offen wie früher. Sie schien über etwas zu grübeln und etwas zurückzuhalten. Das Wetter hatte einen großen Anteil daran, dass sie sich seltener als sonst sahen. Solche Schneestürme hatte es seit zwanzig Jahren nicht mehr gegeben, und der Weg über die Felder war von Weihnachten bis März tief verweht. Als die beiden Nachbarn einander besuchten, mussten sie den Wagenweg umrunden, der doppelt so weit war. Sie telefonierten fast jede Nacht miteinander, doch im Januar gab es eine Zeitspanne von drei Wochen, in der die Leitungen unterbrochen waren und der Postbote überhaupt nicht kam.

Marie lief oft zu ihrer nächsten Nachbarin, der alten Frau Hiller, die an Rheuma gelähmt war und sich nur um ihren Sohn, den lahmen Schuhmacher, kümmerte; und sie ging bei jedem Wetter in die französische Kirche. Sie war ein aufrichtig gläubiges Mädchen. Sie betete für sich selbst, für Frank und für Emil inmitten der Versuchungen dieser fröhlichen, korrupten Altstadt. In diesem Winter fand sie in der Kirche mehr Trost als je zuvor. Es schien ihr näher zu kommen und eine Leere zu füllen, die in ihrem Herzen schmerzte. Sie versuchte, geduldig mit ihrem Mann zu sein. Er und sein angeheuerter Mann spielten abends normalerweise California Jack. Marie saß beim Nähen oder Häkeln und versuchte, sich freundlich für das Spiel zu interessieren, aber sie dachte immer an die weiten Felder draußen, wo der Schnee über die Zäune trieb; und rund um den Obstgarten, wo der Schnee fiel und sich häufte, Kruste über Kruste. Wenn sie in die dunkle Küche ging, um ihre Pflanzen für die Nacht vorzubereiten, stand sie am Fenster und blickte auf die weißen Felder oder beobachtete die Schneeströme, die über den Obstgarten wirbelten. Sie schien das Gewicht des ganzen Schnees zu spüren, der dort lag. Die Zweige waren so hart geworden, dass man sich die Hand verletzte, wenn man auch nur versuchte, einen Zweig abzubrechen. Und doch war das Geheimnis des Lebens unten unter der gefrorenen Kruste, an den Wurzeln der Bäume, immer noch sicher, warm wie das Blut im Herzen; und der Frühling würde wieder kommen! Oh, es würde wieder kommen!

II

Fantasie gehabt hätte, hätte sie vielleicht erraten, was in Maries Kopf vorging, und sie hätte lange vorher gesehen, was in Emils Kopf vorging. Aber das war, wie Emil selbst mehr als einmal dargelegt hatte, Alexandras blinde Seite, und ihr Leben war nicht dazu geeignet gewesen, ihren Blick zu schärfen. Ihre Ausbildung war darauf ausgerichtet, sie in dem, was sie sich vorgenommen hatte, meisterhaft zu machen. Ihr persönliches Leben, ihre eigene Selbstverwirklichung war fast eine unbewusste Existenz; wie ein unterirdischer Fluss, der nur hier und da im Abstand von Monaten an die Oberfläche kam und dann wieder sank, um unter seinen eigenen Feldern weiterzufließen. Dennoch gab es den Untergrundstrom, und weil sie so viel Persönlichkeit hatte, die sie in ihre Unternehmungen einbringen konnte, und es ihr gelang, diese so vollständig in sie einzubringen, florierten ihre Angelegenheiten besser als die ihrer Nachbarn.

Es gab bestimmte, äußerlich ereignislose Tage in ihrem Leben, an die sich Alexandra als besonders glücklich erinnerte; Tage, an denen sie der flachen, brachliegenden Welt um sie herum nahe war und sozusagen am eigenen Körper das freudige Keimen im Boden spürte. Es gab auch Tage, die sie und Emil zusammen verbracht hatten und auf die sie gerne zurückblickte. Es hatte einen solchen Tag gegeben, als sie im trockenen Jahr unten am Fluss waren und über das Land blickten. Eines Morgens waren sie früh losgefahren und schon vor Mittag eine weite Strecke gefahren. Als Emil sagte, er sei hungrig, zogen sie sich von der Straße zurück, gaben Brigham seinen Hafer zwischen den Büschen und kletterten auf eine grasbewachsene Anhöhe, um im Schatten einiger kleiner Ulmen ihr Mittagessen einzunehmen. Der Fluss war dort klar und flach, da es nicht geregnet hatte, und er floss in Wellen über den glitzernden Sand. Unter den überhängenden Weiden am gegenüberliegenden Ufer befand sich eine Bucht, in der das Wasser tiefer war und so langsam floss, dass es schien, als würde es in der Sonne schlafen. In dieser kleinen Bucht schwamm und tauchte eine einzelne Wildente, putzte ihr Gefieder und vergnügte sich sehr glücklich im flackernden Licht und Schatten. Sie saßen lange Zeit da und sahen zu, wie der einsame Vogel sein Vergnügen genoss. Kein Lebewesen kam Alexandra jemals so schön vor wie diese Wildente. Emil muss das genauso empfunden haben wie sie, denn später, wenn sie zu Hause waren, sagte er manchmal: „Schwester, du kennst unsere Ente da unten …" Alexandra erinnerte sich an diesen Tag als einen der glücklichsten in ihrem Leben. Jahre später stellte sie sich vor, dass die Ente immer noch da war, wie sie ganz allein im Sonnenlicht schwamm und tauchte, eine Art verzauberter Vogel, der weder Alter noch Veränderung kannte.

Die meisten glücklichen Erinnerungen Alexandras waren ebenso unpersönlich wie diese; Dennoch waren sie für sie sehr persönlich. Ihre Gedanken waren wie ein weißes Buch mit klaren Worten über das Wetter, die Tiere und die wachsenden Dinge. Nicht viele Leute hätten es gerne gelesen; nur wenige glückliche. Sie war nie verliebt gewesen , sie hatte sich nie sentimentalen Träumereien hingegeben. Schon als Mädchen hatte sie Männer als Arbeitskollegen betrachtet. Sie war in ernsten Zeiten aufgewachsen.

Es gab tatsächlich eine Fantasie, die ihr ganzes Mädchenalter hindurch anhielt. Es kam ihr am häufigsten am Sonntagmorgen in den Sinn, dem einen Tag in der Woche, an dem sie lange im Bett lag und den vertrauten Morgengeräuschen lauschte; die Windmühle sang in der frischen Brise, Emil pfiff, während er unten an der Küchentür seine Stiefel schwärzte. Manchmal, wenn sie so luxuriös untätig dalag und die Augen geschlossen hatte, hatte sie die Illusion, von jemandem , der sehr stark war, körperlich hochgehoben und leicht getragen zu werden. Sicherlich war es ein Mann, der sie trug, aber er war mit keinem Mann vergleichbar, den sie kannte; Er war viel größer, stärker und schneller und trug sie so leicht, als wäre sie eine Garbe Weizen. Sie sah ihn nie, aber mit geschlossenen Augen konnte sie spüren, dass er gelb war wie das Sonnenlicht, und dass er den Geruch reifer Maisfelder umgab. Sie spürte, wie er sich ihr näherte, sich über sie beugte und sie hochhob, und dann spürte sie, wie er schnell über die Felder getragen wurde. Nach solchen Träumereien erhob sie sich hastig, wütend auf sich selbst, und ging in das Badehaus hinunter, das vom Küchenschuppen abgetrennt war. Dort stand sie dann in einer Blechwanne und ließ ihr Bad voller Elan ausklingen. Zum Abschluss goss sie eimerweise kaltes Brunnenwasser über ihren strahlend weißen Körper, den kein Mann auf der Kluft weit hätte tragen können.

Als sie älter wurde, überkam sie diese Lust häufiger, wenn sie müde war, als wenn sie frisch und kräftig war. Manchmal, wenn sie den ganzen Tag im Freien gewesen war und das Brandmarkieren des Viehs oder das Verladen der Schweine überwacht hatte, kam sie gekühlt herein, nahm eine Mischung aus Gewürzen und warmem hausgemachtem Wein und ging mit ihrem Körper zu Bett tatsächlich Schmerzen vor Müdigkeit. Dann, kurz bevor sie einschlief, hatte sie das alte Gefühl, von einem starken Wesen hochgehoben und getragen zu werden, das ihr all ihre körperliche Müdigkeit nahm.

TEIL IV.
DER WEISSE MAULBEERBAUM

ICH

Die französische Kirche, eigentlich die Kirche Sainte-Agnes, stand auf einem Hügel. Das hohe, schmale Gebäude aus roten Backsteinen mit seinem hohen Kirchturm und dem steilen Dach war kilometerweit über die Weizenfelder hinweg zu sehen, obwohl die kleine Stadt Sainte-Agnes völlig versteckt am Fuße des Hügels lag. Die Kirche wirkte mächtig und triumphierend auf ihrer Anhöhe, so hoch über dem Rest der Landschaft, mit kilometerlangen warmen Farben zu ihren Füßen, und durch ihre Position und Lage erinnerte sie einen an einige der Kirchen, die vor langer Zeit im Weizenfeld gebaut wurden -Länder von Mittelfrankreich.

An einem späten Juninachmittag fuhr Alexandra Bergson eine der vielen Straßen entlang, die durch das reiche französische Bauernland zur großen Kirche führten. Das Sonnenlicht schien ihr direkt ins Gesicht, und rund um die rote Kirche auf dem Hügel strahlte ein Lichtschein. Neben Alexandra saß eine auffallend exotische Gestalt mit einem hohen mexikanischen Hut, einer Seidenschärpe und einer schwarzen Samtjacke mit silbernen Knöpfen. Emil war erst am Abend zuvor zurückgekehrt, und seine Schwester war so stolz auf ihn, dass sie sofort beschloss, ihn zum Abendessen in der Kirche mitzunehmen und ihn das mexikanische Kostüm tragen zu lassen, das er in seinem Koffer mit nach Hause gebracht hatte. „Alle Mädchen, die einen Stand haben, werden schicke Kostüme tragen", argumentierte sie, „und einige der Jungen auch. Marie will Wahrsagen und schickt nach Omaha, um ein böhmisches Kleid zu holen, das ihr Vater von einem Besuch im alten Land mitgebracht hat. Wenn Sie diese Kleidung tragen, werden alle zufrieden sein. Und du musst deine Gitarre mitnehmen. Jeder sollte tun, was er kann, um weiterzuhelfen, und wir haben nie viel getan. Wir sind keine talentierte Familie."

Das Abendessen sollte um sechs Uhr im Keller der Kirche stattfinden, und danach würde es einen Jahrmarkt mit Scharaden und einer Auktion geben. Alexandra war früh von zu Hause aufgebrochen und hatte das Haus Signa und Nelse Jensen überlassen, die nächste Woche heiraten sollten. Signa hatte schüchtern darum gebeten, die Hochzeit zu verschieben, bis Emil nach Hause kam.

Alexandra war mit ihrem Bruder sehr zufrieden. Als sie durch das hügelige französische Land der untergehenden Sonne und der treuen Kirche entgegenfuhren, dachte sie an die Zeit vor langer Zeit, als sie und Emil vom Flusstal zurück zur noch unbesiegten Kluft fuhren. Ja, sagte sie sich, es hatte sich gelohnt ; Sowohl Emil als auch das Land waren so geworden, wie sie es sich erhofft hatte. Unter den Kindern ihres Vaters gab es eines, das fähig war, mit der Welt zurechtzukommen, das nicht an den Pflug gebunden war und dessen Persönlichkeit unabhängig vom Boden war. Und dafür, überlegte sie, hatte sie gearbeitet. Sie war mit ihrem Leben sehr zufrieden.

wurden Dutzende Mannschaften vor den Kellertüren aufgestellt, die vom Hang auf die sandige Terrasse führten, wo die Jungen kämpften und Springwettkämpfe austrugen. Amédée Chevalier, stolzer Vater einer Woche, stürmte hinaus und umarmte Emil. Amédée war ein einziger Sohn – also ein sehr reicher junger Mann –, aber er wollte selbst zwanzig Kinder haben, wie sein Onkel Xavier. „Oh, Emil", rief er und umarmte seinen alten Freund hingebungsvoll, „warum warst du nicht oben bei meinem Jungen? Du kommst sicher morgen? Emil, du willst sofort einen Jungen haben! Es ist das Größte überhaupt! Nein nein Nein! Angel ist überhaupt nicht krank. Alles bestens. Dieser Junge kam lachend auf die Welt und lacht seitdem . Kommen Sie und sehen Sie!" Er klopfte Emil in die Rippen, um jede Ankündigung zu unterstreichen.

Emil packte seine Arme. „Halt, Amédée. Du reißt mir den Atem aus. Ich brachte ihm genug Tassen und Löffel sowie Decken und Mokassins für ein Waisenheim. Ich bin wirklich froh, dass es ein Junge ist!"

Die jungen Männer drängten sich um Emil, um sein Kostüm zu bewundern und ihm in einem Atemzug alles zu erzählen, was seit seinem Weggang geschehen war. Emil hatte hier oben im französischen Land mehr Freunde als unten am Norway Creek. Die französischen und böhmischen Jungen waren temperamentvoll und fröhlich, mochten Abwechslung und neigten ebenso dazu, Neues zu bevorzugen, wie die skandinavischen Jungen es ablehnten. Die norwegischen und schwedischen Jungen waren viel egozentrischer , neigten zu Egoismus und Eifersucht. Sie waren Emil gegenüber vorsichtig und zurückhaltend, weil er auf dem College war, und waren bereit, ihn auszuschalten, wenn er versuchen sollte, sich bei ihnen aufzuführen. Die französischen Jungen mochten ein bisschen Prahlerei und freuten sich immer über alles Neue: neue Kleidung, neue Spiele, neue Lieder, neue Tänze. Jetzt trugen sie Emil weg, um ihm den Clubraum zu zeigen, den sie unten im Dorf über dem Postamt eingerichtet hatten. Sie rannten in Scharen den Hügel hinunter, alle lachten und schwatzten gleichzeitig, einige auf Französisch, andere auf Englisch.

Alexandra ging in den kühlen, weiß getünchten Keller, wo die Frauen gerade die Tische deckten. Marie stand auf einem Stuhl und baute ein kleines Zelt aus Schals auf, in dem sie die Wahrsagerei machen sollte. Sie sprang herunter und rannte auf Alexandra zu, blieb jedoch stehen und sah sie enttäuscht an. Alexandra nickte ihr aufmunternd zu.

„Oh, er wird hier sein, Marie. Die Jungs haben ihn mitgenommen, um ihm etwas zu zeigen. Du wirst ihn nicht kennen. Er ist jetzt tatsächlich ein Mann. Ich habe keinen Jungen mehr. Er raucht schrecklich riechende mexikanische

Zigaretten und spricht Spanisch. Wie hübsch du aussiehst, Kind. Wo hast du diese wunderschönen Ohrringe her?"

„Sie gehörten der Mutter des Vaters. Er hat sie mir immer versprochen. Er schickte sie mit dem Kleid und sagte, ich könne sie behalten."

Marie trug einen kurzen roten Rock aus fest gewebtem Stoff, ein weißes Mieder und einen Rock, einen gelben Seidenturban, der tief über ihre braunen Locken gewickelt war, und lange Korallenanhänger in den Ohren. Als sie sieben Jahre alt war, hatte ihre Großtante ihre Ohren an einem Stück Kork gestochen. In jenen keimfreien Tagen hatte sie Besenstrohstücke, die sie vom gewöhnlichen Besen gezupft hatte, in den Ohrläppchen getragen, bis die Löcher verheilt waren und für kleine Goldringe bereit waren.

Als Emil aus dem Dorf zurückkam, blieb er mit den Jungs draußen auf der Terrasse. Marie konnte ihn reden und auf seiner Gitarre klimpern hören, während Raoul Marcel Falsett sang. Sie war sauer auf ihn, weil er dort draußen geblieben war. Es machte sie sehr nervös, ihn zu hören und ihn nicht zu sehen; Denn ganz gewiss, sagte sie sich, würde sie nicht hinausgehen, um nach ihm zu suchen. Als die Glocke zum Abendessen läutete und die Jungen herbeistürmten, um sich am ersten Tisch einen Platz zu sichern, vergaß sie ihren Ärger ganz und rannte los, um den Größten der Menge in seiner auffälligen Aufmachung zu begrüßen. Es machte ihr überhaupt nichts aus, ihre Verlegenheit zu zeigen. Sie errötete und lachte aufgeregt, als sie Emil die Hand reichte, und blickte entzückt auf den schwarzen Samtmantel, der seine helle Haut und seinen schönen blonden Kopf hervorhob. Marie war unfähig, bei allem, was ihr gefiel, lauwarm zu sein. Sie wusste einfach nicht, wie sie eine halbherzige Antwort geben sollte. Wenn sie entzückt war, stellte sie sich höchstwahrscheinlich nicht auf die Zehenspitzen und klatschte in die Hände. Wenn die Leute über sie lachten, lachte sie mit ihnen.

„Tragen die Männer jeden Tag solche Kleidung auf der Straße?" Sie packte Emil am Ärmel und drehte ihn um. „Oh, ich wünschte, ich würde dort leben, wo die Leute solche Dinge tragen! Sind die Knöpfe echt Silber? Setzen Sie bitte den Hut auf. Was für ein schweres Ding! Wie trägst du es jemals? Warum erzählst du uns nicht von den Stierkämpfen?"

Sie wollte ihm alle seine Erfahrungen auf einmal entreißen, ohne einen Moment zu warten. Emil lächelte nachsichtig und blickte mit seinem alten, grüblerischen Blick auf sie herab, während die Französinnen in ihren weißen Kleidern und Bändern um ihn herumflatterten und Alexandra die Szene voller Stolz beobachtete. Marie wusste, dass mehrere der französischen Mädchen hofften, dass Emil sie zum Abendessen einladen würde, und sie war erleichtert, als er nur seine Schwester mitnahm. Marie packte Frank am Arm und zerrte ihn an denselben Tisch, wobei sie es schaffte, gegenüber den Bergsons Platz zu nehmen , sodass sie hören konnte, worüber sie redeten.

Alexandra ließ Emil Frau Xavier Chevalier, die Mutter der Zwanzig, erzählen, wie er gesehen hatte, wie ein berühmter Matador in der Stierkampfarena getötet wurde. Marie lauschte jedem Wort und wandte ihren Blick nur von Emil ab, um auf Franks Teller zu achten und ihn gefüllt zu halten. Als Emil seinen Bericht beendet hatte – blutig genug, um Mrs. Wie kleideten sich die Frauen, wenn sie zu Stierkämpfen gingen? Trachten sie Mantillas? Haben sie nie Hüte getragen?

Nach dem Abendessen spielten die jungen Leute Scharaden zur Belustigung der Älteren, die da saßen und plauderten, während sie ihre Vermutungen anstellten. Alle Geschäfte in Sainte-Agnes waren an diesem Abend um acht Uhr geschlossen, damit die Kaufleute und ihre Angestellten an der Messe teilnehmen konnten. Die Auktion war der lebhafteste Teil der Unterhaltung, denn die französischen Jungen verloren immer den Kopf, wenn sie anfingen zu bieten, überzeugt davon, dass ihre Extravaganz einem guten Zweck diente. Nachdem alle Nadelkissen, Sofakissen und bestickten Hausschuhe verkauft waren, löste Emil Panik aus, indem er einen seiner türkisfarbenen Hemdknöpfe hervorholte, die alle bewundert hatten, und ihn dem Auktionator reichte. Alle französischen Mädchen verlangten danach, und ihre Liebsten boten rücksichtslos gegeneinander an. Marie wollte es auch und machte Frank immer wieder Zeichen, die er mit großer Freude ignorierte. Er sah keinen Sinn darin, einen Kerl zu belästigen, nur weil er wie ein Clown gekleidet war. Als der Türkis an Malvina Sauvage, die Tochter des französischen Bankiers, ging, zuckte Marie mit den Schultern und begab sich zu ihrem kleinen Zelt aus Schals, wo sie beim Schein einer Talgkerze begann, ihre Karten zu mischen und dabei rief: „Glück, Glück! "

Der junge Priester, Pater Duchesne, ging als Erster, um sich die Zukunft vorlesen zu lassen. Marie nahm seine lange weiße Hand, betrachtete sie und begann dann, ihre Karten abzuspielen. „Ich sehe für dich eine lange Reise über das Wasser, Vater. Du wirst in eine vom Wasser zerschnittene Stadt kommen; Es scheint auf Inseln gebaut zu sein, umgeben von Flüssen und grünen Feldern. Und du wirst eine alte Dame mit einer weißen Mütze und goldenen Reifen in den Ohren besuchen und dort sehr glücklich sein."

„Mais, oui ", sagte der Priester mit einem melancholischen Lächeln. „ C'est L'Isle -Adam, chez ma mère . „ Vous êtes très savante , ma girl." Er tätschelte ihren gelben Turban und rief: „ Venez Donc , mes garçons! Ich bin Hier une wahrlich Hellseher !"

Marie war geschickt in der Wahrsagerei und erging sich in einer leichten Ironie, die die Menge amüsierte. Sie erzählte dem alten Brunot, dem Geizhals, dass er sein ganzes Geld verlieren, ein sechzehnjähriges Mädchen heiraten und glücklich von einer Existenz leben würde. Sholte , der dicke russische Junge, der für seinen Magen lebte, sollte von der Liebe enttäuscht werden, dünn werden und sich vor Verzweiflung erschießen. Amédée sollte zwanzig Kinder haben, davon neunzehn Mädchen. Amédée klopfte Frank auf die Schulter und fragte ihn, warum er nicht sah, was die Wahrsagerin ihm versprechen würde. Aber Frank schüttelte seine freundliche Hand ab und grunzte: „Sie hat mir schon vor langer Zeit die Zukunft gesagt; Schlecht genug!" Dann zog er sich in eine Ecke zurück und blickte seine Frau finster an.

Franks Fall war umso schmerzhafter, als er niemanden hatte, auf den er seine Eifersucht ausrichten konnte. Manchmal hätte er dem Mann danken können, der ihm Beweise gegen seine Frau vorlegte. Er hatte einen guten Bauernjungen, Jan Smirka , entlassen, weil er glaubte, dass Marie ihn mochte; Aber sie schien Jan nicht zu vermissen, als er weg war, und zum nächsten Jungen war sie genauso freundlich gewesen. Die Landarbeiter würden immer alles für Marie tun; Frank konnte niemanden finden, der so mürrisch war, dass er sich nicht die Mühe machen würde, ihr zu gefallen. Im Grunde seines Herzens wusste Frank genau, dass seine Frau zu ihm zurückkehren würde, wenn er seinen Groll einmal aufgeben könnte. Aber das könnte er niemals auf der Welt tun. Der Groll war grundlegend. Vielleicht hätte er es nicht aufgeben können, wenn er es versucht hätte. Vielleicht empfand er das Gefühl, misshandelt zu werden, mehr Befriedigung als das Gefühl, geliebt zu werden. Hätte er Marie einmal völlig unglücklich machen können, hätte er vielleicht nachgegeben und sie aus dem Staub gehoben. Aber sie hatte sich nie gedemütigt. In den ersten Tagen ihrer Liebe war sie seine Sklavin gewesen; sie hatte ihn bedingungslos bewundert. Aber in dem Moment, als er anfing, sie zu schikanieren und ungerecht zu sein, begann sie, sich zurückzuziehen; Zuerst in tränenreichem Erstaunen, dann in stillem, unausgesprochenem Ekel. Der Abstand zwischen ihnen hatte sich vergrößert und verhärtet. Es zog sich nicht mehr zusammen und brachte sie plötzlich zusammen. Der Funke ihres Lebens ging woanders hin, und er war stets darauf bedacht, ihn zu überraschen. Er wusste, dass sie irgendwo ein Gefühl zum Leben finden musste, denn sie war keine Frau, die ohne Liebe leben konnte. Er wollte sich selbst beweisen, dass er Unrecht hatte. Was verbarg sie in ihrem Herzen? Wo ist es hin? Sogar Frank hatte seine mürrischen Köstlichkeiten; Er erinnerte sie nie daran, wie sehr sie ihn einst geliebt hatte. Dafür war Marie ihm dankbar.

Während Marie mit den französischen Jungen plauderte, rief Amédée Emil in den hinteren Teil des Raumes und flüsterte ihm zu, dass sie den Mädchen einen Streich spielen würden. Um elf Uhr sollte Amédée zur Schalttafel im Vorraum gehen und das elektrische Licht ausschalten, und jeder Junge hätte die Chance, seine Liebste zu küssen, bevor Pater Duchesne die Treppe hinaufgehen konnte, um den Strom einzuschalten wieder. Die einzige Schwierigkeit war die Kerze in Maries Zelt; Da Emil keinen Schatz hatte, würde er den Jungen vielleicht den Gefallen tun, indem er die Kerze ausblies. Emil sagte, er würde sich dazu verpflichten.

Um fünf Minuten vor elf schlenderte er zu Maries Stand, und die französischen Jungen machten sich auf die Suche nach ihren Mädchen. Er beugte sich über den Kartentisch und gab sich ganz dem Blick auf sie hin. „Glaubst du, du könntest mir die Zukunft erzählen?" er murmelte. Es war das erste Wort, das er seit fast einem Jahr allein mit ihr hatte. „An meinem Glück hat sich nichts geändert. Es ist einfach das Gleiche."

Marie hatte sich oft gefragt, ob es sonst noch jemanden gab, der seine Gedanken so auf dich richten konnte wie Emil. Als sie heute Nacht seinen festen, kraftvollen Augen begegnete, war es unmöglich, die Süße des Traums, den er träumte, nicht zu spüren; es erreichte sie, bevor sie es ausschließen konnte, und verbarg sich in ihrem Herzen. Sie begann wütend ihre Karten zu mischen. „Ich bin wütend auf dich, Emil", brach sie gereizt aus. „Warum hast du ihnen diesen schönen blauen Stein zum Verkauf gegeben? Du wusstest vielleicht, dass Frank es mir nicht kaufen würde, und ich wollte es unbedingt haben!"

Emil lachte kurz. „Leute, die solche kleinen Dinge wollen, sollten sie unbedingt haben", sagte er trocken. Er steckte die Hand in die Tasche seiner Samthose und holte eine Handvoll ungeschnittener Türkise hervor, so groß wie Murmeln. Er beugte sich über den Tisch und ließ sie in ihren Schoß fallen. „Da, reichen die? Seien Sie vorsichtig, lassen Sie niemanden herein sieh sie. Nun, ich nehme an, du willst, dass ich weggehe und dich mit ihnen spielen lasse?"

Marie blickte entzückt auf die sanfte blaue Farbe der Steine. „Oh, Emil! Ist dort unten alles so schön? Wie konntest du jemals davonkommen?"

In diesem Moment griff Amédée an die Telefonzentrale. Es gab ein Schaudern und ein Kichern, und alle blickten auf den roten Fleck, den Maries Kerze in der Dunkelheit erzeugte. Auch das war sofort verschwunden. Kleine Schreie und sanftes Gelächter hallten durch den dunklen Flur. Marie sprang auf, direkt in Emils Arme. Im selben Moment spürte sie seine Lippen. Der Schleier, der so lange unsicher zwischen ihnen gehangen hatte, löste sich. Bevor sie wusste, was sie tat, hatte sie sich diesem Kuss hingegeben, der gleichzeitig der eines Jungen und eines Mannes war , ebenso schüchtern wie zärtlich; so wie Emil und so anders als alle anderen auf der Welt. Erst als es vorbei war, wurde ihr klar, was es bedeutete. Und Emil, der sich den Schock dieses ersten Kusses so oft vorgestellt hatte, war überrascht über seine Sanftheit und Natürlichkeit. Es war wie ein Seufzer, den sie gemeinsam ausgeatmet hatten; fast traurig, als hätte jeder Angst, etwas im anderen zu erwecken.

Als die Lichter wieder angingen, lachten und schrien alle, und alle französischen Mädchen waren rosig und strahlten vor Fröhlichkeit. Nur Marie war in ihrem kleinen Zelt aus Schals bleich und still. Unter ihrem gelben Turban schwangen die roten Korallenanhänger an weißen Wangen.

Frank starrte sie immer noch an, aber er schien nichts zu sehen. Vor Jahren hatte er selbst die Macht gehabt, ihr auf diese Weise das Blut von den Wangen zu nehmen. Vielleicht erinnerte er sich nicht – vielleicht hatte er es nie bemerkt! Emil war bereits am anderen Ende des Flurs, ging mit der Schulterbewegung, die er sich unter den Mexikanern angeeignet hatte, umher und musterte den Boden mit aufmerksamen, tiefliegenden Augen. Marie begann, ihre Schals abzunehmen und zu falten. Sie blickte nicht wieder auf. Die jungen Leute schlenderten zum anderen Ende des Saals, wo die Gitarre erklang. Einen Augenblick später hörte sie Emil und Raoul singen:

des
Rio Grand liegt ein sonniges Land, mein strahlendes Mexiko!"

Alexandra Bergson kam zum Kartenstand. „Lass mich dir helfen, Marie. Du siehst müde aus."

Sie legte ihre Hand auf Maries Arm und spürte, wie sie zitterte. Marie versteifte sich unter dieser freundlichen, ruhigen Hand. Alexandra zog sich ratlos und verletzt zurück.

Alexandra hatte etwas von der undurchdringlichen Ruhe des Fatalisten an sich, die sehr junge Menschen immer beunruhigt, die nicht spüren können, dass das Herz überhaupt lebt, wenn es nicht noch den Stürmen ausgeliefert ist; es sei denn, seine Saiten können bei der Berührung vor Schmerz schreien.

Signas Hochzeitsessen war vorbei. Die Gäste und der lästige kleine norwegische Prediger, der die Trauung durchgeführt hatte, sagten gute Nacht. Der alte Ivar spannte die Pferde an den Wagen, um die Hochzeitsgeschenke und das Brautpaar in ihr neues Zuhause im Nordviertel von Alexandra zu bringen. Als Ivar zum Tor fuhr, begannen Emil und Marie Shabata mit dem Austragen der Geschenke, und Alexandra ging in ihr Schlafzimmer, um sich von Signa zu verabschieden und ihr ein paar gute Ratschläge zu geben. Sie war überrascht, als sie feststellte, dass die Braut ihre Hausschuhe gegen schwere Schuhe ausgetauscht hatte und ihre Röcke hochsteckte. In diesem Moment erschien Nelse mit den beiden Milchkühen, die Alexandra Signa zur Hochzeit geschenkt hatte, am Tor.

Alexandra begann zu lachen. „Warum, Signa, du und Nelse sollt nach Hause fahren. Ich werde Ivar morgen früh mit den Kühen rüberschicken.“

Signa zögerte und wirkte perplex. Als ihr Mann sie anrief, steckte sie resolut ihren Hut auf. „Ich denke, ich mache besser genau das, was er sagt “, murmelte sie verwirrt.

Alexandra und Marie begleiteten Signa zum Tor und sahen, wie sich die Gesellschaft auf den Weg machte. Der alte Ivar fuhr im Wagen voraus, Braut und Bräutigam folgten zu Fuß und führten jeweils eine Kuh an der Spitze. Emil brach in Gelächter aus, bevor sie außer Hörweite waren.

„Die beiden werden miteinander auskommen“, sagte Alexandra, als sie sich wieder dem Haus zuwandten. „Sie werden kein Risiko eingehen. Sie werden sich mit den Kühen in ihrem eigenen Stall sicherer fühlen. Marie, ich werde als nächstes eine alte Frau holen lassen. Sobald die Mädchen eingezogen sind, verheirate ich sie.“

„Ich habe keine Geduld damit, dass Signa diesen mürrischen Kerl heiratet!“ erklärte Marie. „Ich wollte, dass sie diesen netten Smirka- Jungen heiratet , der letzten Winter für uns gearbeitet hat. Ich glaube, sie mochte ihn auch.“

„Ja, das glaube ich“, stimmte Alexandra zu, „aber ich nehme an, sie hatte zu große Angst vor Nelse, um jemand anderen zu heiraten. Wenn ich darüber nachdenke, haben die meisten meiner Mädchen Männer geheiratet, vor denen sie Angst hatten. Ich glaube, dass in den meisten schwedischen Mädchen viel von der Kuh steckt. Du nervöser Böhme kannst uns nicht verstehen. Wir sind ein furchtbar praktisches Volk, und ich denke, wir glauben, dass ein widerspenstiger Mann einen guten Manager abgibt.“

Marie zuckte mit den Schultern und drehte sich um, um eine Haarsträhne hochzustecken, die ihr in den Nacken gefallen war. Irgendwie hatte Alexandra sie in letzter Zeit geärgert. Alle irritierten sie. Sie hatte alle satt. „Ich gehe alleine nach Hause, Emil, also brauchst du deine Mütze nicht zu holen", sagte sie und wickelte sich schnell ihren Schal um den Kopf. „Gute Nacht, Alexandra", rief sie mit angespannter Stimme zurück und rannte den Kiesweg hinunter.

Emil folgte ihr mit großen Schritten, bis er sie überholte. Dann begann sie langsam zu gehen. Es war eine Nacht mit warmem Wind und schwachem Sternenlicht, und die Glühwürmchen schimmerten über dem Weizen.

„Marie", sagte Emil, nachdem sie eine Weile gegangen waren, „ich frage mich, ob du weißt, wie unglücklich ich bin?"

Marie antwortete ihm nicht. Ihr Kopf mit dem weißen Schal hing ein wenig nach vorne.

Emil trat einen Erdklumpen vom Weg und fuhr fort:

„Ich frage mich, ob du wirklich oberflächlich bist, wie du scheinst? Manchmal denke ich, dass ein Junge für dich genauso gut funktioniert wie ein anderer. Es scheint nie einen großen Unterschied zu machen, ob ich es bin oder Raoul Marcel oder Jan Smirka . Bist du wirklich so?"

„Vielleicht bin ich das. Was soll ich tun? Den ganzen Tag herumsitzen und weinen? Wenn ich geweint habe, bis ich nicht mehr weinen kann, dann – dann muss ich etwas anderes tun."

„Tut es dir leid für mich?" er blieb hartnäckig.

"Nein, bin ich nicht. Wenn ich so groß und frei wäre wie du, würde ich nicht zulassen, dass mich irgendetwas unglücklich macht. Wie der alte Napoleon Brunot auf dem Jahrmarkt sagte: „Ich würde keine Frau lieben ." Ich würde den ersten Zug nehmen und losfahren und den ganzen Spaß haben, den es gibt."

„Das habe ich versucht, aber es hat nichts gebracht. Alles hat mich daran erinnert. Je schöner der Ort war, desto mehr wollte ich dich." Sie hatten den Zaunübertritt erreicht und Emil zeigte überzeugend darauf. „Setzen Sie sich einen Moment, ich möchte Sie etwas fragen." Marie setzte sich auf die oberste Stufe und Emil kam näher. „Würden Sie mir etwas sagen, das mich nichts angeht, wenn Sie glauben, dass es mir helfen würde? Dann sagen Sie mir *bitte , warum Sie mit Frank* Shabata durchgebrannt sind !"

Marie zog sich zurück. „Weil ich in ihn verliebt war", sagte sie bestimmt.

"Wirklich?" fragte er ungläubig.

„Ja, tatsächlich. Sehr verliebt in ihn. Ich glaube, ich war derjenige, der uns vorgeschlagen hat, wegzulaufen. Von Anfang an war es mehr meine Schuld als seine."

Emil wandte sein Gesicht ab.

„Und jetzt", fuhr Marie fort, „muss ich mir das merken. Frank ist heute genauso wie damals, nur würde ich ihn dann so sehen, wie ich ihn haben wollte. Ich würde meinen eigenen Weg gehen. Und jetzt bezahle ich dafür."

„Sie bezahlen nicht alles."

"Das ist es. Wenn jemand einen Fehler macht, kann man nicht sagen, wo er aufhören wird. Aber du kannst weggehen; Du kannst das alles hinter dir lassen."

"Nicht alles. Ich kann dich nicht zurücklassen. Willst du mit mir weggehen, Marie?"

Marie fuhr auf und trat über den Zauntritt. „Emil! Wie böse redest du! Ich bin nicht so ein Mädchen, und das weißt du. Aber was soll ich tun, wenn du mich weiterhin so quälst!" fügte sie klagend hinzu.

„Marie, ich werde dich nicht mehr belästigen, wenn du mir nur eines sagst. Halten Sie einen Moment inne und schauen Sie mich an. Nein, niemand kann uns sehen. Alle schlafen. Das war nur ein Glühwürmchen. Marie, *hör auf* und erzähl es mir!"

Emil überholte sie, packte sie an den Schultern und schüttelte sie sanft, als wollte er einen Schlafwandler wecken.

Marie versteckte ihr Gesicht an seinem Arm. „Frag mich nichts mehr. Ich weiß nichts außer wie elend es mir geht. Und ich dachte, es wäre alles in Ordnung, wenn du zurückkämst. Oh, Emil", sie umklammerte seinen Ärmel und begann zu weinen, „was soll ich tun, wenn du nicht weggehst? Ich kann nicht gehen und einer von uns muss. Kannst du nicht sehen?"

Emil stand da und schaute auf sie herab, hielt seine Schultern steif und festigte den Arm, an dem sie sich festhielt. Ihr weißes Kleid sah in der Dunkelheit grau aus. Sie schien ein unruhiger Geist zu sein, wie ein Schatten aus der Erde, der sich an ihn klammerte und ihn anflehte, ihr Frieden zu schenken. Hinter ihr schwirrten die Glühwürmchen über den Weizen. Er legte seine Hand auf ihren gesenkten Kopf. „Bei meiner Ehre, Marie, wenn du sagen willst, dass du mich liebst, werde ich gehen."

Sie hob ihr Gesicht zu seinem. „Wie könnte ich helfen? Wussten Sie das nicht?"

Emil war derjenige, der am ganzen Körper zitterte. Nachdem er Marie an ihrem Tor zurückgelassen hatte, wanderte er die ganze Nacht über die Felder umher, bis der Morgen die Glühwürmchen und die Sterne löschte.

III

Eines Abends, eine Woche nach Signas Hochzeit, kniete Emil vor einer Kiste im Wohnzimmer und packte seine Bücher. Von Zeit zu Zeit stand er auf und wanderte im Haus umher, sammelte verstreute Bände auf und brachte sie lustlos zurück in seine Kiste. Er packte ohne Begeisterung. Er war nicht sehr zuversichtlich, was seine Zukunft anging. Alexandra saß am Tisch und nähte. Sie hatte ihm am Nachmittag beim Packen seines Koffers geholfen. Als Emil mit seinen Büchern an ihrem Stuhl vorbeikam und ging, dachte er bei sich, dass es nicht so schwer gewesen war, seine Schwester zu verlassen, seit er zum ersten Mal zur Schule gegangen war. Er wollte direkt nach Omaha gehen, um in der Kanzlei eines schwedischen Anwalts Jura zu studieren, bis er im Oktober die juristische Fakultät in Ann Arbor besuchte. Sie hatten geplant, dass Alexandra zur Weihnachtszeit nach Michigan kommen sollte – eine lange Reise für sie – und mehrere Wochen mit ihm verbringen sollte. Dennoch hatte er das Gefühl, dass dieser Abschied endgültiger sein würde als seine früheren; dass es einen endgültigen Bruch mit seiner alten Heimat und den Beginn von etwas Neuem bedeutete – er wusste nicht, was. Seine Vorstellungen von der Zukunft würden sich nicht kristallisieren; Je mehr er darüber nachzudenken versuchte, desto vager wurde seine Vorstellung davon. Aber eines war klar, sagte er sich; Es war höchste Zeit, dass er sich bei Alexandra wiedergutmachte, und das sollte zunächst einmal Ansporn genug sein.

Als er seine Bücher einsammelte, kam es ihm vor, als würde er Dinge ausreißen. Schließlich warf er sich auf das alte Lattenrost, in dem er als Kind geschlafen hatte, und blickte zu den vertrauten Rissen in der Decke hinauf.

„Müde, Emil?" fragte seine Schwester.

„Faul", murmelte er, drehte sich auf die Seite und sah sie an. Er betrachtete Alexandras Gesicht lange im Lampenlicht. Es war ihm nie in den Sinn gekommen, dass seine Schwester eine hübsche Frau war, bis Marie Shabata es ihm gesagt hatte. Tatsächlich hatte er sie nie als Frau gesehen, sondern nur als Schwester. Während er ihren gesenkten Kopf betrachtete, blickte er zu dem Bild von John Bergson über der Lampe auf. „Nein", dachte er bei sich, „sie hat es nicht verstanden." Ich glaube, ich bin eher so."

„Alexandra", sagte er plötzlich, „diese alte Sekretärin aus Walnussholz, die du als Schreibtisch benutzt, gehörte doch deinem Vater, nicht wahr?"

Alexandra nähte weiter. "Ja. Es war eines der ersten Dinge, die er für das alte Blockhaus kaufte. Das war damals eine große Extravaganz. Aber er schrieb viele Briefe zurück in die alte Heimat. Er hatte dort viele Freunde, die ihm bis zu seinem Tod schrieben. Niemand hat ihm jemals die Schuld an der Schande seines Großvaters gegeben. Ich sehe ihn jetzt vor mir, wie er dort sonntags in seinem weißen Hemd sitzt und Seiten um Seiten schreibt, so sorgfältig. Er schrieb eine feine, regelmäßige Handschrift, fast wie eine Gravur. Deines ist so etwas wie seines, wenn du dir Mühe gibst.“

„Der Großvater war wirklich krumm, oder?“

„Er hat eine skrupellose Frau geheiratet, und dann – dann, fürchte ich, war er wirklich betrügerisch. Als wir zum ersten Mal hierher kamen, träumte Vater immer davon, ein großes Vermögen zu machen und nach Schweden zurückzukehren, um den armen Seeleuten das verlorene Geld des Großvaters zurückzuzahlen.“

Emil bewegte sich im Wohnzimmer. „Ich sage, das hätte sich gelohnt , oder? Vater war kein bisschen wie Lou oder Oscar, oder? Ich kann mich nicht mehr an viel von ihm erinnern, bevor er krank wurde.“

„Oh, überhaupt nicht!“ Alexandra ließ ihre Näharbeit auf ihr Knie fallen. „Er hatte bessere Chancen; nicht um Geld zu verdienen, sondern um etwas aus sich selbst zu machen. Er war ein ruhiger Mann, aber er war sehr intelligent. Du wärst stolz auf ihn gewesen, Emil.“

Alexandra hatte das Gefühl, dass er gerne wüsste, ob es einen Mann seiner Art gegeben hätte, den er bewundern konnte. Sie wusste, dass Emil sich für Lou und Oscar schämte, weil sie bigott und selbstzufrieden waren. Er sagte nie viel über sie, aber sie konnte seinen Ekel spüren. Seine Brüder hatten ihre Missbilligung ihm gegenüber zum Ausdruck gebracht, seit er zum ersten Mal zur Schule ging. Das Einzige, was sie zufrieden gestellt hätte, wäre sein Scheitern an der Universität gewesen. So wie es war, ärgerten sie sich über jede Veränderung in seiner Sprache, in seiner Kleidung, in seinem Standpunkt; Letzteres mussten sie allerdings vermuten, denn Emil vermied es, mit ihnen über etwas anderes als Familienangelegenheiten zu reden. Alle seine Interessen behandelten sie als Affekte.

Alexandra begann wieder zu nähen. „Ich kann mich an meinen Vater erinnern, als er noch ein recht junger Mann war. Er gehörte einer Art Musikverein, einem Männerchor, in Stockholm an. Ich kann mich erinnern, dass ich mit meiner Mutter gegangen bin, um sie singen zu hören. Es müssen hunderte von ihnen gewesen sein, und alle trugen lange schwarze Mäntel und weiße Krawatten. Ich war es gewohnt, meinen Vater in einem blauen Mantel, einer Art Jacke, zu sehen, und als ich ihn auf dem Bahnsteig erkannte, war ich sehr stolz. Erinnerst du dich an das schwedische Lied über den Schiffsjungen, das er dir beigebracht hat?“

"Ja. Ich habe es immer den Mexikanern vorgesungen. Sie mögen alles andere.“ Emil hielt inne. „Vater hatte hier einen harten Kampf, nicht wahr?“ fügte er nachdenklich hinzu.

„Ja, und er ist in einer dunklen Zeit gestorben. Dennoch hatte er Hoffnung. Er glaubte an das Land.“

„Und in dir, schätze ich", sagte sich Emil. Es gab eine weitere Zeit der Stille; diese warme, freundliche Stille voller vollkommenem Verständnis, in der Emil und Alexandra viele ihrer glücklichsten halben Stunden verbracht hatten.

Schließlich sagte Emil plötzlich: „Lou und Oscar wären besser dran, wenn sie arm wären, nicht wahr?"

Alexandra lächelte. "Vielleicht. Aber ihre Kinder würden es nicht tun. Ich setze große Hoffnungen in Milly."

Emil zitterte. "Ich weiß nicht. Mir kommt es so vor, als würde es mit der Zeit immer schlimmer werden. Das Schlimmste an den Schweden ist, dass sie nie bereit sind herauszufinden, wie viel sie nicht wissen. So war es auch an der Universität. Immer so zufrieden mit sich selbst! Hinter diesem eingebildeten schwedischen Grinsen führt kein Weg vorbei. Die Böhmen und die Deutschen waren so unterschiedlich."

„Komm, Emil, geh nicht gegen deine eigenen Leute vor. Vater war nicht eingebildet, Onkel Otto auch nicht. Sogar Lou und Oscar waren es nicht, als sie Jungen waren."

Emil sah ungläubig aus, aber er bestritt diesen Punkt nicht. Er drehte sich auf den Rücken und lag lange Zeit still, die Hände unter dem Kopf verschränkt, und blickte zur Decke hinauf. Alexandra wusste, dass er an viele Dinge dachte. Sie hatte keine Angst um Emil. Sie hatte immer an ihn geglaubt, so wie sie an das Land geglaubt hatte. Seit seiner Rückkehr aus Mexiko war er mehr wie er selbst; schien froh zu sein, zu Hause zu sein, und redete wie immer mit ihr. Sie hatte keinen Zweifel daran, dass sein Wanderanfall vorüber war und er sich bald im Leben niederlassen würde.

„Alexandra", sagte Emil plötzlich, „erinnerst du dich an die Wildente, die wir damals unten am Fluss gesehen haben?"

Seine Schwester blickte auf. „Ich denke oft an sie. Mir kommt es immer so vor, als wäre sie immer noch da, so wie wir sie gesehen haben."

"Ich weiß. Es ist seltsam, an welche Dinge man sich erinnert und welche Dinge man vergisst." Emil gähnte und setzte sich auf. „Nun, es ist Zeit abzugeben." Er stand auf, ging zu Alexandra, bückte sich und küsste sie leicht auf die Wange. "Gute Nacht Schwester. Ich denke, du hast es bei uns ganz gut gemacht."

Emil nahm seine Lampe und ging nach oben. Alexandra saß da und beendete sein neues Nachthemd, das in die oberste Ablage seines Koffers gehörte.

IV

Am nächsten Morgen war Angélique, Amédées Frau, in der Küche und backte Kuchen, unterstützt von der alten Frau Chevalier. Zwischen dem Mischpult und dem Herd stand die alte Wiege, die Amédée gehört hatte, und darin lag sein schwarzäugiger Sohn. Als Angélique, errötet und aufgeregt, mit Mehl an den Händen, innehielt, um das Baby anzulächeln, ritt Emil Bergson auf seiner Stute zur Küchentür und stieg ab.

„Médée ist draußen auf dem Feld, Emil", rief Angélique, als sie durch die Küche zum Ofen rannte. „Heute fängt er an, seinen Weizen zu schneiden; Der erste Weizen, der hier irgendwo zum Schneiden bereit ist. Er hat ein neues Erntevorsatzgerät gekauft, wissen Sie, weil der Weizen dieses Jahr so knapp ist. Ich hoffe, er kann es an die Nachbarn vermieten, es hat so viel gekostet. Er und seine Cousins kauften auf Aktien eine Dampfdreschmaschine. Sie sollten rausgehen und sehen, wie der Header funktioniert. Ich habe es heute Morgen eine Stunde lang angeschaut, da ich damit beschäftigt war, all die Männer zu ernähren. Er hat viele Hände, aber er ist der Einzige, der weiß, wie man das Schneidwerk antreibt oder wie man den Motor antreibt, also muss er überall gleichzeitig sein. Er ist auch krank und sollte in seinem Bett liegen.

Emil beugte sich über Hector Baptiste und versuchte, ihn mit seinen runden, perlenartigen schwarzen Augen zum Blinzeln zu bringen. "Krank? Was ist mit deinem Daddy los, Junge? Hast du ihn dazu gebracht, mit dir über den Boden zu gehen?"

Angélique schniefte. "Nicht viel! Solche Babys haben wir nicht. Es war sein Vater, der Baptiste wach hielt. Die ganze Nacht musste ich aufstehen und Senfpflaster herstellen, die ich ihm auf den Bauch kleben konnte. Er hatte eine schreckliche Kolik. Er sagte, er habe sich heute Morgen besser gefühlt, aber ich glaube nicht, dass er draußen auf dem Feld sein und sich überhitzen sollte."

Angélique sprach nicht mit großer Besorgnis, nicht weil sie gleichgültig war, sondern weil sie sich ihres Glücks so sicher fühlte. Einem reichen, energischen und gutaussehenden jungen Mann wie Amédée mit einem neuen Baby in der Wiege und einem neuen Kopf auf dem Feld konnte nur Gutes passieren.

Emil streichelte den schwarzen Flaum auf Baptistes Kopf. „Ich sage, Angélique, eine von Médées Großmüttern, muss vor langer Zeit eine Squaw gewesen sein. Dieses Kind sieht genauso aus wie die Indianerbabys."

Angélique schnitt ihm eine Grimasse, aber die alte Frau Chevalier war an einem wunden Punkt berührt und stieß einen so feurigen *Patois aus* , dass Emil aus der Küche floh und auf seine Stute stieg.

Emil öffnete vom Sattel aus das Weidegatter und ritt über das Feld zur Lichtung, wo die Dreschmaschine stand, die von einem stationären Motor angetrieben und aus den Schneidkästen gespeist wurde. Da Amédée nicht an der Lokomotive war, fuhr Emil weiter zum Weizenfeld, wo er am Kopfende die schlanke, drahtige Gestalt seines Freundes erkannte, ohne Mantel, sein weißes Hemd vom Wind aufgebläht, seinen Strohhut keck auf dem Kopf steckend Seite seines Kopfes. Die sechs großen Arbeitspferde, die den Kopfball zogen, oder besser gesagt, schoben, gingen in schnellem Schritt nebeneinander, und da sie noch mit der Arbeit beschäftigt waren , erforderten sie von Amédées Seite ein gutes Maß an Führung; vor allem, als sie um die Ecken bogen, wo sie sich teilten, drei und drei, und sich dann wieder in eine Linie drehten, mit einer Bewegung, die so kompliziert aussah wie ein Artillerierad. Emil verspürte eine neue Bewunderung für seinen Freund und damit den alten Anflug von Neid darüber, wie Amédée mit seiner Kraft das tun konnte, was seine Hand zu tun fand, und fühlte, dass es, was auch immer es war, das Wichtigste war Ding auf der Welt. „Ich muss Alexandra erziehen, um zu sehen, wie das Ding funktioniert“, dachte Emil. „Es ist großartig!“

Als er Emil sah, winkte Amédée ihm zu und rief einem seiner zwanzig Cousins zu, er solle die Zügel übernehmen. Er trat vom Kopfball ab, ohne ihn zu stoppen, und rannte auf Emil zu, der abgestiegen war. „Komm mit“, rief er. „Ich muss kurz zum Motor gehen. Ich muss der grüne Mann sein, der es leitet, und ich muss ein Auge auf ihn haben.“

Emil fand, dass der Junge unnatürlich rot und aufgeregter war, als selbst die Sorgen, die die Bewirtschaftung einer großen Farm in einer kritischen Zeit mit sich brachte, rechtfertigten. Als sie hinter einem letztjährigen Stapel vorbeikamen, klammerte sich Amédée an seine rechte Seite und sank für einen Moment auf das Stroh.

"Autsch! Ich habe schreckliche Schmerzen, Emil. Irgendetwas stimmt mit meinem Inneren auf jeden Fall nicht.“

Emil spürte seine feurige Wange. „Sie sollten sofort zu Bett gehen, Médée, und den Arzt rufen; das ist es, was du tun solltest.“

Amédée taumelte mit einer Geste der Verzweiflung auf. "Wie kann ich? Ich habe keine Zeit, krank zu sein. Es müssen neue Maschinen im Wert von dreitausend Dollar verwaltet werden, und der Weizen ist so reif, dass er nächste Woche zu zerplatzen beginnt. Mein Weizen ist knapp, aber er hat großartige , volle Beeren. Warum macht er langsamer? Ich schätze, wir haben nicht genug Verteilerkästen, um die Dreschmaschine zu versorgen.“

Amédée rannte mit schnellen Schritten über die Stoppeln, neigte sich beim Laufen ein wenig nach rechts und winkte dem Lokführer zu, den Motor nicht abzustellen.

Emil erkannte, dass dies keine Zeit war, über seine eigenen Angelegenheiten zu sprechen. Er bestieg seine Stute und ritt weiter nach Sainte-Agnes, um sich dort von seinen Freunden zu verabschieden. Er ging zuerst zu Raoul Marcel und fand ihn unschuldig, wie er das „Gloria" für den großen Konfirmationsgottesdienst am Sonntag übte , während er die Spiegel im Saloon seines Vaters polierte.

Als Emil um drei Uhr nachmittags nach Hause fuhr, sah er Amédée, unterstützt von zwei seiner Cousins, aus dem Weizenfeld taumeln. Emil blieb stehen und half ihnen, den Jungen ins Bett zu bringen.

V

Als Frank Shabata um fünf Uhr abends von der Arbeit kam, rief ihn der alte Moses Marcel, Raouls Vater, an, dass Amédée im Weizenfeld einen Anfall gehabt habe und dass Doktor Paradis ihn operieren würde, sobald der Arzt in Hannover sei bin dort angekommen, um zu helfen. Frank ließ ein Wort davon am Tisch fallen, stürzte sich in sein Abendessen und ritt nach Sainte-Agnes, wo in Marcels Saloon eine wohlwollende Diskussion über Amédées Fall stattfinden würde.

Sobald Frank weg war, rief Marie Alexandra an. Es war ein Trost, die Stimme ihrer Freundin zu hören. Ja, Alexandra wusste, was es über Amédée zu wissen gab. Emil war dabei gewesen, als sie ihn vom Feld getragen hatten, und war bei ihm geblieben, bis die Ärzte um fünf Uhr eine Blinddarmentzündung operierten. Sie befürchteten, es sei zu spät, noch viel Gutes zu tun; es hätte schon vor drei Tagen geschehen sollen. Amédée ging es sehr schlecht. Emil war gerade erschöpft und krank nach Hause gekommen. Sie hatte ihm etwas Schnaps gegeben und ihn ins Bett gebracht.

Marie legte den Hörer auf. Die Krankheit der armen Amédée hatte für sie eine neue Bedeutung bekommen, seit sie wusste, dass Emil bei ihm gewesen war. Und es hätte genauso gut umgekehrt sein können – Emil war krank und Amédée war traurig! Marie sah sich im düsteren Wohnzimmer um. Sie hatte sich selten so vollkommen einsam gefühlt. Wenn Emil schlief, bestand nicht einmal eine Chance, dass er kam; und sie konnte Alexandra nicht um Mitgefühl bitten. Sie wollte Alexandra alles erzählen, sobald Emil weg war. Dann wäre alles, was zwischen ihnen übrig blieb, ehrlich.

Aber sie konnte heute Abend nicht im Haus bleiben. Wohin soll sie gehen? Sie ging langsam durch den Obstgarten hinunter, wo die Abendluft schwer vom Geruch wilder Baumwolle erfüllt war. Der frische, salzige Duft der Wildrosen war diesem stärkeren Duft des Mittsommers gewichen. Wo immer diese Rosenasche-Kugeln an ihren milchigen Stielen hingen, war die Luft um sie herum mit ihrem Atem gesättigt. Der Himmel im Westen war noch rot und der Abendstern hing direkt über der Windmühle der Bergsons . Marie überquerte den Zaun an der Weizenfeldecke und ging langsam den Weg entlang, der zu Alexandras Haus führte. Sie konnte nicht umhin, sich verletzt zu fühlen, weil Emil nicht gekommen war, um ihr von Amédée zu erzählen. Es kam ihr höchst unnatürlich vor, dass er nicht hätte kommen sollen. Wenn sie in Schwierigkeiten steckte, war er sicherlich der einzige Mensch auf der Welt, den sie sehen wollte. Vielleicht wollte er, dass sie verstand, dass er für sie schon so gut wie verschwunden war.

Marie schlich langsam und flatternd den Weg entlang, wie eine weiße Nachtmotte aus den Feldern. Die Jahre schienen sich vor ihr auszudehnen wie das Land; Frühling, Sommer, Herbst, Winter, Frühling; immer die gleichen geduldigen Felder, die geduldigen Bäumchen, das geduldige Leben; immer die gleiche Sehnsucht, das gleiche Ziehen an der Kette – bis der Lebensinstinkt sich zerrissen hatte und zum letzten Mal blutete und schwächer wurde, bis die Kette eine tote Frau festhielt, die vorsichtig freigelassen werden konnte. Marie ging weiter, ihr Gesicht dem fernen, unzugänglichen Abendstern zugewandt.

Als sie den Zaunübertritt erreichte , setzte sie sich und wartete. Wie schrecklich war es, Menschen zu lieben, wenn man ihr Leben nicht wirklich teilen konnte!

Ja, für sie war Emil schon weg. Sie konnten sich nicht mehr treffen. Es gab nichts zu sagen. Sie hatten den letzten Penny ihres Kleingeldes ausgegeben; Es war nichts mehr übrig als Gold. Der Tag der Liebesbeweise war vorbei. Sie hatten jetzt nur noch ihre Herzen, die sie einander schenken konnten. Und wie würde ihr Leben aussehen, wenn Emil weg war? In mancher Hinsicht wäre es einfacher. Zumindest würde sie nicht in ständiger Angst leben. Wenn Emil einmal weg wäre und sich bei der Arbeit niederlassen würde, hätte sie nicht das Gefühl, dass sie ihm das Leben verdarb. Mit der Erinnerung, die er ihr hinterlassen hatte, konnte sie so unbesonnen sein, wie sie wollte. Niemand außer ihr selbst könnte darunter leiden; und das spielte sicherlich keine Rolle. Ihr eigener Fall war klar. Wenn ein Mädchen einen Mann geliebt hatte und dann noch zu Lebzeiten einen anderen liebte, wusste jeder, was er von ihr halten sollte. Was ihr widerfuhr, hatte keine große Bedeutung, solange sie nicht andere Menschen mit in die Tiefe zog. Sobald Emil weg war, konnte sie alles andere loslassen und ein neues Leben in vollkommener Liebe führen.

Marie verließ widerwillig den Zaun. Schließlich hatte sie gedacht, dass er kommen würde. Und wie froh sie sein sollte, sagte sie sich, dass er schlief. Sie verließ den Weg und ging über die Weide. Der Mond war fast voll. Irgendwo auf den Feldern schrie eine Eule. Sie hatte kaum darüber nachgedacht, wohin sie wollte, als vor ihr der Teich glitzerte, in dem Emil die Enten geschossen hatte. Sie blieb stehen und betrachtete es. Ja, es gäbe einen schmutzigen Ausweg aus dem Leben, wenn man ihn wählen würde. Aber sie wollte nicht sterben. Sie wollte leben und träumen – hundert Jahre, für immer! Solange diese Süße in ihrem Herzen aufstieg, solange ihre Brust diesen Schatz des Schmerzes fassen konnte! Sie fühlte sich, wie sich der Teich anfühlen musste, wenn er den Mond so hielt; als es dieses Bild aus Gold umgab und anschwoll.

Als Emil am Morgen die Treppe herunterkam, traf ihn Alexandra im Wohnzimmer und legte ihm die Hände auf die Schultern. „Emil, ich bin in dein Zimmer gegangen, sobald es hell war, aber du hast so tief geschlafen, dass ich es hasste, dich zu wecken. Du konntest nichts tun, also habe ich dich schlafen lassen. Sie haben aus Sainte-Agnes angerufen, dass Amédée heute Morgen um drei Uhr gestorben ist.“

VI

Die Kirche vertritt seit jeher die Auffassung, dass das Leben für die Lebenden da sei. Während am Samstag das halbe Dorf Sainte-Agnes um Amédée trauerte und die Trauerfeier für seine Beerdigung am Montag vorbereitete, war die andere Hälfte mit weißen Kleidern und weißen Schleiern für den großen Konfirmationsgottesdienst morgen beschäftigt, bei dem der Bischof anwesend war um eine Klasse von hundert Jungen und Mädchen zu bestätigen. Pater Duchesne teilte seine Zeit zwischen den Lebenden und den Toten auf. Den ganzen Samstag über herrschte in der Kirche geschäftiges Treiben, ein wenig beruhigt durch den Gedanken an Amédée. Der Chor war damit beschäftigt, eine Messe von Rossini einzustudieren, die er für diesen Anlass studiert und geübt hatte . Die Frauen schmückten den Altar, die Jungen und Mädchen brachten Blumen.

Am Sonntagmorgen sollte der Bischof über Land von Hannover nach Sainte-Agnes fahren, und Emil Bergson war gebeten worden, den Platz eines Cousins von Amédée in der Kavalkade von vierzig französischen Jungen einzunehmen, die quer durchs Land reiten sollten, um die Kutsche des Bischofs zu treffen. Am Sonntagmorgen um sechs Uhr trafen sich die Jungen in der Kirche. Während sie dastanden und ihre Pferde am Zügel hielten, erzählten sie leise von ihrem toten Kameraden. Sie wiederholten immer wieder, dass Amédée immer ein guter Junge gewesen sei, und warfen einen Blick auf die Kirche aus rotem Backstein, die eine so große Rolle in Amédées Leben gespielt hatte und der Schauplatz seiner ernstesten Momente und seiner glücklichsten Stunden gewesen war. Er hatte unter seinem Schatten gespielt und gerungen, gesungen und umworben. Erst vor drei Wochen hatte er sein Baby stolz zur Taufe dorthin getragen. Sie konnten nicht daran zweifeln, dass dieser unsichtbare Arm immer noch um Amédée lag; dass er durch die Kirche auf Erden triumphierend zur Kirche übergegangen sei, dem Ziel der Hoffnungen und des Glaubens so vieler hundert Jahre.

Als der Befehl zum Aufsteigen gegeben wurde, ritten die jungen Männer im Schritt aus dem Dorf; Aber als sie in der Morgensonne draußen auf den Weizenfeldern waren, überwältigten ihre Pferde und ihre eigene Jugend sie. Eine Welle von Eifer und feuriger Begeisterung erfasste sie. Sie sehnten sich nach einem erlösenden Jerusalem. Das Geräusch ihrer galoppierenden Hufe unterbrach so manches Landfrühstück und brachte so manche Frau und ihr Kind im Vorbeigehen an die Tür der Bauernhäuser. Fünf Meilen östlich von Sainte-Agnes trafen sie den Bischof in seiner offenen Kutsche, begleitet von zwei Priestern. Wie ein Mann hoben die Jungen ihre Hüte in einem breiten Gruß und senkten ihre Köpfe, als der hübsche alte Mann seine beiden Finger zum bischöflichen Segen hob. Die Reiter umringten die Kutsche wie eine

Wache, und wann immer ein unruhiges Pferd die Kontrolle verlor und vor der Leiche die Straße hinunterschoss, lachte der Bischof und rieb seine dicken Hände aneinander. „Was für tolle Jungs!" sagte er zu seinen Priestern. „Die Kirche hat immer noch ihre Kavallerie."

Als die Truppe am Friedhof eine halbe Meile östlich der Stadt vorbeizog – dort hatte die erste Fachwerkkirche der Gemeinde gestanden – war der alte Pierre Seguin bereits mit Spitzhacke und Spaten unterwegs und schaufelte Amédées Grab. Er kniete nieder und entblößte sich, als der Bischof vorbeikam. Die Jungen blickten einmütig vom alten Pierre zur roten Kirche auf dem Hügel, auf deren Kirchturm das goldene Kreuz flammte.

Die Messe war um elf Uhr. Während sich die Kirche füllte, wartete Emil Bergson draußen und sah zu, wie die Wagen und Buggys den Hügel hinauffuhren. Nachdem die Glocke zu läuten begann, sah er, wie Frank Shabata zu Pferd heraufritt und sein Pferd an die Deichsel band. Marie kam also nicht. Emil drehte sich um und ging in die Kirche. Amédées war die einzige leere Bank, und er setzte sich hinein. Einige von Amédées Cousins waren da, schwarz gekleidet und weinend. Als alle Kirchenbänke voll waren, füllten die alten Männer und Jungen den offenen Raum im hinteren Teil der Kirche und knieten auf dem Boden. Es gab kaum eine Familie in der Stadt, die im Konfirmandenunterricht nicht zumindest durch einen Cousin vertreten war. Die neuen Kommunikanten mit ihren klaren, ehrfurchtsvollen Gesichtern waren wunderschön anzusehen, als sie in großer Zahl eintraten und die für sie reservierten Vorderbänke einnahmen. Schon vor Beginn der Messe lag eine gefühlvolle Atmosphäre in der Luft. Der Chor hatte noch nie so gut gesungen und Raoul Marcel lenkte im „Gloria" sogar den Blick des Bischofs auf die Orgelempore. Für das Offertorium sang er Gounods „Ave Maria" – in Sainte-Agnes immer als „das Ave Maria" bezeichnet.

Emil begann sich mit Fragen über Marie zu quälen. War sie krank? Hatte sie sich mit ihrem Mann gestritten? War sie zu unglücklich, um selbst hier Trost zu finden? Hatte sie vielleicht gedacht, dass er zu ihr kommen würde? Wartete sie auf ihn? Obwohl er von Aufregung und Kummer überfordert war, erfasste die Verzückung des Gottesdienstes seinen Körper und Geist. Während er Raoul zuhörte, schien er aus den widersprüchlichen Gefühlen herauszukommen, die ihn umhergewirbelt und in sich hineingezogen hatten. Er hatte das Gefühl, als würde ein klares Licht in seinen Geist eindringen und mit ihm die Überzeugung, dass das Gute schließlich stärker sei als das Böse und dass das Gute für den Menschen möglich sei. Er schien zu entdecken, dass es eine Art Verzückung gab, in der er für immer lieben konnte, ohne zu zögern und ohne Sünde. Er blickte gelassen über die Köpfe der Menschen hinweg auf Frank Shabata . Diese Verzückung war für diejenigen, die sie spüren konnten; Für Menschen, die es nicht konnten, existierte es nicht. Er begehrte nichts, was Frank Shabata gehörte . Der Geist, den er in der Musik kennengelernt hatte, war sein eigener. Frank Shabata hatte es nie gefunden; würde es nie finden, wenn er tausend Jahre daneben leben würde; hätte es zerstört, wenn er es gefunden hätte, wie Herodes die Unschuldigen tötete, wie Rom die Märtyrer tötete.

San – cta Mari- i - i -a,

jammerte Raoul von der Orgelempore;

O – ra pro no-o-bis!

Und es kam Emil nicht in den Sinn, dass irgendjemand jemals zuvor so argumentiert hatte, dass die Musik jemals zuvor einem Menschen diese zweideutige Offenbarung gegeben hatte.

Der Konfirmationsgottesdienst folgte auf die Messe. Als sie zu Ende war, drängte sich die Gemeinde um die Neukonfirmierten. Die Mädchen und sogar die Jungen wurden geküsst und umarmt und weinten. Alle Tanten und Großmütter weinten vor Freude. Die Hausfrauen hatten viel Mühe, sich von der allgemeinen Freude loszureißen und in ihre Küchen zurückzueilen. Die Landgemeindemitglieder blieben zum Abendessen in der Stadt, und fast jedes Haus in Sainte-Agnes empfing an diesem Tag Besucher. Pater Duchesne, der Bischof, und die besuchenden Priester speisten mit Fabien Sauvage, dem Bankier. Emil und Frank Shabata waren beide Gäste des alten Moise Marcel. Nach dem Abendessen zogen sich Frank und der alte Moise in den hinteren Raum des Saloons zurück, um California Jack zu spielen und ihren Cognac zu trinken, und Emil ging mit Raoul, der gebeten worden war, für den Bischof zu singen, zum Bankier .

Um drei Uhr spürte Emil, dass er es nicht mehr aushielt. Er schlüpfte im Schutz der „Heiligen Stadt" heraus, gefolgt von Malvinas wehmütigem Blick, und ging zum Stall, um seine Stute zu holen. Er befand sich auf dem Höhepunkt der Aufregung, von dem aus alles verkürzt erscheint, von dem aus das Leben kurz und einfach erscheint, der Tod sehr nahe ist und die Seele wie ein Adler zu schweben scheint. Als er am Friedhof vorbeiritt, blickte er auf das braune Loch in der Erde, in dem Amédée liegen sollte, und verspürte kein Entsetzen. Auch das war wunderschön, dieser einfache Zugang zum Vergessen. Das Herz, wenn es zu lebendig ist, sehnt sich nach der braunen Erde, und die Ekstase hat keine Angst vor dem Tod. Es sind die Alten, die Armen und die Verstümmelten, die vor diesem braunen Loch zurückschrecken; seine Verehrer findet man unter den Jungen, den Leidenschaftlichen und den Edelmütigen. Erst als er am Friedhof vorbeikam, wurde Emil klar, wohin er wollte. Es war die Stunde des Abschiednehmens. Es könnte das letzte Mal sein, dass er sie allein sah, und heute konnte er sie ohne Groll und ohne Bitterkeit zurücklassen.

Überall stand das Korn reif und der heiße Nachmittag war erfüllt vom Geruch des reifen Weizens, wie der Geruch von Brot, das im Ofen gebacken wurde. Der Hauch des Weizens und des süßen Klees ging an ihm vorbei wie angenehme Dinge in einem Traum. Er konnte nichts außer dem Gefühl einer geringer werdenden Distanz spüren. Es schien ihm, als würde seine Stute fliegen oder auf Rädern laufen, wie ein Eisenbahnzug. Das Sonnenlicht, das auf den Fensterscheiben der großen roten Scheunen glitzerte, machte ihn wild vor Freude. Er war wie ein vom Bogen abgeschossener Pfeil. Sein Leben ergoss sich auf der Straße vor ihm, als er zur Shabata -Farm ritt.

Als Emil am Tor des Shabatas ausstieg, war sein Pferd in Schaum. Er fesselte sie im Stall und eilte zum Haus. Es war leer. Sie könnte bei Mrs. Hiller oder bei Alexandra sein. Aber alles, was ihn an sie erinnerte, würde genügen, der Obstgarten, der Maulbeerbaum ... Als er den Obstgarten erreichte, stand die Sonne tief über dem Weizenfeld. Lange Lichtfinger reichten durch die Apfelzweige wie durch ein Netz; der Obstgarten war mit Gold übersät und zerschossen; Licht war die Realität, die Bäume waren lediglich Interferenzen, die das Licht reflektierten und brachen. Emil ging sanft zwischen den Kirschbäumen hinunter zum Weizenfeld. Als er an der Ecke ankam, blieb er stehen und hielt sich die Hand vor den Mund. Marie lag auf der Seite unter dem weißen Maulbeerbaum, ihr Gesicht war halb im Gras verborgen, ihre Augen waren geschlossen, ihre Hände lagen schlaff da, wo sie zufällig hingefallen waren. Sie hatte einen Tag ihres neuen Lebens in vollkommener Liebe verbracht und es hatte sie so zurückgelassen. Ihre Brust hob und senkte sich leicht, als ob sie schliefe. Emil warf sich neben sie und nahm sie in die Arme. Das Blut stieg ihr wieder in die Wangen, ihre bernsteinfarbenen Augen öffneten sich langsam, und Emil sah darin sein eigenes Gesicht, den Obstgarten und die Sonne. „Das habe ich geträumt", flüsterte sie und verbarg ihr Gesicht vor ihm, „nimm mir nicht meinen Traum!"

VII

Als Frank Shabata an diesem Abend nach Hause kam, fand er Emils Stute in seinem Stall. Eine solche Unverschämtheit erstaunte ihn. Frank hatte wie alle anderen einen aufregenden Tag gehabt. Seit Mittag hatte er zu viel getrunken und war schlecht gelaunt. Er redete verbittert mit sich selbst, während er sein eigenes Pferd wegstellte, und als er den Weg hinaufging und sah, dass das Haus dunkel war , verspürte er ein zusätzliches Gefühl der Verletzung. Er näherte sich leise und lauschte auf der Türschwelle. Als er nichts hörte, öffnete er die Küchentür und ging leise von einem Zimmer zum anderen. Dann ging er noch einmal durch das Haus, treppauf und runter, ohne besseres Ergebnis. Er setzte sich auf die unterste Stufe der Kastentreppe und versuchte, seinen Verstand zu fassen. In dieser unnatürlichen Stille war kein Laut zu hören außer seinem eigenen schweren Atem. Plötzlich begann draußen auf den Feldern eine Eule zu schreien. Frank hob den Kopf. Eine Idee kam ihm in den Sinn und sein Gefühl der Verletzung und Empörung wuchs. Er ging in sein Schlafzimmer und holte seine mörderische 405 Winchester aus dem Schrank.

Als Frank seine Waffe ergriff und das Haus verließ, hatte er nicht die geringste Absicht, etwas damit anzufangen. Er glaubte nicht, dass er wirkliche Beschwerden hatte. Aber es befriedigte ihn, sich wie ein verzweifelter Mann zu fühlen. Er hatte sich angewöhnt, sich immer in einer verzweifelten Lage zu sehen. Sein unglückliches Temperament war wie ein Käfig; er konnte nie da rauskommen; und er hatte das Gefühl, dass andere Leute, insbesondere seine Frau, ihn dorthin gebracht haben mussten. Es war Frank nie undeutlich in den Sinn gekommen, dass er sein eigenes Unglück verursacht hatte. Obwohl er seine Waffe mit düsteren Plänen im Kopf ergriff, wäre er vor Angst wie gelähmt gewesen, wenn er gewusst hätte, dass die geringste Wahrscheinlichkeit bestand, dass er eines davon jemals in die Tat umsetzen würde.

Frank ging langsam zum Tor des Obstgartens hinunter, blieb stehen und blieb einen Moment gedankenverloren stehen. Er ging seinen Weg zurück und blickte durch die Scheune und den Heuboden. Dann ging er zur Straße hinaus, wo er den Fußweg nahm, der an der Außenseite der Obstgartenhecke entlangführte. Die Hecke war doppelt so hoch wie Frank selbst und so dicht, dass man sie nur durchschauen konnte, wenn man genau zwischen die Blätter spähte. Im Mondlicht konnte er den leeren Weg von weitem sehen. Seine Gedanken wanderten zu dem Zaun, von dem er immer dachte, er sei von Emil Bergson heimgesucht worden. Aber warum hatte er sein Pferd verlassen?

An der Weizenfeldecke, wo die Obstgartenhecke endete und der Weg über die Weide zu den Bergsons führte , blieb Frank stehen. In der warmen, atemlosen Nachtluft hörte er ein Murmeln, völlig unartikuliert, so leise wie das Geräusch von Wasser, das aus einer Quelle kommt, wo es keinen Wasserfall gibt und wo es keine Steine gibt, die es stören könnten. Frank lauschte angestrengt. Es hörte auf. Er hielt den Atem an und begann zu zittern. Er legte den Griff seiner Waffe auf den Boden, teilte sanft mit den Fingern die Maulbeerblätter und spähte durch die Hecke auf die dunklen Gestalten im Gras im Schatten des Maulbeerbaums. Es schien ihm, als müssten sie seine Augen spüren, als müssten sie seinen Atem hören. Aber das taten sie nicht. Frank, der die Dinge schon immer schwärzer sehen wollte, als sie waren, wollte ausnahmsweise einmal weniger glauben, als er sah. Die Frau, die im Schatten lag, könnte genauso gut eines der Bauernmädchen der Bergsons sein ... Wieder das Murmeln, als würde Wasser aus dem Boden sprudeln. Diesmal hörte er es deutlicher und sein Blut war schneller als sein Gehirn. Er begann zu handeln, so wie ein Mann, der ins Feuer fällt, zu handeln beginnt. Die Waffe sprang ihm auf die Schulter, er zielte mechanisch und feuerte dreimal, ohne anzuhalten, blieb stehen, ohne zu wissen, warum. Entweder schloss er die Augen oder er bekam Schwindel. Während er schoss, sah er nichts. Er glaubte, gleichzeitig mit dem zweiten Bericht einen Schrei gehört zu haben, war sich aber nicht sicher. Er spähte erneut durch die Hecke auf die beiden dunklen Gestalten unter dem Baum. Sie hatten sich ein wenig voneinander gelöst und waren vollkommen still – Nein, nicht ganz; In einem weißen Lichtfleck, wo der Mond durch die Zweige schien, zupfte die Hand eines Mannes krampfhaft im Gras.

Plötzlich regte sich die Frau und stieß einen Schrei aus, dann noch einen und noch einen. Sie lebte! Sie schleppte sich zur Hecke! Frank ließ seine Waffe fallen und rannte zitternd, stolpernd und keuchend den Weg zurück. Einen solchen Horror hatte er sich nie vorgestellt. Die Schreie folgten ihm. Sie wurden schwächer und dicker, als würde sie ersticken. Er ließ sich neben der Hecke auf die Knie fallen, kauerte wie ein Kaninchen und lauschte; schwächer, schwächer; ein Geräusch wie ein Winseln; wieder – ein Stöhnen – noch einmal – Stille. Frank rappelte sich auf und rannte stöhnend und betend weiter. Aus Gewohnheit ging er zum Haus, wo er es gewohnt war, beruhigt zu werden, wenn er in Raserei geraten war, aber als er die schwarze, offene Tür sah, zuckte er zurück. Er wusste, dass er jemanden ermordet hatte, dass eine Frau im Obstgarten blutete und stöhnte, aber er hatte vorher nicht bemerkt, dass es seine Frau war. Das Tor starrte ihm ins Gesicht. Er warf die Hände über den Kopf. In welche Richtung soll man abbiegen? Er hob sein gequältes Gesicht und blickte zum Himmel. „Heilige Mutter Gottes, nicht leiden! Sie war ein gutes Mädchen – nicht zum Leiden!"

Frank war es gewohnt , sich in dramatischen Situationen zu sehen; aber jetzt, als er bei der Windmühle stand, im hellen Raum zwischen der Scheune und dem Haus, vor seiner eigenen schwarzen Tür, sah er sich selbst überhaupt nicht. Er stand da wie der Hase, wenn die Hunde von allen Seiten kommen.

Und er rannte wie ein Hase in diesem mondbeschienenen Raum hin und her, bevor er sich entschließen konnte, in den dunklen Stall zu gehen, um ein Pferd zu holen. Der Gedanke, durch eine Tür zu gehen, war für ihn schrecklich. Er packte Emils Pferd an der Trense und führte es hinaus. Er hätte das Zaumzeug nicht alleine anschnallen können. Nach zwei, drei Versuchen erhob er sich in den Sattel und startete nach Hannover. Wenn er den Ein-Uhr-Zug erreichen konnte, hatte er genug Geld, um bis nach Omaha zu gelangen.

Während er in einem weniger sensiblen Teil seines Gehirns dumpf darüber nachdachte, wiederholten seine geschärften Sinne immer wieder die Schreie, die er im Obstgarten gehört hatte. Die Angst war das Einzige, was ihn davon abhielt, zu ihr zurückzukehren, die Angst, dass sie immer noch sie selbst sein könnte, dass sie immer noch leiden könnte. Eine Frau, verstümmelt und blutend in seinem Obstgarten – weil es eine Frau war, hatte er solche Angst. Es war unvorstellbar, dass er einer Frau hätte wehtun sollen. Er würde lieber von wilden Tieren gefressen werden, als zu sehen, wie sie sich auf dem Boden bewegte, wie sie sich im Obstgarten bewegt hatte. Warum war sie so nachlässig gewesen? Sie wusste, dass er wie ein Verrückter war, wenn er wütend war. Sie hatte ihm mehr als einmal die Waffe weggenommen und sie gehalten, als er wütend auf andere Menschen war. Einmal war es losgegangen, während sie darum kämpften. Sie hatte nie Angst. Aber warum war sie nicht vorsichtiger gewesen, als sie ihn kannte? Hatte sie nicht den ganzen Sommer Zeit, Emil Bergson zu lieben, ohne ein solches Risiko einzugehen? Wahrscheinlich hatte sie dort unten im Obstgarten auch den Smirka- Jungen getroffen . Es war ihm egal. Sie hätte dort alle Männer der Kluft treffen und willkommen heißen können, wenn sie ihm nur nicht diesen Schrecken gebracht hätte.

In Franks Kopf herrschte ein Rätsel. Er glaubte das nicht ehrlich von ihr. Er wusste, dass er ihr Unrecht tat. Er hielt sein Pferd an, um sich das umso direkter einzugestehen, um es umso klarer zu durchdenken. Er wusste, dass er schuld war. Drei Jahre lang hatte er versucht, ihren Geist zu brechen. Sie hatte eine Art, das Beste aus Dingen zu machen, die ihm wie eine sentimentale Affektiertheit vorkamen. Er wollte, dass seine Frau es ihm übel nahm, dass er seine besten Jahre unter diesen dummen und undankbaren Menschen verschwendete; aber sie schien die Leute ganz gut genug zu finden. Sollte er jemals reich werden , wollte er ihr hübsche Kleider kaufen, sie in einem Pullman-Wagen nach Kalifornien fahren und sie wie eine Dame behandeln; aber in der Zwischenzeit wollte er ihr das Gefühl geben, dass das Leben genauso hässlich und ungerecht war, wie er es empfand. Er hatte versucht, ihr das Leben hässlich zu machen. Er hatte sich geweigert, auch nur die kleinen Freuden zu teilen, die sie sich so mutig bereitete. Sie konnte in jeder Hinsicht schwul sein; aber sie muss schwul sein! Als sie zum ersten Mal zu ihm kam, ihr Glaube an ihn, ihre Verehrung – Frank schlug die Stute mit der Faust. Warum hatte Marie ihn dazu gezwungen? Warum hatte sie ihm das angetan? Er wurde von schrecklichem Unglück überwältigt. Plötzlich hörte er ihre Schreie wieder – er hatte es für einen Moment vergessen. „Maria", schluchzte er laut, „Maria!"

Als Frank auf halbem Weg nach Hannover war, löste die Bewegung seines Pferdes einen heftigen Anfall von Übelkeit aus. Nachdem es vorüber war, ritt er weiter, konnte aber an nichts außer seiner körperlichen Schwäche und dem Wunsch denken, von seiner Frau getröstet zu werden. Er wollte in sein eigenes Bett gehen. Wäre seine Frau zu Hause gewesen, hätte er sich umgedreht und wäre demütig zu ihr zurückgegangen.

VIII

Als der alte Ivar am nächsten Morgen um vier Uhr von seinem Dachboden herunterkletterte, traf er auf Emils Stute, abgestumpft und voller Schaumflecken, mit gebrochenem Zaumzeug, die vor der Stalltür auf den verstreuten Heubüscheln kaute. Der alte Mann geriet sofort in Angst und Schrecken. Er stellte die Stute in ihren Stall, warf ihr ein Maß Hafer zu und machte sich dann, so schnell seine O-Beine ihn trugen, auf den Weg zum nächsten Nachbarn.

„Mit diesem Jungen stimmt etwas nicht. Etwas Unglück ist über uns gekommen. Er hätte sie niemals so benutzt, wenn er vernünftig wäre. „Es ist nicht seine Art, seine Stute zu misshandeln", murmelte der alte Mann immer wieder, während er auf seinen bloßen Füßen durch das kurze, nasse Weidegras huschte.

Während Ivar über die Felder eilte, erreichten die ersten langen Sonnenstrahlen zwischen den Zweigen des Obstgartens die beiden taugetränkten Gestalten. Die Geschichte dessen, was passiert war, war deutlich auf das Gras des Obstgartens und auf die weißen Maulbeeren geschrieben, die in der Nacht gefallen und mit dunklen Flecken bedeckt waren. Für Emil war das Kapitel kurz gewesen. Er erlitt einen Schuss ins Herz, rollte sich auf den Rücken und starb. Sein Gesicht war zum Himmel gerichtet und seine Brauen waren zu einem Stirnrunzeln zusammengezogen, als hätte er gemerkt, dass ihm etwas widerfahren war. Doch für Marie Shabata war es nicht so einfach. Eine Kugel hatte ihre rechte Lunge durchbohrt, eine andere hatte die Halsschlagader zertrümmert. Sie musste aufgesprungen sein und zur Hecke gegangen sein, wobei sie eine Blutspur hinterlassen hatte. Dort war sie hingefallen und hatte geblutet. Von dieser Stelle führte eine weitere Spur, schwerer als die erste, über die sie sich zurück zu Emils Körper geschleppt haben musste. Dort angekommen schien sie keine Probleme mehr gehabt zu haben. Sie hatte ihren Kopf an die Brust ihres Geliebten gehoben, seine Hand in ihre eigenen genommen und war leise verblutet. Sie lag in einer entspannten und natürlichen Position auf der rechten Seite, ihre Wange auf Emils Schulter. Auf ihrem Gesicht lag ein Ausdruck unbeschreiblicher Zufriedenheit. Ihre Lippen waren ein wenig geöffnet; Ihre Augen waren leicht geschlossen, wie in einem Tagtraum oder einem leichten Schlaf. Nachdem sie sich dort hingelegt hatte, schien sie keine Wimper mehr bewegt zu haben. Die Hand, die sie hielt, war an der Stelle, an der sie sie geküsst hatte, mit dunklen Flecken bedeckt.

Aber das fleckige, rutschige Gras, die dunklen Maulbeeren erzählten nur die halbe Geschichte. Über Marie und Emil flatterten zwei weiße Schmetterlinge aus Franks Luzernefeld zwischen den verschlungenen Schatten hin und her; tauchen und schweben, mal nah beieinander, mal weit auseinander; und im hohen Gras am Zaun öffneten die letzten Wildrosen des Jahres ihre rosafarbenen Herzen zum Sterben.

Als Ivar den Weg an der Hecke erreichte, sah er Shabatas Gewehr im Weg liegen. Er drehte sich um, spähte durch die Äste und fiel auf die Knie, als hätte man ihm die Beine weggezogen. „Gnädiger Gott!" er stöhnte.

Auch Alexandra war an diesem Morgen aus Sorge um Emil früh aufgestanden. Sie war in Emils Zimmer im Obergeschoss, als sie vom Fenster aus sah, wie Ivar den Weg entlangkam, der von den Shabatas wegführte . Er rannte wie ein erschöpfter Mann, schwankte und schwankte von einer Seite zur anderen. Ivar trank nie und Alexandra dachte sofort, dass einer seiner Zaubersprüche auf ihn gekommen war und dass es ihm wirklich sehr schlecht gehen musste. Sie rannte die Treppe hinunter und eilte ihm entgegen, um sein Gebrechen vor den Augen ihrer Familie zu verbergen. Der alte Mann fiel vor ihren Füßen auf die Straße und ergriff ihre Hand, über die er seinen zottigen Kopf senkte. „Herrin, Herrin", schluchzte er, „es ist gefallen! Sünde und Tod für die Jugend! Gott sei uns gnädig!"

TEIL V.
ALEXANDRA

ICH

Ivar saß an einer Schusterbank in der Scheune, reparierte im Schein einer Laterne Geschirre und wiederholte vor sich hin den 101. Psalm. Es war erst fünf Uhr an einem Mitte-Oktober-Tag, aber am Nachmittag war ein Sturm aufgezogen, der schwarze Wolken, einen kalten Wind und Sturzbäche mit sich brachte. Der alte Mann trug seinen Büffelfellmantel und blieb gelegentlich stehen, um sich an der Laterne die Finger zu wärmen. Plötzlich stürmte eine Frau in den Schuppen, als wäre sie hineingeblasen worden, begleitet von einem Regentropfenregen. Es war Signa, in einen Männermantel gehüllt und über ihren Schuhen ein Paar Stiefel. In schwierigen Zeiten war Signa zu ihrer Herrin zurückgekehrt, denn sie war die einzige der Dienstmädchen, von der Alexandra viel persönliche Betreuung annahm. Es war nun drei Monate her, seit die Nachricht von dem Schrecklichen, das in Frank Shabatas Obstgarten passiert war, zum ersten Mal wie ein Feuer über die Wasserscheide hinweggeschwappt war. Signa und Nelse blieben bis zum Winter bei Alexandra.

„Ivar", rief Signa und wischte sich den Regen aus dem Gesicht, „weißt du, wo sie ist?"

Der alte Mann legte sein Schustermesser nieder. „Wer, die Herrin?"

"Ja. Sie ging gegen drei Uhr weg. Ich schaute zufällig aus dem Fenster und sah sie in ihrem dünnen Kleid und Sonnenhut über die Felder gehen. Und jetzt ist dieser Sturm aufgekommen. Ich dachte, sie würde zu Frau Hiller gehen, und rief an, sobald der Donner aufhörte, aber sie war nicht da gewesen. Ich fürchte, sie ist irgendwo draußen und wird an Erkältung sterben."

Ivar setzte seine Mütze auf und nahm die Laterne. „*Ja, ja*, wir werden sehen. Ich werde die Stute des Jungen an den Karren hängen und losfahren."

Signa folgte ihm über den Wagenschuppen zum Pferdestall. Sie zitterte vor Kälte und Aufregung. „Wo, glauben Sie, kann sie sein, Ivar?"

Der alte Mann hob vorsichtig ein einzelnes Geschirr von seinem Haken. "Woher soll ich das wissen?"

„Aber du denkst, sie ist auf dem Friedhof, nicht wahr?" Signa beharrte darauf. „Das tue ich auch. Oh, ich wünschte, sie wäre mehr wie sie selbst! Ich kann nicht glauben, dass es Alexandra Bergson ist, die zu dieser Sache gekommen ist, ohne sich über irgendetwas im Klaren zu sein. Ich muss ihr sagen, wann sie essen und wann sie ins Bett gehen soll."

„Geduld, Geduld, Schwester", murmelte Ivar, während er das Gebiss in das Maul des Pferdes steckte. „Wenn die Augen des Fleisches geschlossen sind, sind die Augen des Geistes offen. Sie wird eine Nachricht von denen erhalten, die gegangen sind, und das wird ihr Frieden bringen. Bis dahin müssen wir mit ihr Geduld haben. Du und ich sind die Einzigen, die bei ihr Gewicht haben. Sie vertraut uns."

„Wie schrecklich es in den letzten drei Monaten war." Signa hielt die Laterne so, dass er sehen konnte, wie die Gurte befestigt wurden. „Es scheint nicht richtig, dass es uns allen so elend geht. Warum müssen wir alle bestraft werden? Mir kommt es so vor, als würden nie wieder gute Zeiten kommen."

Ivar drückte einen tiefen Seufzer aus, sagte aber nichts. Er bückte sich und nahm einen Sandgrat von seinem Zeh.

„Ivar", fragte Signa plötzlich, „wirst du mir sagen, warum du barfuß gehst? Die ganze Zeit, in der ich hier in dem Haus lebte, wollte ich dich fragen. Ist es eine Buße oder was?"

"Keine Schwester. Es dient der Verwöhnung des Körpers. Seit meiner Jugend hatte ich einen starken, rebellischen Körper und war jeder Versuchung ausgesetzt. Selbst im Alter halten meine Versuchungen an. Es mussten einige Zugeständnisse gemacht werden; und die Füße sind, soweit ich es verstehe, freie Glieder. In den Zehn Geboten gibt es für sie kein göttliches Verbot. Die Hände, die Zunge, die Augen, das Herz, alle körperlichen Wünsche, die wir unterdrücken sollen; aber die Füße sind freie Glieder. Ich gebe ihnen nach, ohne irgendjemandem zu schaden , selbst wenn ich Schmutz mit Füßen trete, wenn meine Wünsche gering sind. Sie sind schnell wieder gereinigt."

Signa lachte nicht. Sie sah nachdenklich aus, als sie Ivar zum Wagenschuppen folgte und ihm die Deichsel hochhielt, während er die Stute zurückzog und die Spanngurte festschnallte. „Du warst der Herrin ein guter Freund, Ivar", murmelte sie.

„Und du, Gott sei mit dir", antwortete Ivar, als er in den Karren kletterte und die Laterne unter die Wachstuch-Schoßdecke legte. „Jetzt muss ich mich ducken, mein Mädchen", sagte er zu der Stute und ergriff die Zügel.

Als sie aus dem Stall kamen, traf ein Wasserstrahl, der vom Strohdach herabfloss, die Stute am Hals. Sie warf empört den Kopf zurück, schlug dann tapfer auf dem weichen Boden zu und rutschte immer wieder zurück, während sie den Hügel zur Hauptstraße hinaufstieg. Zwischen dem Regen und der Dunkelheit konnte Ivar nur sehr wenig sehen, also überließ er Emils Stute die Zügel und hielt ihren Kopf in die richtige Richtung. Als der Boden eben war, führte er sie von der unbefestigten Straße auf die Grasnarbe, wo sie ohne auszurutschen traben konnte.

Bevor Ivar den Friedhof erreichte, drei Meilen vom Haus entfernt, hatte sich der Sturm gelegt und der Regenguss war in einen sanften, tropfenden Regen übergegangen. Der Himmel und das Land hatten eine dunkle Rauchfarbe und schienen wie zwei Wellen zusammenzukommen. Als Ivar am Tor anhielt und seine Laterne ausstreckte, erhob sich eine weiße Gestalt neben John Bergsons weißem Stein.

Der alte Mann sprang auf den Boden, schlurfte zum Tor und rief: „Herrin, Herrin!"

Alexandra eilte ihm entgegen und legte ihre Hand auf seine Schulter. „ *Tyst !* Ivar. Es gibt keinen Grund zur Sorge. Es tut mir leid, wenn ich euch allen Angst gemacht habe. Ich bemerkte den Sturm erst, als er über mich hereinbrach, und ich konnte nicht dagegen angehen. Ich freue mich, dass du gekommen bist. Ich bin so müde, dass ich nicht wusste, wie ich jemals nach Hause kommen sollte."

Ivar schwang die Laterne hoch, so dass sie ihr ins Gesicht schien. „ *Gut!* Du bist genug, um uns Angst zu machen, Herrin. Du siehst aus wie eine ertrunkene Frau. Wie konnte man so etwas tun!"

Stöhnend und murmelnd führte er sie aus dem Tor, half ihr in den Karren und wickelte sie in die trockenen Decken, auf denen er gesessen hatte.

Alexandra lächelte über seine Fürsorge. „Das nützt nicht viel, Ivar. Du wirst nur die Nässe einschließen. Mir ist jetzt nicht mehr so kalt; aber ich bin schwer und taub. Ich bin froh, dass Sie gekommen sind."

Ivar drehte die Stute um und trieb sie in einen gleitenden Trab. Ihre Füße sandten ständig Schlammspritzer zurück.

Alexandra sprach mit dem alten Mann, während sie durch die düstere graue Dämmerung des Sturms joggten. „Ivar, ich denke, es hat mir gut getan, einmal so durch die Kälte zu kommen. Ich glaube nicht, dass ich noch mehr so viel leiden werde . Wenn man den Toten so nahe kommt, erscheinen sie realer als die Lebenden. Weltliche Gedanken verlassen einen. Seit Emil gestorben ist, habe ich so gelitten, wenn es geregnet hat. Jetzt, wo ich mit ihm unterwegs war, werde ich mich nicht mehr davor fürchten. Nachdem Ihnen einmal klar geworden ist, ist das Gefühl des Regens angenehm. Es scheint Gefühle zurückzubringen, die Sie hatten, als Sie ein Baby waren. Es trägt dich zurück in die Dunkelheit, bevor du geboren wurdest; Du kannst die Dinge nicht sehen, aber sie kommen irgendwie zu dir, und du kennst sie und hast keine Angst vor ihnen. Vielleicht ist es bei den Toten so. Wenn sie überhaupt etwas spüren, dann sind es die alten Dinge aus der Zeit vor ihrer Geburt, die die Menschen trösten, so wie das Gefühl ihres eigenen Bettes es tut, wenn sie klein sind."

„Herrin", sagte Ivar vorwurfsvoll, „das sind schlechte Gedanken. Die Toten sind im Paradies."

Dann ließ er den Kopf hängen, denn er glaubte nicht, dass Emil im Paradies war.

Als sie nach Hause kamen, brannte bei Signa ein Feuer im Wohnzimmerofen. Sie zog Alexandra aus und gab ihr ein heißes Fußbad, während Ivar in der Küche Ingwertee kochte. Als Alexandra in heiße Decken gehüllt im Bett lag, kam Ivar mit seinem Tee herein und sah, dass sie ihn trank. Signa bat um Erlaubnis, auf dem Lattenrost vor ihrer Tür schlafen zu dürfen. Alexandra ertrug ihre Aufmerksamkeiten geduldig, war aber froh, als sie die Lampe auslöschten und sie verließen. Als sie allein im Dunkeln lag, kam ihr zum ersten Mal der Gedanke, dass sie vielleicht tatsächlich des Lebens überdrüssig war. Alle körperlichen Operationen des Lebens schienen schwierig und schmerzhaft zu sein. Sie sehnte sich danach, von ihrem eigenen Körper befreit zu werden, der schmerzte und so schwer war. Und die Sehnsucht selbst war schwer: Sie sehnte sich danach, davon frei zu sein.

Als sie mit geschlossenen Augen dalag, hatte sie wieder, lebhafter als viele Jahre zuvor, die alte Illusion ihrer Kindheit, von jemandem, der sehr stark war, leicht hochgehoben und getragen zu werden. Diesmal war er lange bei ihr und trug sie sehr weit, und in seinen Armen fühlte sie sich schmerzfrei. Als er sie wieder auf ihr Bett legte, öffnete sie die Augen und sah ihn zum ersten Mal in ihrem Leben, sah ihn deutlich, obwohl das Zimmer dunkel und sein Gesicht verdeckt war. Er stand in der Tür ihres Zimmers. Sein weißer Umhang war über sein Gesicht geworfen und sein Kopf war leicht nach vorne geneigt. Seine Schultern schienen so stark wie die Fundamente der Welt. Sein rechter Arm, bis zum Ellenbogen entblößt, war dunkel und glänzend wie Bronze, und sie wusste sofort, dass es der Arm des mächtigsten aller Liebenden war. Endlich wusste sie, auf wen sie gewartet hatte und wohin er sie tragen würde. Das, sagte sie sich, war sehr gut. Dann ging sie schlafen.

Alexandra wachte morgens mit nichts Schlimmerem als einer starken Erkältung und einer steifen Schulter auf. Sie blieb mehrere Tage lang im Bett und fasste in dieser Zeit den Entschluss, nach Lincoln zu fahren, um Frank Shabata zu besuchen . Seit sie ihn das letzte Mal im Gerichtssaal gesehen hatte, verfolgten sie Franks hageres Gesicht und seine wilden Augen. Der Prozess hatte nur drei Tage gedauert. Frank hatte sich in Omaha der Polizei gestellt und bekannte sich schuldig, ohne böse Absicht und ohne Vorsatz getötet zu haben. Die Waffe war natürlich gegen ihn gerichtet, und der Richter hatte ihm die volle Strafe auferlegt, nämlich zehn Jahre. Er war nun seit einem Monat im Staatsgefängnis.

Frank war der Einzige, sagte sich Alexandra, für den man etwas tun konnte. Er hatte weniger Unrecht gehabt als alle anderen und musste die schwerste Strafe zahlen. Sie hatte oft das Gefühl, dass sie selbst mehr Schuld trug als der arme Frank. Seit die Shabatas zum ersten Mal auf die benachbarte Farm gezogen waren, hatte sie keine Gelegenheit ausgelassen, Marie und Emil zusammenzubringen. Weil sie wusste, dass Frank es nicht ernst meinte, kleine Dinge zu tun, um seiner Frau zu helfen, schickte sie Emil immer zum Spaten, zum Pflanzen oder zum Tischler für Marie. Sie war froh, dass Emil so viel wie möglich von einem intelligenten, in der Stadt aufgewachsenen Mädchen wie ihrer Nachbarin zu sehen bekam; Sie bemerkte, dass es seine Manieren verbesserte. Sie wusste, dass Emil Marie mochte, aber es war ihr nie in den Sinn gekommen, dass Emils Gefühle anders sein könnten als ihre eigenen. Sie wunderte sich jetzt über sich selbst, aber an die Gefahr in dieser Richtung hatte sie noch nie gedacht. Wenn Marie unverheiratet gewesen wäre – oh ja! Dann hätte sie die Augen offen gehalten. Aber die bloße Tatsache, dass sie für Alexandra Shabatas Frau war, regelte alles. Dass sie schön und impulsiv war und kaum zwei Jahre älter als Emil, diese Tatsachen hatten für Alexandra kein Gewicht gehabt. Emil war ein guter Junge, und nur böse Jungs liefen verheirateten Frauen hinterher.

Nun konnte Alexandra gewissermaßen erkennen, dass Marie schließlich Marie war; nicht nur eine „verheiratete Frau". Wenn Alexandra manchmal an sie dachte, geschah dies mit schmerzlicher Zärtlichkeit. Als sie sie an diesem Morgen im Obstgarten erreichte, war ihr alles klar. Da war etwas an den beiden, die im Gras lagen, etwas an der Art, wie Marie ihre Wange auf Emils Schulter gelegt hatte, das ihr alles sagte. Sie fragte sich damals, wie sie dazu hätten beitragen können, einander zu lieben; Wie hätte sie helfen können, zu wissen, dass sie es müssen. Emils kaltes, stirnrunzelndes Gesicht, die Zufriedenheit des Mädchens – Alexandra hatte bereits im ersten Schock ihrer Trauer Ehrfurcht vor ihnen empfunden.

Die Müßiggänge dieser Tage im Bett und die körperliche Entspannung, die sie begleiteten, ermöglichten es Alexandra, ruhiger zu denken, als sie es seit Emils Tod getan hatte. Sie und Frank, sagte sie sich, gehörten nicht zu den Freunden, die von der Katastrophe überwältigt worden waren. Sie muss unbedingt Frank Shabata sehen . Schon im Gerichtssaal hatte ihr Herz um ihn getrauert. Er war in einem fremden Land, er hatte keine Verwandten oder Freunde, und in einem Moment hatte er sein Leben ruiniert. Sie hatte das Gefühl, dass Frank, so wie er war, nicht anders hätte handeln können. Sie konnte sein Verhalten leichter verstehen als Maries. Ja, sie muss nach Lincoln gehen, um Frank Shabata zu sehen .

Am Tag nach Emils Beerdigung hatte Alexandra an Carl Linstrum geschrieben ; eine einzelne Seite Notizpapier, eine bloße Darstellung dessen, was passiert war. Sie war keine Frau, die viel über so etwas schreiben konnte, und über ihre eigenen Gefühle konnte sie nie sehr frei schreiben. Sie wusste, dass Carl nicht in der Nähe von Postämtern war und irgendwo im Landesinneren nach Gold suchte. Bevor er begann, hatte er ihr geschrieben, wohin er gehen wollte, aber ihre Vorstellungen von Alaska waren vage. Als die Wochen vergingen und sie nichts von ihm hörte, kam es Alexandra so vor, als ob ihr Herz sich gegen Carl verhärtete. Sie begann sich zu fragen, ob es nicht besser wäre, ihr Leben alleine zu beenden. Was vom Leben übrig blieb, schien unwichtig.

II

Am späten Nachmittag eines strahlenden Oktobertages stieg Alexandra Bergson, gekleidet in einen schwarzen Anzug und einen Reisehut, im Burlington-Depot in Lincoln aus. Sie fuhr zum Lindell Hotel, wo sie vor zwei Jahren übernachtet hatte, als sie zu Emil's Commencement gekommen war. Trotz ihrer üblichen Selbstsicherheit und Selbstbeherrschung fühlte sich Alexandra in Hotels unwohl, und als sie zum Empfangsschalter ging, um sich anzumelden, war sie froh, dass sich nicht viele Leute in der Lobby befanden. Sie aß früh zu Abend, ging mit Hut und schwarzer Jacke ins Esszimmer und trug ihre Handtasche. Nach dem Abendessen ging sie spazieren.

Es wurde dunkel, als sie den Universitätscampus erreichte. Sie betrat das Gelände nicht, sondern ging langsam den Steinweg vor dem langen Eisenzaun auf und ab und blickte durch die jungen Männer, die von einem Gebäude zum anderen rannten, sowie auf die Lichter, die von der Waffenkammer und der Bibliothek herabstrahlten. Hinter der Waffenkammer absolvierte eine Gruppe Kadetten ihre Übung, und die Befehle ihres jungen Offiziers erklangen in regelmäßigen Abständen, so scharf und schnell, dass Alexandra sie nicht verstehen konnte. Zwei tapfere Mädchen kamen die Stufen der Bibliothek hinunter und durch eines der Eisentore hinaus. Als sie an ihr vorbeikamen, war Alexandra erfreut, zu hören, wie sie Böhmisch miteinander sprachen. Alle paar Augenblicke rannte ein Junge den gepflasterten Weg entlang und rannte auf die Straße, als wollte er der Welt ein Wunder verkünden. Alexandra empfand eine große Zärtlichkeit für sie alle. Sie wünschte, einer von ihnen würde anhalten und mit ihr sprechen. Sie wünschte, sie könnte sie fragen, ob sie Emil gekannt hatten.

Als sie am Südtor herumlungerte, traf sie tatsächlich auf einen der Jungen. Er hatte seine Drillmütze auf und schwang seine Bücher am Ende eines langen Riemens. Zu diesem Zeitpunkt war es bereits dunkel; er sah sie nicht und rannte gegen sie. Er nahm seine Mütze ab und stand barhäuptig und keuchend da. „Es tut mir furchtbar leid", sagte er mit heller, klarer Stimme und steigendem Tonfall, als erwartete er, dass sie etwas sagen würde.

„Oh, es war meine Schuld!" sagte Alexandra eifrig. „Sind Sie hier ein alter Student, darf ich fragen?"

"Nein, madam. Ich bin ein Freshie, direkt von der Farm. Cherry County. Haben Sie jemanden gejagt?"

"Nein danke. Das heißt —" Alexandra wollte ihn aufhalten. „Das heißt, ich würde gerne einige Freunde meines Bruders finden. Er hat vor zwei Jahren seinen Abschluss gemacht."

„Dann müssten Sie es doch mit den Senioren versuchen, oder? Mal sehen; Ich kenne noch keine davon, aber in der Bibliothek werden sich bestimmt einige davon finden. „Das rote Gebäude da", sagte er.

„Danke, ich werde es dort versuchen", sagte Alexandra nachdenklich.

„Oh, das ist alles in Ordnung! Gute Nacht." Der Junge setzte seine Mütze auf den Kopf und rannte geradeaus die Eleventh Street entlang. Alexandra sah ihm wehmütig nach.

Sie ging völlig beruhigt zu ihrem Hotel zurück. „Was für eine schöne Stimme dieser Junge hatte und wie höflich er war. Ich weiß, dass Emil gegenüber Frauen immer so war." Und wieder, nachdem sie sich ausgezogen hatte und in ihrem Nachthemd stand und ihr langes, schweres Haar im elektrischen Licht bürstete, erinnerte sie sich an ihn und sagte sich: „Ich glaube, ich habe noch nie eine schönere Stimme gehört als die dieses Jungen." Ich hoffe, dass er hier gut zurechtkommt. Cherry County; Dort ist das Heu so fein, und die Kojoten können bis zum Wasser scharren."

Am nächsten Morgen stellte sich Alexandra um neun Uhr im Büro des Direktors des Staatsgefängnisses vor. Der Aufseher war ein Deutscher, ein rothaariger, fröhlich aussehender Mann, der früher als Pferdegeschirrmacher gearbeitet hatte. Alexandra hatte einen Brief vom deutschen Bankier aus Hannover an ihn. Während er einen Blick auf den Brief warf, steckte Mr. Schwartz seine Pfeife weg.

„Dieser große Bohemien, oder? Klar, er kommt gut zurecht", sagte Herr Schwartz fröhlich.

"Ich freue mich zu hören, dass. Ich hatte Angst, er könnte streitsüchtig sein und noch mehr Ärger bekommen. Herr Schwartz, wenn Sie Zeit haben, würde ich Ihnen gerne ein wenig über Frank Shabata erzählen und warum ich an ihm interessiert bin."

Der Direktor hörte freundlich zu, während sie ihm kurz etwas über Franks Geschichte und Charakter erzählte, aber er schien an ihrem Bericht nichts Ungewöhnliches zu finden.

„Klar, ich werde ein Auge auf ihn haben. Wir werden uns schon um ihn kümmern", sagte er und stand auf. „Du kannst hier mit ihm reden, während ich mich um die Dinge in der Küche kümmere. Ich werde ihn einschicken lassen. Zu diesem Zeitpunkt sollte er mit dem Auswaschen seiner Zelle fertig sein. Wir müssen sie sauber halten, wissen Sie."

Der Aufseher blieb an der Tür stehen und sprach über die Schulter zu einem blassen jungen Mann in Sträflingskleidung, der an einem Schreibtisch in der Ecke saß und in ein großes Hauptbuch schrieb.

„Bertie, wenn 1037 hereingebracht wird, gehst du einfach raus und gibst dieser Dame die Chance zu reden."

Der junge Mann senkte den Kopf und beugte sich erneut über sein Hauptbuch.

Als Mr. Schwartz verschwand, steckte Alexandra nervös ihr schwarzkantiges Taschentuch in ihre Handtasche. Als sie mit der Straßenbahn herauskam, hatte sie nicht die geringste Angst davor, Frank zu treffen. Aber seit sie hier war, berührten sie die Geräusche und Gerüche im Korridor und die Blicke der Männer in Sträflingskleidung, die an der Glastür des Büros des Direktors vorbeikamen, unangenehm.

Die Uhr des Aufsehers tickte, der junge Sträfling kratzte eifrig mit der Feder in dem großen Buch, und alle paar Sekunden wurden seine scharfen Schultern von einem heftigen Husten geschüttelt, den er zu unterdrücken versuchte. Es war leicht zu erkennen, dass er ein kranker Mann war. Alexandra sah ihn schüchtern an, aber er hob kein einziges Mal den Blick. Er trug ein weißes Hemd unter seiner gestreiften Jacke, einen hohen Kragen und eine sorgfältig gebundene Krawatte. Seine Hände waren dünn und weiß und gepflegt, und an seinem kleinen Finger trug er einen Siegelring. Als er Schritte im Flur hörte, stand er auf, wischte sein Buch ab, legte seinen Stift in den Ständer und verließ das Zimmer, ohne den Blick zu heben. Durch die Tür, die er öffnete, kam ein Wachmann herein und brachte Frank Shabata .

„Sind Sie die Dame, die mit 1037 sprechen wollte? Hier ist er. Benehmen Sie sich jetzt gut. Er kann sich hinsetzen, meine Dame“, da Alexandra stehen blieb. „Drück den weißen Knopf, wenn du mit ihm fertig bist, und ich komme.“

Der Wachmann ging hinaus und Alexandra und Frank blieben allein zurück.

Alexandra versuchte, seine abscheulichen Klamotten nicht zu sehen. Sie versuchte, direkt in sein Gesicht zu schauen, von dem sie kaum glauben konnte, dass es seins war. Es war bereits zu einem kalkigen Grau gebleicht. Seine Lippen waren farblos, seine feinen Zähne sahen gelblich aus. Er warf Alexandra einen mürrischen Blick zu, blinzelte, als käme er von einem dunklen Ort, und eine Augenbraue zuckte ununterbrochen. Sie spürte sofort, dass dieses Interview eine schreckliche Tortur für ihn war. Sein rasierter Kopf, der die Gestalt seines Schädels erkennen ließ, verlieh ihm ein kriminelles Aussehen, das er während des Prozesses nicht gehabt hatte.

Alexandra streckte ihre Hand aus. „Frank“, sagte sie, und ihre Augen füllten sich plötzlich, „ich hoffe, du lässt zu, dass ich freundlich zu dir bin. Ich verstehe, wie du es gemacht hast. Ich fühle mich dir gegenüber nicht hart. Sie waren schuldhafter als du.“

Frank holte ein schmutziges blaues Taschentuch aus seiner Hosentasche. Er hatte angefangen zu weinen. Er wandte sich von Alexandra ab. „Ich hatte nie vor, dieser Frau etwas anzutun “, murmelte er. „Ich habe nie vor, es dem Jungen nicht anzutun . Ich hatte keine Ahnung Und der Junge . Ich mag den

Jungen immer gut. Und dann finde ich ihn …" Er hielt inne. Das Gefühl verschwand aus seinem Gesicht und seinen Augen. Er ließ sich auf einen Stuhl fallen, saß da und blickte gelassen auf den Boden, die Hände hingen locker zwischen den Knien, das Taschentuch lag über seinem gestreiften Bein. Es schien, als hätte er in seinem Geist einen Ekel geweckt, der seine Fähigkeiten gelähmt hatte.

„Ich bin nicht hergekommen, um dir die Schuld zu geben, Frank. Ich denke, sie waren mehr schuld als du." Auch Alexandra fühlte sich benommen.

Frank blickte plötzlich auf und starrte aus dem Bürofenster. „Ich schätze, das , woran ich so hart arbeite, wird zum Teufel gehen", sagte er mit einem langsamen, bitteren Lächeln. „Es ist mir völlig egal." Er blieb stehen und rieb verärgert mit der Handfläche über die hellen Borsten auf seinem Kopf. „ Ohne meine Haare kann ich nicht malen", beschwerte er sich. „Ich vergesse Englisch. Wir reden hier nicht, außer schwören."

Alexandra war verwirrt. Frank schien eine Persönlichkeitsveränderung durchgemacht zu haben. Es gab kaum etwas, woran sie ihre hübsche böhmische Nachbarin erkennen konnte. Er schien irgendwie nicht ganz menschlich zu sein. Sie wusste nicht, was sie ihm sagen sollte.

„Du fühlst dich nicht schwer für mich, Frank?" fragte sie schließlich.

Frank ballte die Faust und brach vor Aufregung aus. „Ich fühle mich keiner Frau gegenüber hart. Ich sage dir, ich bin kein so netter Mann. Ich habe meine Frau nie geschlagen. Nein, ich werde ihr niemals wehtun, wenn sie mir etwas Schreckliches antut !" Er schlug mit der Faust so heftig auf den Schreibtisch des Direktors, dass er anschließend geistesabwesend darüber streichelte. Ein blasses Rosa kroch über seinen Hals und sein Gesicht. „Zwei, drei Jahre weiß ich, dass diese Frau sich nicht mehr um mich kümmert, Alexandra Bergson. Ich weiß, dass sie es auf einen anderen Mann abgesehen hat. Ich kenne sie, oo-oo ! Und ich werde ihr nie weh tun. Ich würde das niemals tun , wenn ich die Waffe nicht dabei hätte . Ich weiß nicht, was zum Teufel mich dazu bringt, diese Waffe zu nehmen. Sie sagt immer, ich sei kein Mann, der eine Waffe trägt. Wenn sie in dem Haus gewesen wäre, wo sie hätte sein sollen – aber das ist eine dumme Rede.

Frank rieb sich den Kopf und blieb plötzlich stehen, wie er es schon zuvor getan hatte. Alexandra hatte das Gefühl, dass etwas Seltsames in der Art war, wie er sich abkühlte, als ob etwas in ihm aufsteigen würde, das seine Gefühls- oder Denkkraft auslöschte.

„Ja, Frank", sagte sie freundlich. „Ich weiß, dass du Marie nie wehtun wolltest."

Frank lächelte sie seltsam an. Seine Augen füllten sich langsam mit Tränen. „Weißt du, ich vergesse es am meisten Der Name dieser Frau. Sie hat keinen Namen mehr für mich. Ich hasse nie meine Frau, aber diese Frau, was bringt mich dazu, das zu tun – Ehrlich bei Gott, aber ich hasse sie! Ich bin kein Mann zum Kämpfen. Ich will keinen Jungen und keine Frau töten. Es ist mir egal, wie viele Männer sie unter den Baum nimmt . Es ist mir egal, aber ich töte diesen guten Jungen, Alexandra Bergson. Ich schätze, ich werde ganz bestimmt verrückt ."

Alexandra erinnerte sich an den kleinen gelben Stock, den sie in Franks Kleiderschrank gefunden hatte. Sie dachte daran, wie er als fröhlicher junger Kerl in dieses Land gekommen war, so attraktiv, dass das hübscheste böhmische Mädchen in Omaha mit ihm durchgebrannt war. Es schien unvernünftig, dass das Leben ihn an einen solchen Ort gebracht hatte. Sie machte Marie bittere Vorwürfe. Und warum hätte sie mit ihrer fröhlichen, liebevollen Art allen, die sie geliebt hatten, Zerstörung und Leid bringen sollen, selbst dem armen alten Joe Tovesky , dem Onkel, der sie als kleines Mädchen so stolz herumgetragen hatte? Das war das Seltsamste von allem. War also etwas falsch daran, so warmherzig und impulsiv zu sein? Alexandra hasste diesen Gedanken. Aber da war Emil, auf dem norwegischen Friedhof zu Hause, und hier war Frank Shabata . Alexandra stand auf und nahm ihn bei der Hand.

„Frank Shabata , ich werde nie aufhören, es zu versuchen, bis ich dich begnadige. Ich werde dem Gouverneur niemals Frieden schenken. Ich weiß, dass ich dich hier rausholen kann."

Frank blickte sie misstrauisch an, doch aus ihrem Gesicht schöpfte er Selbstvertrauen. „Alexandra", sagte er ernst, „wenn ich hier rauskomme , werde ich das Land nicht mehr belästigen." Ich gehe dorthin zurück, wo ich herkomme; Sehen Sie meine Mutter.

Alexandra versuchte, ihre Hand zurückzuziehen, aber Frank hielt sie nervös fest. Er streckte seinen Finger aus und berührte geistesabwesend einen Knopf an ihrer schwarzen Jacke. „Alexandra", sagte er mit leiser Stimme und blickte fest auf den Knopf, „du glaubst nicht , dass ich das Mädchen schrecklich schlecht benutzt habe , bevor –"

„Nein, Frank. Darüber reden wir nicht", sagte Alexandra und drückte seine Hand. „Ich kann Emil jetzt nicht helfen, also werde ich für dich tun, was ich kann. Du weißt, dass ich nicht oft von zu Hause weggehe, und ich bin absichtlich hierher gekommen, um dir das zu sagen."

Der Aufseher an der Glastür schaute fragend hinein. Alexandra nickte, und er kam herein und drückte den weißen Knopf auf seinem Schreibtisch. Der Wachmann erschien und mit sinkendem Mut sah Alexandra, wie Frank den Korridor hinuntergeführt wurde. Nach ein paar Worten mit Herrn Schwartz verließ sie das Gefängnis und machte sich auf den Weg zur Straßenbahn. Sie hatte die herzliche Aufforderung des Direktors, „durch die Anstalt zu gehen", mit Entsetzen abgelehnt. Als das Auto über die unebene Fahrbahn zurück in Richtung Lincoln schlingerte, dachte Alexandra daran, wie sie und

Frank von demselben Sturm zerstört worden waren und dass ihr, obwohl sie ins Sonnenlicht kommen konnte, nicht mehr viel in ihrem Leben übrig blieb Er. Sie erinnerte sich an einige Zeilen aus einem Gedicht, das ihr in ihrer Schulzeit gefallen hatte :

Von nun an wird die Welt
für mich nur noch ein größeres Gefängnis sein , –

und seufzte. Ein Ekel vor dem Leben lastete auf ihrem Herzen; Ein solches Gefühl hatte Frank Shabatas Gesichtszüge zweimal erstarren lassen, während sie miteinander redeten. Sie wünschte, sie wäre zurück auf der Kluft.

Als Alexandra ihr Hotel betrat, hob der Angestellte einen Finger und winkte ihr zu. Als sie sich seinem Schreibtisch näherte, überreichte er ihr ein Telegramm. Alexandra nahm den gelben Umschlag und betrachtete ihn verwirrt, dann betrat sie den Aufzug, ohne ihn zu öffnen. Als sie den Korridor entlang zu ihrem Zimmer ging, wurde ihr klar, dass sie in gewisser Weise immun gegen böse Nachrichten war. Als sie ihr Zimmer erreichte, schloss sie die Tür ab, setzte sich auf einen Stuhl neben der Kommode und öffnete das Telegramm. Es kam aus Hannover und lautete:

Bin gestern Abend in Hannover angekommen. Ich werde hier warten, bis du kommst. Bitte beeilen.

CARL LINSTRUM.

Alexandra legte ihren Kopf auf die Kommode und brach in Tränen aus.

III

Am nächsten Nachmittag gingen Carl und Alexandra von Mrs. Hiller aus über die Felder. Alexandra hatte Lincoln nach Mitternacht verlassen und Carl hatte sie am frühen Morgen am Bahnhof von Hannover abgeholt. Nachdem sie zu Hause angekommen waren, war Alexandra zu Frau Hiller gegangen, um ein kleines Geschenk abzugeben, das sie in der Stadt für sie gekauft hatte. Sie blieben nur einen Moment vor der Tür der alten Dame und kamen dann heraus, um den Rest des Nachmittags auf den sonnigen Feldern zu verbringen.

Alexandra hatte ihren schwarzen Reiseanzug ausgezogen und ein weißes Kleid angezogen; teils, weil sie sah, dass Carl sich in ihrer schwarzen Kleidung unwohl fühlte, und teils, weil sie sich selbst dadurch unterdrückt fühlte. Sie wirkten ein wenig wie das Gefängnis, in dem sie sie gestern getragen hatte, und auf den offenen Feldern fehl am Platz. Carl hatte sich kaum verändert. Seine Wangen waren brauner und voller. Er wirkte weniger wie ein müder Gelehrter als vor einem Jahr, als er wegging, aber selbst jetzt hätte ihn niemand für einen Geschäftsmann gehalten. Seine sanften, glänzenden schwarzen Augen, sein skurriles Lächeln würden ihm im Klondike weniger zuwider sein als auf der Kluft. An der Grenze gibt es immer Träumer.

Carl und Alexandra unterhielten sich seit dem Morgen. Ihr Brief hatte ihn nie erreicht. Er hatte von ihrem Unglück zum ersten Mal aus einer vier Wochen alten Zeitung aus San Francisco erfahren, die er in einem Saloon mitgenommen hatte und die einen kurzen Bericht über Frank Shabatas Prozess enthielt. Als er das Papier niederlegte, war er bereits zu dem Schluss gekommen, dass er Alexandra so schnell wie ein Brief erreichen würde; und seitdem war er unterwegs; Tag und Nacht, mit den schnellsten Booten und Zügen, die er erreichen konnte. Sein Dampfer war zwei Tage lang durch raues Wetter aufgehalten worden.

Als sie aus Mrs. Hillers Garten kamen , setzten sie ihr Gespräch dort fort, wo sie es aufgehört hatten.

„Aber könntest du so davonkommen, Carl, ohne die Dinge zu arrangieren? Könnten Sie einfach gehen und Ihr Geschäft verlassen?" Fragte Alexandra.

Carl lachte. „Umsichtige Alexandra! Sehen Sie, meine Liebe, ich habe zufällig einen ehrlichen Partner. Ich vertraue ihm alles an. Tatsächlich war es von Anfang an sein Unternehmen, wissen Sie. Ich bin nur dabei, weil er mich aufgenommen hat. Ich muss im Frühjahr zurück. Vielleicht möchtest du dann mit mir gehen. Wir haben noch keine Millionen gesammelt, aber wir haben einen Anfang gemacht, dem es sich zu folgen lohnt. Aber diesen Winter möchte ich gerne mit dir verbringen. Du wirst doch nicht das Gefühl haben, dass wir wegen Emil noch länger warten sollten, oder, Alexandra?"

Alexandra schüttelte den Kopf. „Nein, Carl; Ich empfinde das nicht so. Und sicherlich brauchen Sie jetzt nichts mehr zu stören, was Lou und Oscar sagen. Sie sind jetzt wegen Emil viel wütender auf mich als auf dich. Sie sagen, es sei alles meine Schuld gewesen. Dass ich ihn ruiniert habe, indem ich ihn aufs College geschickt habe."

„Nein, Lou oder Oscar sind mir völlig egal. In dem Moment, in dem ich wusste, dass du in Schwierigkeiten steckst, in dem Moment, in dem ich dachte, du könntest mich brauchen, sah alles anders aus. Du warst schon immer ein triumphierender Mensch." Carl zögerte und betrachtete ihre kräftige, volle Figur von der Seite. „Aber du brauchst mich jetzt, Alexandra?"

Sie legte ihre Hand auf seinen Arm. „Ich brauchte dich schrecklich, als es passierte, Carl. Ich habe nachts um dich geweint. Dann schien alles in mir hart zu werden und ich dachte, ich sollte mich vielleicht nie wieder um dich kümmern. Aber als ich gestern Ihr Telegramm bekam, da war es noch genau so wie früher. Du bist alles, was ich auf der Welt habe, weißt du?

Carl drückte schweigend ihre Hand. Sie kamen jetzt am leeren Haus der Shabatas vorbei , mieden jedoch den Obstgartenweg und nahmen einen, der am Weideteich vorbeiführte.

„Kannst du es verstehen, Carl?" Murmelte Alexandra. „Ich hatte niemanden außer Ivar und Signa, mit dem ich reden konnte. Reden Sie mit mir. Kannst du es verstehen? Hätten Sie das von Marie Tovesky glauben können ? Ich wäre nach und nach in Stücke gerissen worden, bevor ich ihr Vertrauen in mich missbraucht hätte!"

Carl blickte auf den leuchtenden Wasserfleck vor ihnen. „Vielleicht wurde sie auch in Stücke gerissen, Alexandra. Ich bin sicher, sie hat sich viel Mühe gegeben; das taten sie beide. Deshalb ist Emil natürlich nach Mexiko gegangen. Und er würde wieder weggehen, erzählen Sie mir, obwohl er erst drei Wochen zu Hause war. Erinnerst du dich an den Sonntag, als ich mit Emil zum französischen Kirchenfest ging? Ich dachte, dass an diesem Tag irgendein Gefühl, etwas Ungewöhnliches zwischen ihnen herrschte. Ich wollte mit dir darüber reden. Aber auf dem Rückweg traf ich Lou und Oscar und wurde so wütend, dass ich alles andere vergaß. Du darfst nicht hart zu ihnen sein, Alexandra. Setzen Sie sich hier für eine Minute an den Teich. Ich möchte dir etwas sagen."

Sie setzten sich auf das grasbewachsene Ufer und Carl erzählte ihr, wie er Emil und Marie an jenem Morgen vor mehr als einem Jahr draußen am Teich gesehen hatte und wie jung und charmant und voller Anmut sie ihm vorgekommen waren. „Das passiert manchmal auf der Welt, Alexandra", fügte er ernst hinzu. „Ich habe es schon einmal gesehen. Es gibt Frauen, die ohne ihr Verschulden Verderben um sich herum verbreiten, einfach weil sie zu schön, zu voller Leben und Liebe sind. Sie können nicht anders. Die Menschen kommen zu ihnen, wie die Menschen im Winter an ein warmes

Feuer gehen. Das habe ich schon als kleines Mädchen bei ihr gespürt. Erinnern Sie sich, wie sich an jenem Tag, als sie Emil ihre Süßigkeiten gab, alle Bohemiens im Laden um sie drängten? Erinnerst du dich an die gelben Funken in ihren Augen?"

Alexandra seufzte. "Ja. Die Leute konnten nicht anders, als sie zu lieben. Ich glaube, der arme Frank tut es auch jetzt noch; Allerdings ist er so in die Klemme geraten, dass seine Liebe seit langem bitterer ist als sein Hass. Aber wenn du gesehen hättest, dass etwas nicht stimmte, hättest du es mir sagen sollen, Carl."

Carl nahm ihre Hand und lächelte geduldig. „Meine Liebe, es war etwas, das man in der Luft spürte, so wie man spürt, wie der Frühling naht, oder wie ein Sturm im Sommer. Ich habe es nicht *gesehen* irgendetwas. Als ich mit diesen beiden jungen Dingern zusammen war, spürte ich einfach, wie mein Blut schneller floss, ich spürte – wie soll ich es sagen? – eine Beschleunigung des Lebens. Nach meiner Flucht war alles zu heikel, zu ungreifbar, um darüber zu schreiben."

Alexandra sah ihn traurig an. „Ich versuche, in solchen Dingen liberaler zu sein als früher. Ich versuche zu erkennen, dass wir nicht alle gleich sind. Aber warum konnte es nicht Raoul Marcel oder Jan Smirka gewesen sein ? Warum musste es mein Junge sein?"

„Weil er der Beste war, den es gab, nehme ich an. Sie waren beide das Beste, was Sie hier hatten."

Die Sonne sank im Westen gerade tief, als die beiden Freunde aufstanden und wieder den Weg einschlugen. Die Strohhaufen warfen lange Schatten, die Eulen flogen nach Hause in die Präriehundestadt. Als sie die Ecke erreichten, wo die Weiden zusammentrafen, galoppierten Alexandras zwölf junge Hengste in einer Schar über die Kuppe des Hügels.

„Carl", sagte Alexandra, „ich möchte im Frühjahr mit dir dorthin gehen. Ich war nicht mehr auf dem Wasser, seit wir als kleines Mädchen den Ozean überquert haben. Nachdem wir hierhergekommen waren, träumte ich manchmal von der Werft, in der mein Vater arbeitete, und einer kleinen Bucht voller Masten." Alexandra hielt inne. Nach kurzem Nachdenken sagte sie: „Aber Sie würden mich doch nie bitten, endgültig wegzugehen, oder?"

„Natürlich nicht, mein Liebster. Ich glaube, ich weiß genauso gut, wie Sie über dieses Land denken, wie Sie selbst." Carl nahm ihre Hand in seine und drückte sie zärtlich.

„Ja, das geht mir immer noch so, auch wenn Emil nicht mehr da ist. Als ich heute Morgen im Zug saß und wir uns Hannover näherten, hatte ich ein ähnliches Gefühl wie damals, als ich im trockenen Jahr mit Emil vom Fluss zurückfuhr. Ich war froh, darauf zurückzukommen. Ich lebe schon lange hier. Hier herrscht großer Frieden, Carl, und Freiheit ... Als ich aus dem

Gefängnis kam, in dem der arme Frank ist, dachte ich, ich würde mich nie wieder frei fühlen. Aber das tue ich hier." Alexandra holte tief Luft und blickte in den roten Westen.

„Du gehörst zum Land", murmelte Carl, „wie du immer gesagt hast. Jetzt mehr denn je."

„Ja, jetzt mehr denn je. Erinnern Sie sich, was Sie einmal über den Friedhof gesagt haben und wie sich die alte Geschichte von neuem abzeichnet? Nur wir sind es, die es schreiben, mit dem Besten, was wir haben."

Sie blieben auf dem letzten Hügelrücken der Weide stehen und blickten auf das Haus, die Windmühle und die Ställe, die den Standort von John Bergsons Gehöft markierten. Auf allen Seiten rollten die braunen Wellen der Erde zum Himmel.

„Lou und Oscar können diese Dinger nicht sehen", sagte Alexandra plötzlich. „Angenommen, ich würde mein Land ihren Kindern überlassen, welchen Unterschied würde das machen? Das Land gehört der Zukunft, Carl; so kommt es mir vor. Wie viele der Namen auf dem Amtsblatt des Bezirksschreibers werden in fünfzig Jahren dort sein? Ich könnte genauso gut versuchen, den Kindern meines Bruders den Sonnenuntergang dort drüben zu schenken. Wir kommen und gehen, aber das Land ist immer hier. Und die Menschen, die es lieben und verstehen, sind die Menschen, denen es gehört – für eine kurze Zeit."

Carl sah sie verwundert an. Sie blickte immer noch nach Westen, und in ihrem Gesicht lag die erhabene Gelassenheit, die sie manchmal in Momenten tiefer Gefühle überkam. Die flachen Strahlen der untergehenden Sonne leuchteten in ihren klaren Augen.

„Warum denkst du jetzt über solche Dinge nach, Alexandra?"

„Ich hatte einen Traum, bevor ich nach Lincoln ging – aber davon werde ich dir später erzählen, nachdem wir geheiratet haben. Es wird jetzt nie so wahr werden, wie ich es mir vorgestellt habe." Sie nahm Carls Arm und sie gingen zum Tor. „Wie oft sind wir diesen Weg gemeinsam gegangen, Carl. Wie oft werden wir ihn noch einmal gehen! Kommt es Ihnen so vor, als würden Sie in Ihre Heimat zurückkehren? Fühlen Sie sich hier im Frieden mit der Welt? Ich denke, wir werden sehr glücklich sein. Ich habe keine Ängste. Ich denke, wenn Freunde heiraten, sind sie in Sicherheit. Wir leiden nicht wie diese jungen Leute." Alexandra endete mit einem Seufzer.

Sie hatten das Tor erreicht. Bevor Carl es öffnete, zog er Alexandra an sich und küsste sie sanft, auf ihre Lippen und auf ihre Augen.

Sie lehnte sich schwer auf seine Schulter. „Ich bin müde", murmelte sie. „Ich war sehr einsam, Carl."

Sie gingen zusammen ins Haus und ließen die Kluft unter dem Abendstern hinter sich. Glückliches Land, das eines Tages Herzen wie Alexandras in seinen Schoß aufnimmt und sie im gelben Weizen, im raschelnden Mais, in den leuchtenden Augen der Jugend wieder ausgibt!

9 789358 810998